rororo

Navid Kermani wurde 1967 in Siegen geboren. Er ist habilitierter Orientalist und lebt als Schriftsteller in Köln. Für sein literarisches und essayistisches Werk wurde er u. a. mit dem Kleist-Preis, dem Joseph-Breitbach-Preis und 2015 mit dem Friedenspreis des Deutschen Buchhandels ausgezeichnet. Mehr unter: www.navidkermani.de

»Der Autor haßt und liebt und sehnt sich nach der Liebe: Die des Lesers soll er bekommen für diesen inspirierenden, merkwürdigen Roman voller hinreißender Makel.« (Alexander Solloch, NDR)

»Diese Ehe ist ein Immerhin. Es gibt viele solcher Ehen. Viele Juttas, viele Menschen wie den Erzähler. Aber nur einen, der uns das so erzählt.« (Martin Ebel, Tages Anzeiger)

»Kermani bringt alles zum Schweben – so wie die Liebe in ihren besten Momenten.« (Brigitte Wir)

»Ein meisterhafter, nachdenklicher, kluger, mitunter auch sehr komischer Roman.« (Christian Kosfeld, WDR 5)

»Wie er den täglichen stummen Kampf eines Paares um das richtige Bestücken der Spülmaschine beschreibt, die Abnutzungsschlachten um die Besteckschublade schildert, das ist großartig und traurig und so wahr.« (Heinrich Wefing, Die Zeit)

Navid Kermani

SOZUSAGEN PARIS

Roman

Rowohlt Taschenbuch Verlag

Veröffentlicht im Rowohlt Taschenbuch Verlag,
Reinbek bei Hamburg, April 2018

Umschlaggestaltung any.way, Hamburg,
nach der Originalausgabe vom Carl Hanser Verlag,
Gestaltung Peter-Andreas Hassiepen
Satz aus der Sabon Next LT, InDesign,
bei Pinkuin Satz und Datentechnik, Berlin
Druck und Bindung CPI books GmbH, Leck, Germany
ISBN 978 3 499 27322 3

MIX
Papier aus verantwortungsvollen Quellen
FSC® C083411

Das für dieses Buch verwendete Papier ist FSC®-zertifiziert.

Sozusagen Paris

– Aber nicht für Jutta.

Ich schaue zu der Frau hoch, die mir das Buch zum Signieren auf den Tisch gelegt hat, Anfang, Mitte Vierzig, taxiere ich sie, auffallend klein, schlichtes, vermutlich nicht billiges Kleid, das etwas zu eng geschnitten ist, der Leib zwar grazil, aber doch ein Pölsterchen vorm Bauch, die glatten blonden Haare wie mit dem Lineal auf Höhe des Kinns abgeschnitten, so daß ihr Kopf runder wirkt, als er wohl ist, und ihr Hals noch zarter, ja so fein wie ein Blumenstiel, geht mir ein Bild durch den Kopf, das der Lektor abgeschmackt finden wird, um die braunen Augen auffallend viele Linien allerdings, Falten würde ich's nicht nennen, Krähenfüße nennt man es wohl, also älter jedenfalls, Ende Vierzig vielleicht und dennoch mädchenhaft, ihr Blick von mildem, beinah schon geschwisterlichem Spott, seltsam vertraut.

– Wie bitte?

– Schreib bloß nicht für Jutta, bekräftigt die Frau.

Unmittelbar nach Lesungen bin ich grundsätzlich verwirrt, erkenne selbst Freunde nicht wieder oder kann mich nicht auf ihren Namen besinnen. Auch jetzt dauert es, bis ich mich an das Lächeln erinnere, das die Lippen wie in Zeitlupe in die Länge zieht und die Wangen rund wie Aprikosen macht, es dauert – ich kann die Zeit nicht abschätzen – zehn Sekunden?, fünfzehn, hinter der Frau noch zehn, fünfzehn andere Menschen, die sich zum Signieren angestellt haben. Die Lesung lief ungewöhnlich gut; ohne einmal aufzusehen, spürte ich, wie die Zuhörer mit mir in der Geschichte versanken, wie ich jetzt ohne Hinsehen spüre oder mir einbilde, daß die Zuschauer meinen offenen Mund und die unruhigen Pupillen bemerken, mein nicht recht funktionierender Verstand, der das Lächeln hektisch einem bestimmten Punkt meines Lebens zuzuordnen sucht und noch immer nicht die Nase registriert hat, die mit der leicht nach oben gewölbten Spitze ein hinreichend deutliches Erkennungszeichen ist. Mit einer Sprungschanze verglich ich ihren Nasenrücken in dem Roman, aus dem ich heute abend las.

Später wird sie meine Verwirrung verspotten und werde ich mich für meine Blödheit entschuldigen; sie wird unsere Liebe herunterspielen, aber ich werde daran festhalten, mich dreißig Jahre lang nach ihr gesehnt und deshalb mehr als nur einen Brief, nämlich ein ganzes Buch geschrieben zu haben. Alle Tage, werde ich sagen, alle Tage hätte ich gehofft, im Briefkasten ihre Antwort zu finden, und bei jeder Lesung nach ihr Ausschau gehalten. Als sie jedoch vor mir steht und sogar den Namen nennt, den ich für sie erfand, erkenne ich sie zehn oder fünfzehn Sekunden lang nicht, so daß auch die zehn oder fünfzehn Menschen hinter ihr merken müssen, daß etwas nicht stimmt. Endlich springe ich auf und stammle, daß ich sie doch irgendwie hätte nennen müssen.

– Deinen richtigen Namen zu schreiben, hab ich mich nicht getraut.

– Das hätte ich dir auch nicht geraten, sagt sie in ihrem betont erwachsenen, ironisch lehrerhaften Ton, der allein mich dreißig Jahre zurückversetzt, und rollt die Wangen noch weiter auf, so daß die Zähne zum Vorschein kommen: makellos. Ich hatte schon damit gerechnet, daß sie die Lücke, durch die ich vor dreißig Jahren am liebsten verschwunden wäre, längst wegoperiert hat.

Nicht allein aus Höflichkeit gegenüber den Menschen, die in der Schlange warten, frage ich, ohne sie eigentlich begrüßt zu haben, ob sie nachher noch Zeit habe; ich muß mich sammeln, merke ich, muß überhaupt erst die Worte wiederfinden, die ich mir für unsere Begegnung bis in die Nebensätze zurechtgelegt hatte. Sie nickt und tritt sofort aus meinem Blickfeld, wartet im Foyer oder vielleicht nur einen Schritt hinter mir. Während ich fremden Menschen meinen Namen ins Buch schreibe, vergleiche ich die Frau, die nicht Jutta genannt werden möchte, ein ums andere Mal mit dem Mädchen, das ich in der Raucherecke angehimmelt.

Sicher fürchtete ich ihren Zorn, da ich sie ungefragt zu einer Romanfigur gemacht hatte, und war darauf gefaßt, daß sie mir meine Erinnerungen als bloße Einbildungen um die Ohren schlägt. Allein, das war nicht der ganze, nicht einmal der hauptsächliche Grund der

Bangnis, mit der ich an das zugleich so sehr ersehnte Wiedersehen dachte. Mehr als alles andere fürchtete ich die Zeit. Wenn ich Freunde nach Jahrzehnten treffe, stemme ich mich inzwischen mechanisch gegen die Melancholie, in ihrem Gesicht meine eigene Vergänglichkeit gespiegelt zu sehen. Auch die Schönste des Schulhofs stellte ich mir, um der Enttäuschung vorzubeugen, mit allen Schattierungen des Alters vor, stämmig und faltig geworden, die Lippen brüchig, die Mundwinkel nach unten gerutscht und die Backen wie ungebügelte Wäsche auf der Leine, schlecht gekleidet noch dazu und längst nicht so klug, wie sie dem Fünfzehnjährigen schien, eine vergrämte, ältere Frau, die nichts mit der lebensfrohen Abiturientin gemein hat als den Namen und allenfalls äußere Merkmale wie die Nase, die sich zur Spitze hin leicht nach oben wölbt. Als Proust-Leser rufe ich mir, wenn ich mich zum Signieren an den Büchertisch setze, beinah rituell die Matinee am Ende der *Recherche* ins Bewußtsein, wo der Romanschreiber nach Jahrzehnten in die Welt der Guermantes zurückkehrt und auf den ersten Blick keinen seiner Bekannten erkennt, weil sie wie auf einem Kostümfest eine Maske angelegt zu haben scheinen, durch starkes Pudern vor allem, das sie völlig verändert. Die Männer machen noch die vertrauten Mienen, Gesten, Scherze, scheinen sich jedoch weiße Bärte umgehängt, die Füße mit bleiernen Sohlen beschwert und ihr Gesicht mit Runzeln, die Brauen mit struppigen Haaren ausstaffiert zu haben. Und erst die Frauen:

Ganze Epochen mußten abgerollt sein, damit sich in der Geologie ihres Gesichts solche Revolutionen vollziehen konnten, seien es Erosionen längs einer Nase, sei es eine Anschwemmung am Gestade der Backen, die mit undurchsichtigen, zahllose Brechungen erzeugenden Massen in das ganze Gesicht einbrach. »Man nannte mir einen Namen, und ich war bestürzt, als ich verstand, daß er sowohl der blonden Walzertänzerin gehörte, die ich früher gekannt hatte, als auch der grobgliedrigen Dame mit weißem Haar, die bleischwer an mir vorüberschritt.«

Es bedeutet eine enorme Anstrengung, einen alten Kameraden oder eine frühe Geliebte gleichzeitig mit den Augen und mit dem Gedächtnis zu betrachten, und niemand weiß um die Anstrengung besser als ein Romanschreiber oder sonst ein fahrender Künstler, wird er doch immer wieder einmal von einem Fremden überrascht, der behauptet, ein Freund zu sein. Nicht bedenkt der Fremde, daß er selber sich spätestens mit dem Kauf der Eintrittskarte auf die Begegnung eingestellt hat, von den Plakaten ein heutiges Photo kennt und während der Lesung unmerklich mit den Linien vertraut geworden ist, die dem Romanschreiber ins Gesicht gemalt, die Haare, die ihm ausgerupft, die Polster, die um den Bauch gebunden worden sind. Mir hingegen widerfährt während der Sekunden oder gelegentlich sogar vollen Minuten, die das Wiedererkennen dauert, jedesmal die Matinee, die Proust gegen Ende der *Recherche* unvergeßlich beschreibt: »Nun begriff ich, was das Alter war – das Alter, das unter allen Realitäten des Lebens vielleicht diejenige ist, von der wir uns am längsten eine lediglich abstrakte Vorstellung machen: Wir blicken nach dem Kalender, setzen das Datum auf unsere Briefe, sehen zu, wie unsere Freunde und selbst die Kinder unserer Freunde sich verheiraten, ohne daß wir verstehen – vielleicht weil wir Angst haben, vielleicht weil wir zu träge sind –, was all das zu bedeuten hat. Aber endlich kommt der Tag, an dem wir eine unbekannte Silhouette wahrnehmen, die uns lehrt, daß wir in einer neuen Welt leben; der Tag, an dem der Enkel einer Freundin, ein junger Mann, den wir instinktiv wie einen Kameraden behandeln, lächelt, als ob wir uns über ihn lustig machen wollten – weil wir für ihn wie ein Großvater sind. Ich begriff nun, was der Tod, die Liebe, die Freuden des Geistes, der Nutzen des Leids, die Berufung und dergleichen bedeuteten. Denn wenn auch die Namen für mich ihre Individualität verloren hatten, enthüllten die Wörter mir doch ihren wahren Sinn. Die Schönheit der Bilder wohnt hinter den Dingen, die der Ideen davor. Deshalb hört die Schönheit der Bilder auf, uns in Erstaunen zu setzen, wenn wir zu den Dingen vorgedrungen sind, während man die Schönheit der Dinge erst begreift, wenn man diese hinter sich gelassen hat.«

Wie überrascht bin ich, Jutta anders zwar, aber dreißig Jahre später genauso anziehend zu finden, zierlich geworden, selbst die Wölbung des Bauchs zart, die Schultern so schmal, daß ich sie nicht mehr nur aus

Erregung, sondern beinah aus einer Art Schutzinstinkt, mehr freundschaftlich als wieder sekundenverliebt in den Arm nehmen möchte; und wie sehr erleichtert mich die fröhliche, mir erkennbar zugetane Ironie, mit der sie mich angesprochen hat. Lag Proust etwa falsch? Obwohl ich weiß, daß es nur ein Hirngespinst ist, bezwingt mich der Wunsch, daß sie genauso einsam sei, sagen wir geschieden wie ich, Kinder haben mag oder nicht, und unsere Schulhofliebe sich doch noch als Vorsehung erweise. Ich male mir den restlichen Abend aus, den wir zusammen verbringen werden, die Nacht in ihrer Wohnung oder meinem Hotelzimmer, stelle mir vor, in ihrem Arm aufzuwachen, nach dem Frühstück durchs Städtchen zu schlendern, in das es sie verschlagen hat, buchstabiere bereits die Telefonate und Briefe aus, mit denen wir in Verbindung bleiben, das Wiedersehen und die Liebe, die nicht mehr in einer Sekunde entsteht, um für immer zu halten.

Ein ums andere Mal nehme ich mir vor, mich auf die Menschen zu konzentrieren, die mir den Roman hinhalten, aus dem ich heute abend las, und lasse mich auf kurze Gespräche ein, um die Gedanken in den Griff zu bekommen, die verrückt spielen. Als ich das letzte Buch signiert habe, überwiegt bereits die Sorge, nach dreißig Jahren immer noch der Junge zu sein, der die Liebe wie eine Prüfung vergeigt, so daß ich mir halb wünsche, sie sei längst nach Hause gegangen und ich behielte das Wiedersehen als süßen Traum in Erinnerung. Da ich mich vergeblich nach ihr umschaue, springe ich dennoch von der Bühne, um ins Foyer zu eilen. Erst der Lektor wird auf den Gedanken kommen, daß es mir mit Jutta ergeht wie dem Romanschreiber der *Recherche* mit Odette: »Man geht von der Vorstellung aus, die Leute seien die gleichen geblieben, und da findet man sie alt. Wenn man aber von der Vorstellung ausgeht, daß sie alt sind, findet man sie wieder und findet sie so übel nicht.«

Der Kulturdezernent hält mich im Foyer mit der Bitte auf, rasch das Vertragliche zu regeln, bevor wir essen gehen, da stellen sich schon jemand Drittes und Viertes zu uns und bestürmen mich mit Fragen, die ich gewissenhaft beantworte, während meine Augen die Menschenmenge absuchen, die sich mit Brezeln und Wein erfrischt. Auch am Büchertisch, wo ich Jutta, um bei dem Namen ein für allemal zu bleiben, am ehesten vermute, erblicke ich sie nicht. Ich bitte um Entschuldigung, daß ich nach einer alten Bekannten schauen müsse, die vor der Tür wartet, ich sei in einer Minute zurück.

– Ihre Bekannte kann gern zum Essen mitkommen, ruft der Dezernent mir nach, der auch für den Fremdenverkehr zuständig ist.

Natürlich steht mir der Sinn danach, mich bei Jutta einzuhaken und spazierenzugehen, doch möchte ich die Gastgeber nicht verärgern, die mir mehr und aufmerksamere Zuhörer beschert haben, als ich es in einem solchen Städtchen erwarten durfte. Ich müßte mich mit Migräne oder Rückenschmerzen herausreden und würde sie dennoch betrübt zurücklassen. Außerdem hülfe es vielleicht über meine Beklommenheit hinweg, wenn ich mich mit Jutta zunächst in größerer Runde unterhielte, fällt mir noch ein zweites Argument ein, sie mit ins Restaurant zu nehmen. Als ich sie auf dem Bürgersteig vor der Mehrzweckhalle entdecke, betrachte ich sie genauer als auf den ersten Blick. Rasch wird mir klar, daß ich ohnehin nicht den Mut hätte, sie ungefragt an der Hand zu nehmen und davonzumarschieren. Auch bei Odette ist es ja weit mehr als nur eine negative Erwartung, womit sich der Romanschreiber gegen die Enttäuschung gewappnet hat, werde ich dem Lektor entgegenhalten, der an allem was auszusetzen hat: Ihr Aussehen scheint das Gesetz der Zeitlichkeit herauszufordern, »wundersamer als der Einspruch, den die Fortdauer des Radiums gegen die Naturgesetze erhebt«. Zum Glück ist Jutta selbst im Gespräch mit irgendwelchen Leuten, älter als wir, also vermutlich nicht ihr Mann oder Geliebter darunter, so daß ich ihr nur die Einladung hineinrufe, mit uns essen zu gehen; die Veranstalter hätten einen Tisch reserviert, der obligaten Geselligkeit könne ich mich schlecht entziehen. Als hätte sie nichts anderes erwartet, willigt Jutta mit einem Kopfnicken ein.

Während ich mich gesenkten Blicks, um nicht angesprochen zu werden, zurück zum Kulturdezernenten durchschlage, frage ich mich, ob das Bild, das Jutta sich von mir macht, nicht genauso ein Produkt ihrer Einbildungskraft ist wie mein dreißigjähriges Sehnen nach ihr. Denn so unwirklich es mir selbst jedesmal vorkommt und so eitel die Erwähnung ist, so gehört es doch zu den Umständen, unter denen wir uns wiedersehen, daß ich etwas hergebe, wenn ich als weitgereister Schriftsteller, dessen Bücher von den überregionalen Zeitungen besprochen und sogar im Fernsehen hochgehalten werden, in einem kleinen Städtchen lese. Es ist nicht die Prominenz allein – jede Wetteransagerin eines Regionalsenders ist bekannter und wird von mehr Menschen bewundert als ein Mitglied des literarischen Betriebs. Es ist mehr eine romantische Vorstellung des Dichters, die wir, wenn überhaupt bei irgendwem, dann bei dem ohnehin nicht zahlreichen, überwiegend weiblichen, älteren Lesepublikum eines Provinzstädtchens evozieren, und mit dem Dichter zugleich das Klischee des Antibürgers und Weltenbummlers, manchmal sogar des weitblickenden Denkers und tiefen Melancholikers, wenn die Damen zu lang auf die Plakate gestarrt haben, auf denen wir immer so ernst gucken. Und dann vermag ich offenbar auf dem Podium bisweilen eine Souveränität, aber noch viel überraschender: eine Heiterkeit, ja, angeblich sogar Weisheit auszustrahlen, die niemand je mit mir verbinden würde, der mich privat kennenlernt. Gerade auf Frauen, die vielleicht einmal von einem anderen Leben geträumt haben, wirkt das anziehend, bilde ich mir ein – also auch auf Jutta?

Daß ich es bin, der einem Klischee aufsitzt, nicht sie, wird mir erst auffallen, wenn ich den Roman schreibe, den der Leser in Händen hält: das der Provinzialin, deren Leben äußerlich unbewegt zwischen ihren vier Pfählen dahinläuft, neben einem vielbeschäftigten Mann und mit zwei tadellos erzogenen Kindern, doch ihr Herz bebt vor ungestillter, quälender Sehnsucht nach irgend etwas, das sie selbst nicht kennt, da sie fühlt, daß sie alt wird, alt, ohne anderes vom Leben gehabt zu haben als die langweilige gleichmäßige Tretmühle derselben Gänge, Begegnungen und Pflichten. »Immer dachte sie an Paris«, heißt es dann bei Guy de Maupassant. Die Konstellation ist geradezu klassisch in der französischen Literatur, der Großstadtdichter und die Gattin irgendeines Notars in der Provinz. Für Jutta bin ich sozusagen Paris! polstere ich mir die Wirklichkeit mit weichem Plüsch aus, während der Kulturdezernent die Fahrtkosten in das Abrechnungsformular einträgt: »Hübsch war sie noch immer. Das ruhige Dasein hatte sie frisch erhalten wie einen Winterapfel im verschlossenen Schrank. Aber in ihrem Inneren bohrten und stachelten immer wieder heftige, heiße Wünsche, die sie aus dem Gleichgewicht brachten; Sehnsucht nach der Großen Welt, Lebensgier überkam sie. Sie fragte sich unablässig, ob sie denn wirklich die Welt verlassen solle, ohne wenigstens einmal etwas von der süßen Sünde, diesem herrlichen Leben in Rausch und Wonne genossen und – wenigstens einmal! – sich in den Strudel der Lüste von Paris hineingestürzt zu haben.«

Den Leser, dem die Proust-Zitate womöglich noch passend erschienen, mag es irritieren, daß er sogleich auch noch auf Maupassant verwiesen wird. Ja, möchte ich sofort auf die Frage antworten, die ich mir als Leser ebenfalls stellen würde, ja, dahinter steckt ein Plan: Die französische Literatur des 19. und frühen 20. Jahrhunderts zieht sich durch den Roman, den der Leser in Händen hält; wie und warum, werden die folgenden Seiten hoffentlich schlüssiger erweisen, als es noch so viele Erklärungen vermöchten. Und nein, sei auch die nächste Frage beantwortet, die ich mir stellen würde, wenn ich den Roman läse, den ich schreiben werde (ein Blumenstrauß dem Lektor, damit er mir dieses Satzungetüm durchgehen läßt) – nein, natürlich sage ich nicht im Geist Proust auf und denke nicht einmal dem Namen nach an Maupassant, während ich aufgewühlt zwischen Jutta und dem Kulturdezernenten hin- und herlaufe. Selbst als Romanschreiber, der ich nun einmal bin, trage ich höchstens schattenhaft die Literaturgeschichte mit mir, wenn ich durchs Leben gehe. Auch was ich jetzt denke, da ich den Umschlag mit dem Lesungshonorar ungeöffnet in die Innentasche meines Sakkos stecke, ist ungleich ungeordneter, unreflektierter, uninformierter als der Gedankenstrom des Romans, den ich schreiben werde. Schließlich trage ich weder ein Diktaphon mit mir noch eine digitale Taschenbibliothek. Und weil die Unmittelbarkeit, die das Präsens sprachlich vorgibt, genauso konstruiert und notwendig Folge einer Bewußtwerdung ist wie jede andere literarische Form, kann ich auch gleich Zitate einstreuen, auf die spontan nicht einmal der beste Leser käme.

Auf dem kurzen Weg zum Gasthof durch das verlassen wirkende, aber abends um Viertel vor zehn wohl einfach schon schlafende Städtchen erfahre ich, daß Jutta Medizin studiert und danach auf dem Kontinent ihrer Lieblingslektüren gearbeitet hat, wie sie Lateinamerika wieder mit der sanften, wenn nicht süffisanten Ironie nennt, mit der sie unsere Vergangenheit grundsätzlich zu bedenken scheint. Dort verliebte sie sich in ihren späteren Mann, nein, keinen Guerillero, nimmt sie meine Frage vorweg, sondern einen Deutschen, der ihr Kollege war, die Trauung auf dem Standesamt von Quito mit …

– Stell dir vor! seufzt Jutta nostalgisch.

… buntgekleideten Indiofamilien auf dem Flur, die singend und klatschend gratulierten, als sie aus dem Zimmer traten.

– Wow, sage ich nur.

Als sie das zweite Kind erwarteten, zogen die Eheleute zurück nach Deutschland, arbeiteten zunächst im Krankenhaus, bevor seine Eltern die Praxis ausfindig machten, die groß genug für beide und dazu erschwinglich war. Lieber wären sie in der Stadt geblieben, klar, nur hatten sie im Ausland kein Kapital erwirtschaftet, an die Zukunft dachten sie ja schon aus ideologischen Gründen nicht. Inzwischen sind es drei Kinder, einundzwanzig, sechzehn und vierzehn Jahre, da sei an neuerlichen Aufbruch nicht zu denken, meint Jutta, wiewohl das Fernweh sie immer noch packe.

– Und wenn die Kinder aus dem Haus sind? frage ich.

– Ich glaube nicht, daß ich meinen Mann noch einmal von hier fortbewegen kann, sagt Jutta so, daß es keinesfalls kummervoll klingt.

Vielleicht möchte sie auch nur ihre Position als glücklich verheiratete Frau abstecken. Oder sie weiß, wie die Erzählung von Maupassant ausgeht: Der Großstadtdichter, den sich die Provinzialin so wild und leidenschaftlich imaginiert hat, schläft vor der Zeit ein! »Die Nacht verlief ruhig; nur das Ticken der Wanduhr störte den Frieden. Sie lag da, ohne sich zu rühren, und dachte an die Nächte in ihrem Ehebett. Und im gelben Schein einer chinesischen Laterne betrachtete sie – bohrenden Schmerz im Herzen – den auf dem Rücken liegenden kleinen dicken Mann neben ihr, dessen Kugelbauch bei jedem seiner Atemzüge gleich einem aufgeblasenen Luftballon die dünne Bettdecke mit emporschwellen ließ. Er schnarchte in allen Tönen wie eine Orgelpfeife: mit langen, schnaubenden Stößen und kurzen, komischen Röchellauten dazwischen. Seine zwanzig, dreißig Haare nutzten die Ruhe seiner Geistesstirn für sich aus und reckten sich widerborstig nach allen Seiten, als wollten sie sich von ihrer täglichen Zwangslage auf dem kahlen Schädel erholen, dessen öde Wüste sie verschleiern sollten. Und aus dem Winkel seines halboffenen Mundes sickerte in dünnen Fäden der Speichel heraus.«

Zu meiner Verblüffung muß ich niemandem am Tisch Jutta vorstellen und werde nicht ich, sondern wird sie nach unsrer Bekanntschaft befragt. Spontan oder nicht, schwindelt sie, daß wir uns während ihrer Zeit in Lateinamerika begegnet seien. So froh ich bin, das Geheimnis zu wahren, achte ich dennoch darauf, ob sie mir einen augenzwinkernden Blick zuwirft; sobald wir allein sind, möchte ich sie schon nach unserer Schulhofliebe fragen. Allein, Jutta blickt mich nicht an, das ganze Essen über nicht, obwohl ich neben ihr sitze. Als sei sie der Gast des Abends, führt sie das Gespräch, das sich nach zwei Bemerkungen zur Lesung, die mehr pflichtschuldig sind als höflich, auf die örtlichen Angelegenheiten konzentriert, die sensorgesteuerte Ampelschaltung, die an der Zufahrt zur Autobahn Wunder wirkt, den Unterrichtsausfall an der Grundschule, den zweiten Rasenplatz für den Fußballverein. Konsterniert nehme ich zur Kenntnis, daß die Lesung offenbar doch keinen so tiefen Eindruck hinterlassen hat, wie ich auf der Bühne wähnte; daß Jutta die Stupsnase hat, die der Roman hervorhebt, fällt schon gar niemandem auf.

Ich wünsche mir nach Lesungen ja stets, nicht weiter Auskunft geben zu müssen, und bin dennoch jedesmal enttäuscht, wenn mein Buch keinen mehr interessiert. In diesem Fall stört meine Anwesenheit regelrecht, denn ich nehme den Gästen rechts von mir die Sicht auf Jutta, die mehr und mehr das Wort führt; mein direkter Nachbar lehnt sich gar, als ich mich zum

Essen vorbeuge, hinter meinem Rücken ungeniert auf meinen Stuhl, um sie besser zu sehen. Meinen eigenen Blick aufs Schnitzel geheftet, bereite ich mich innerlich auf das Fiasko vor, dem der Abend zustrebt. Auf alles war ich gefaßt, nur darauf nicht, daß sich innerhalb einer halben Stunde die Konstellation auf dem Schulhof wiederholen würde, sie umringt von Bekannten, ich schmachtend am Rand. Denn je öfter ich jetzt doch zu ihr luge, desto schöner erscheint sie mir, unglaublich selbstbewußt, zugewandt jedem, den sie anspricht, mit beneidenswertem Eifer, selbst wo es nur um die Ampelschaltung geht. Ich weiß nicht, wie viele Hinweise ich überhört habe, als ich endlich begreife, daß Jutta die Bürgermeisterin des Städtchens ist.

Später werde ich erfahren, daß sie im Unterschied zu den meisten, die vor dreißig Jahren die atomare Aufrüstung verhindern wollten, nie nachließ in ihrem Kampf für eine bessere Welt, sich für das Medizinstudium entschied, weil es die Linderung des Elends unmittelbar versprach, und in Lateinamerika Ernst machte mit dem politischen Engagement. Zurück in Deutschland ließen ihr die Kinder und später die neue Praxis nicht viel Zeit, da lag es nahe, sich wenigstens um die örtlichen Mißstände zu kümmern. Über den Einsatz für die Kindertagesstätte und, ja, die Einführung getrennter Mülltonnen geriet sie in die lokale Politik, überwand sich und trat, um Veränderungen nicht nur zu fordern, sondern auch durchsetzen zu können, einer Partei bei.

Durchaus als Aushängeschild, wie sie selbst sagen wird, als junge, berufstätige, in der Kirche aktive und – wie ich selbst hinzufügen werde, um mich sofort für das lausige Kompliment zu genieren – für Wahlplakate wie gemachte Frau, wurde sie bald schon für den Gemeinderat nominiert. War sie in Lateinamerika noch aufgegangen in ihrer Arbeit als Ärztin, befriedigte sie die Allgemeinmedizin, die sie mit ihrem Mann betrieb, immer weniger, das Hamsterrad von sechs Patienten die Stunde, in das die Krankenkassen sie zwangen, die Wochenenden, die sie mit Abrechnungen verbrachte, am Ende auch ihr eigener Zynismus, der sich einschlich, weil die meisten Patienten unter Wehwehchen litten im Vergleich zu den Elenden, die sie in Lateinamerika behandelt hatte. Hatte sie dort noch Leben gerettet, vertrieb sie hier oft nur gelangweilten Rentnern die Zeit. Die Nachmittagsbetreuung für die Kinder setzte sie bereits in der ersten Wahlperiode durch und die Mülltrennung ebenso.

Wir sind bereits beim Schnaps, da steckt das Gespräch weiter in der Kommunalpolitik fest; die Prognosen für die nächste Wahl, um die es seit dem Dessert geht, fallen am Tisch rundherum günstig aus für Jutta. Ich strenge mich an, nicht überheblich zu werden, und sage mir, meine Welt wirkt von außen genauso klein; schließlich unterhalten sich Schriftsteller beim Abendessen auch nur über die eigenen Angelegenheiten, Verkaufszahlen, Lesungshonorare, Rezensionen, die für jeden Außenstehenden noch belangloser sind. Doch wurmt mich weiterhin, daß die Lesung, die ich vorhin noch als Erfolg verbuchte, keine Stunde später in so fahles Licht gerückt ist. Daß niemandem das Stupsnäschen, die Haarfarbe und vor allem das Lächeln Juttas aufzufallen scheint, niemand neunzehn plus dreißig Jahre rechnet, spricht nicht für eine bleibende Erinnerung an meinen Roman. Ich kenne das schon, gerade von Städtchen wie diesem, die oft nicht einmal eine Buchhandlung haben: zwischen Frauenchor und Tourneetheater eingeladen zu werden, damit in der Jahresbilanz auch die Literatur steht; mit einem wie mir hat das Kulturamt zugleich die Integration abgebucht.

Gerade als die Trübsal mich so fest gepackt hat, daß sie die Nacht im obligaten Einzelzimmer anzuhalten verspricht, spüre ich unterm Tisch Juttas Hand auf meinem Handgelenk. Ob sie gemerkt hat, wie verloren ich mich in der Runde fühle? Es ist keine eigentlich zärtliche Berührung, ihre Finger bewegen sich nicht, es kommt mir eher wie eine Beruhigung vor und hat doch endlich auch etwas Verschwörerisches. Warte, scheint mir ihre Hand zu sagen, warte, bis wir hier raus sind, dann werden wir uns schon noch unterhalten. Ich schaue Jutta an, die aber auch nur einen harten Wahlkampf verspricht.

Auf der Runde, die wir ums Städtchen drehen, weil es keinen Ort zum Einkehren gibt, kommen wir an den beiden Rasenplätzen vorbei, der eine längsseitig mit schmaler Tribüne, der andere, neu gelegte, dann wohl fürs Training. Die Fußballmannschaft sei in die Regionalliga aufgestiegen, berichtet Jutta und nennt das einen Wahnsinn, weil in der Regionalliga sonst nur Städte ab dreißig- oder vierzigtausend Einwohnern spielen.

– Ist das schon der Profibereich? frage ich, um das Gespräch am Laufen zu halten.

– Nein, das nicht, antwortet Jutta, aber gefühlt war es die deutsche Meisterschaft.

Es ist nicht so, daß mich Juttas Elan kaltließe oder ich ihre Lebensleistung ignorierte, ihren Mut wie ihre Opferbereitschaft, nach Lateinamerika zu gehen, statt Karriere zu machen, der Neuanfang in Deutschland: eine Praxis aufbauen und drei Kinder großziehen, die mit Sicherheit Pfundskerle sind, der Erfolg als junge Politikerin in einem Städtchen, das bis dahin von älteren Männern regiert worden war. Als Romanschreiber würde ich am lautesten bejahen, daß man jeden Ort zum Mittelpunkt der Welt machen kann. Und umwerfend sieht Jutta außerdem aus, die Augen, die vom Licht der Straßenlaternen warm funkeln, die eigenwillige Nase, ihr filigraner Körper unruhig von zu viel Energie. Ich spüre nur, daß ich keine Verbindung zu ihr herstellen kann. Wir gehen nebeneinander so nah, daß sich immer wieder unsere Schultern berühren, wir tun wie Freunde, die sich zu lange nicht trafen, wir erzählen von unserem Leben, als sei es selbstverständlich, daß es den anderen angeht. Aber was uns tatsächlich verbindet, die eine Woche, in der wir jeden Nachmittag Eis auf dem Bahnhofsvorplatz aßen und drei Nächte miteinander verbrachten, das rührt sie nicht an, hat den Roman, aus dem ich heute abend las, mit keinem weiteren Wort erwähnt.

– Einer wie du wird das ja für unbedeutend halten, sagt Jutta, als sie nicht mehr mit meiner Erwiderung rechnen kann: Aber das mit dem Fußballplatz war wirklich eine große Sache für mich.

– Erzähl mir von dem Fußballplatz, erwidere ich so geschwind, daß ich selbst nicht genau weiß, ob die Bitte nur mein Desinteresse überspielt.

Als fahrender Künstler, der ich als Romanschreiber nun einmal auch bin, habe ich öfters mit Bürgermeistern unscheinbarer Gemeinden und kleinerer Städte zu tun: Ich bin eingeladen, mein Buch vorzustellen oder etwa die Festrede zum Neujahrsempfang zu halten; die Beamten sind bereits nach Hause gegangen, selbst das Vorzimmer ist leer, da empfängt mich der Bürgermeister in seinem Büro; ich bin neugierig, ich frage zur Freude des Bürgermeisters ein ums andere Mal nach, bis er einen kurzen Rundgang vorschlägt; das wär' sehr schön, antworte ich artig, worauf der Bürgermeister zum Hörer greift und jemandem mitteilt, seiner Frau oder seinem Vorzimmer, in dem doch jemand auf den Feierabend wartet, daß er mal eine halbe Stunde weg sei oder sich ein Stündchen verspäte, und schon stehe ich mit einem Herrn, der gar nicht älter sein muß als ich, so viele jüngere Bürgermeister gibt es inzwischen ja auch, aber mit seiner Krawatte und dem Seitenscheitel einfach anders aussieht, einen anderen Weg genommen hat als ich, der ich ebenfalls in einem Städtchen geboren bin, weder gegen die atomare Aufrüstung noch für die Revolution in Lateinamerika kämpfte, sich vielmehr um die Schülervertretung bewarb, gar nicht erst studierte oder nach dem Studium gleich wieder ins Städtchen zurückzog – wir stehen auf diesem grau in grauen Vorplatz, über dessen kostspielige, jedoch so notwendige Sanierung der Bürgermeister mit einer Leidenschaft spricht, als ginge es um den Bau des Petersdoms. Dabei sind die Bäume, der Rasen und der Brunnen, die der Bürgermeister vor meinem inneren Auge entwirft, erst der Anfang: Wenn er auf dem Rundgang von den größeren Aufgaben spricht, den bewältigten und noch unbewältigten, den Jugendlichen, die keine Lehrstelle finden, den Türken, die nicht länger in einer Garage beten sollen, dem Lärm der Durchgangsstraße, der die Anwohner um den Schlaf bringt und so weiter und so fort – nie nehmen die Aufgaben ein Ende –, dann denke ich, während ich zu seiner Freude weiterhin eine Frage nach der anderen stelle, ich denke: ja, du hast recht, nicht immer nur ich, was du hier tust, ist wichtig, nicht was ich tue, und würde den Bürgermeister am liebsten an beiden Oberarmen packen und rütteln und rufen, wie mich nach einer Lesung nie jemand packt: Du hast gut daran getan, daß du im Städtchen geblieben bist.

Ich werde später nicht mehr genau rekonstruieren können, was Jutta vom zweiten Fußballplatz erzählt, es geht auch irgendwie um das Zusammenleben der Völker, das Asylantenheim und einen Nigerianer, der zur Meisterschaft beitrug, aber diesen Eindruck, daß hier jemand am richtigen Ort ist und Schwierigkeiten löst, die konkret sind wie ein Laib Brot oder ein Schluck Milch, die Bewunderung auch, die mir etwas Simples wie ein gesundes, fair gehandeltes Schulfrühstück abtrotzt, für das sich Jutta eingesetzt hat, diesen Eindruck empfinde ich noch stärker als in anderen Städtchen, weil sie gar nicht hierhin gehört. Sie hat einfach einen Ort, einen wirklich beliebigen Ort, an dem sie zufällig war, zum Mittelpunkt der Welt gemacht. Mit Bäumen, Rasen und Brunnen wäre selbst der Vorplatz des Rathauses nicht mehr grau.

Ich frage mich, ob Jutta aus derselben Scheu, aus der ich ihre Ehe übergehe, nicht nach meiner Scheidung fragt, die der Roman mehrfach erwähnt, aus dem ich heute abend las. Wahrscheinlich ist es viel simpler und interessiert sie mein Privatleben einfach nicht – warum auch? Unsre einstige Liebschaft ist ebensowenig angesprochen, da haben wir das Städtchen bereits umrundet und noch das Infrastrukturgesetz der Bundesregierung erklärt. Dennoch ist das Gespräch anregend, ich kann es bei aller Ernüchterung nicht anders sagen, erfahre ich manches über den deutschen Alltag und lerne andres neu, sogar freundlicher zu sehen, wofür ich freilich aufgeschlossener wäre, wenn ich mir nicht fortwährend Gedanken machte, was sich wohl hinter Juttas Schädeldecke und gar in ihrem Herzen tut, welche Fragen und Erlebnisse sie außerhalb des Amts bewegen, nicht nur mit ihrer Ehe, meine ich, wie sie überhaupt das Leben und ihr Leben findet, ob Nöte sie belasten, von denen sie einem Fremden wie mir nie berichten würde, und der Dank fürs Daseins tatsächlich eine Erfahrung ist oder bestenfalls ein Bekenntnis.

– Ich möchte gar nicht aufhören, mit dir zu reden, rufe ich mitten in ihren Satz und bin selbst von der Intimität überrascht, die mein eigener Satz herzustellen versucht.

Jutta bleibt stehen und dreht sich zu mir, die Wangen wieder wie Aprikosen. Bewußt oder unbewußt wird sie ihr Lächeln, das so entwaffnend zugewandt wirkt, auch im nächsten Wahlkampf einsetzen, geht mir durch den Kopf.

– Laß uns noch ein Glas Wein bei mir trinken, schlägt sie vor und fügt, da ich nicht sofort reagiere – hat sie etwa gemerkt, daß ich aus der Fassung gebracht bin, oder fürchtet sie, sich zweideutig ausgedrückt zu haben? –, fügt hinzu, daß ich dann auch ihren Mann kennenlernte, der nie vor zwei Uhr im Bett sei.

– Muß er denn nicht morgens ganz früh raus? frage ich, was mich gerade am wenigsten bewegt: Ich meine, so als Arzt.

– Doch, doch, antwortet Jutta und erklärt, daß ihr

Mann schon in Ecuador mit vier Stunden Schlaf ausgekommen sei: Aber trinkst du überhaupt Alkohol?

– Ja, den ganzen Abend schon.

– Ach so, stimmt.

Wenn ich den Roman schreibe, werde ich außer dem Namen andere Äußerlichkeiten gerade so viel verändern, daß die Frau unerkannt bleibt, die ich auf dem Schulhof geliebt. Sie ist also vielleicht gar nicht Bürgermeisterin oder hat keinen Pagenschnitt, vielleicht nicht einmal eine Stupsnase und blonde Haare, so daß der Schwindel bereits im Roman begonnen hätte, aus dem ich heute abend las. Für den Roman, den der Leser in Händen hält, werde ich noch mehr, nach meinem Dafürhalten auch Wesentliches verfremden und selbst schmerzhafte Auslassungen in Kauf nehmen, damit sich Jutta, die nicht Jutta heißt, mit der Veröffentlichung einverstanden erklärt. Doch das Gefühl, das das Wiedersehen in mir auslöst, die vielen widerstreitenden Gefühle, werde ich so genau als möglich dokumentieren. Überhaupt erfinde ich als Romanschreiber nur und nur dort, wo es – ich mag das Wort, das ich aus Kriminalfilmen kenne – der Wahrheitsfindung dient. Ich behaupte schließlich nicht, auch nur meine eigene Wahrheit zu kennen, also zu wissen, was ich gerade fühle, wie ich die Welt sehe und so weiter. Oder anders: Was ich fühle, sehe und so weiter, das weiß ich oder glaube ich zu wissen, nur wie ich es zu entschlüsseln habe, worin der Sinn dieses oder jenes Erlebens liegt, das wird oft dunkler, je mehr es zu bedeuten scheint. Nur deshalb schreibe ich und nur dort, in den großen wie den kleinen Dingen, wo ich etwas Gesehenes, Gehörtes, Gefühltes nicht verstehe. Und vom Wiedersehen nach einer Lesung – so viel ist nun auch im herkömmlichen Sinne wahr –, dem unerkannten Zusammensein im Restaurant, dem Spaziergang durch ein fremdes, wie verlassenes Städtchen, das ich andernfalls schon am nächsten Morgen vergessen würde, von der Einladung ins Einfamilienhaus, in dem sie mit Mann und drei Kindern lebt, und von allem, was ich in einer Nacht über die Liebe erfahre, werde ich Bericht erstatten müssen, eben weil es vor Bedeutung immer dunkler leuchten wird.

Dem Leser, der nach diesem Einschub was weiß ich welches Drama erwartet, durch das Wort der Wahrheitsfindung verleitet gar einen Kriminalfall, diesem selbstverständlich ebenfalls willkommenen, jedoch für die Romane, die ich schreibe, vielleicht gar nicht so passenden Leser möchte ich vorsorglich die Ankündigung machen, daß die Nacht nichts Spektakuläres bringen wird, keine Bettszene, nicht einmal einen Kuß. Es wird nichts sein und doch so viel, und genau in dieser Lücke zwischen offenbar werdender Bedeutungslosigkeit sogar für die Liebenden selbst und überwältigender Sinnhaftigkeit noch für einen Unbeteiligten mit zugegeben empathischem Blick, in diesem winzigen Abstand, den ich bis hierhin, bis zum Rundgang durchs Städtchen und dem Eintreten in ihr Haus übersehen oder für unwürdig gehalten habe, liegt womöglich doch ein Himmel, den Gott den Menschen verheißt. Ja, genau andersherum als in dem Roman, aus dem ich heute abend las, wird das Geschilderte den Liebenden selbst nichtig vorkommen und doch alles sein, was Liebe auf Erden verspricht.

Obwohl ich es mir hätte denken können – er Arzt, sie Bürgermeisterin –, überrascht mich die Größe der – ja, es ist eine richtige Villa, ein dreistöckiger, geradezu ehrwürdiger Altbau mit bodentiefen, offenbar nachträglich vergrößerten Fenstern im Obergeschoß, dahinter Schlafzimmer wahrscheinlich, als Anbau eine Doppelgarage, auf dem Dach Sonnenkollektoren.

– Sind auf der Garage auch welche?

– Ja, antwortet Jutta: Wir geben sogar Strom ab.

– Und das rechnet sich?

– Mittlerweile rechnet es sich auch.

Es ist ihr Mann, erfahre ich, dessen ökologisches Bewußtsein und Faible für technische Neuerungen so ausgeprägt sind, daß er den Altbau über die Jahre zu einem Muster naturverträglicher Lebensführung ausgebaut hat, Regenwassernutzung, konsequente Wärmedämmung, Naturgasgewinnung und ... so schnell komme ich gar nicht mit, wie Jutta die Einrichtungen aufzählt, die den Verbrauch der natürlichen Ressourcen mindern oder sogar Ressourcen erzeugen. Inzwischen stehen wir bereits in der Diele, in der die Kinder nicht allzu sehr auf Ordnung achten müssen, über den Boden verteilt Schuhe verschiedener Größe, Fahrradhelme, ein Skateboard und ein Basketball, der gegen den Arztkoffer aus schwarzem Leder gerollt ist, wahllos auf die Kommode geworfen signalfarbene Regenbekleidung, dazwischen abnehmbare Fahrradleuchten und ein Stapel DVDs mit Hollywoodfilmen.

– Die großen Fenster verkleinern, also dagegen habe ich mich erfolgreich gewehrt, flüstert Jutta: Und die beiden Autos sind für uns total unverzichtbar.

– Aber dann wenigstens Elektro, oder? frage ich und habe nicht nur die Lautstärke, sondern auch den Ton übernommen, mit dem sie über das Faible ihres Mannes spricht.

– Er muß sich mit Hybrid begnügen, antwortet Jutta: Mit dem Elektroauto käm er hier auf dem Land nicht weit.

– Und du?

– Am liebsten meine Dienstlimousine, kichert Jutta.

– Soll ich die Schuhe ausziehen?

– Ja, bitte.

Beim ersten Mal sehe ich es, weil ich meine eigenen Schuhe aufschnüre, bloß aus dem Augenwinkel, dafür die zweite Bewegung in ihrer ganzen Anmut und Pracht, wie sie auch den linken Unterschenkel in Richtung des Pos hebt und den Oberkörper behend wie eine Tänzerin gleichzeitig dreht und beugt, wie sie mit zwei Fingern den Stöckel hält und die Ferse aus dem ebenso eleganten Schuh hebt und wie sie dann, ja wirklich eine Tänzerin jetzt, so leicht, wie sie den Unterschenkel nach vorne wirft, worauf der Schuh vom Fuß fliegt, um zwischen den Turnschuhen und Sneakers der Kinder zu landen. Ist sie es überhaupt? frage ich mich, so klein war Jutta doch nicht, die nicht Jutta hieß, so klein und feingliedrig wie die Frau vor mir, die auf Nylonstrümpfen so selbstverständlich ins Hausinnere voranschreitet, als gehörte ich zur Familie oder wäre ein täglicher Gast. Richtig, als sie mich vor dreißig Jahren mit nach Hause nahm, ging sie ebenfalls voran und von der Haustür weiter durch den Flur nach oben in ihr Zimmer, ohne nach hinten zu schauen; nur damals, da nahm ich sie überhaupt nicht wahr, oder kann mich nicht erinnern, ob sie sich bereits mit derselben Sicherheit bewegte, bewahre keine Geste im Gedächtnis, die an Grazie den weggestoßenen Schuhen gleicht, während ich jetzt jeden Blick und jede Regung aufzeichne, ihre leicht gespreizten Finger beim Gehen, das Gesäß, das in dem schmal geschnittenen Rock hin- und herwiegt, dieser frappante – ja, das ist der stärkste Eindruck –, dieser frappante Automatismus ihres Auftretens, der das offensichtlich Ungewohnte, nicht Geprobte, auch nicht Erwartbare unsrer Situation bricht.

– Hallo, Schatz? höre ich sie im Zimmer fragen, dem Wohnzimmer vermutlich, in das sie vorausgetänzelt ist.

Selbst Belesenen ist heute oft nicht mehr klar, daß sich der berühmteste Satz der *Mimima Moralia*, wonach es kein richtiges Leben im falschen gibt, auf moderne Wohnungseinrichtungen bezieht. Die vor siebzig Jahren bereits unlösbar gewordene Frage, wie man leben, also konkret: wohnen solle, scheinen Jutta und ihr Mann ihren Kindern zu überlassen. Zwar dürften sie die eigentlichen Möbel selbst ausgesucht haben, aber die Sofagarnitur aus hellbraunem Leder, die Regale aus Nadelholz mit dem CD-Ständer daneben, der dunkelblaue Lesesessel mit Fußableger und beweglicher Rükkenlehne, schließlich der Teppich aus heller Schurwolle auf dem Steinboden sind nur spärlich über das große Wohnzimmer verteilt, das noch in Zeiten abendlicher Salons erbaut wurde; vor allem aber wirken die Möbel wie beliebig aus einem der marktschreierischen Broschüren ausgewählt, die ich manchmal im Briefkasten finde. Nichts davon habe ich nicht genauso in hundert anderen Wohnzimmern oder in der Werbung gesehen; allenfalls wundere ich mich, daß die Einrichtung in ihrer Gewöhnlichkeit nicht recht den beiden Arztberufen beziehungsweise einem Bürgermeisteramt entspricht, schon gar nicht der Vornehmheit eines Straßenzugs, dessen Bäume und Villen älter als die ältesten Menschen sind.

Allein, die Einrichtung ist auch nicht wichtig, wird von Jutta und ihrem Mann nicht wichtig genommen, scheint mir, ist nur das feststehende Dekor einer Bühne, auf der die Aufführungen mit dem Heranwachsen der Kinder wechseln. Die Flecken auf dem Sofa geben recht, daß es nicht lohnen würde, zu viel ins Mobiliar zu investieren. Vom unerwartet großen Bücherregal abgesehen, das ich noch näher betrachten werde, drückt sich Individualität allein von den Kindern aus, die Schulbücher und Hausaufgabenhefte auf dem Sofatisch, das angefangene Gesellschaftsspiel auf dem Boden, die Kleidungsstücke, die wahllos fallen gelassen worden sind, außerdem eine benutzte Müslischale, die niemand weggeräumt hat, Gläser, die teilweise noch halb voll sind, eine Chipstüte zur Hälfte auf dem Sofa ausgestreut, vor dem Fernsehschrank DVDs mit amerikanischen Romanzen und Komödien, zwei weitere Chipstüten sowie eine Haarbürste, eine elektrische Gitarre an die Verstärkerbox gelehnt; immerhin liegt auf der Box auch ein Kopfhörer für den Fall, daß die Rückkopplung stört.

Mir fällt ein, daß ich versäumt habe, mich näher nach den Kindern zu erkundigen, als Jutta sie erwähnte; jetzt habe ich schon vergessen, wie alt sie sind, ob Junge, ob Mädchen. Dem Fußballtrikot nach, das ebenfalls auf dem Boden liegt, muß Jutta einen Sohn haben, zwölf, dreizehn Jahre, schätze ich, außerdem eine Tochter, wenn ich die Bürste zwischen den DVDs richtig zuordne, und noch einen zweiten Sohn, der E-Gitarre spielt. Oder gehört die Gitarre der Chipsesserin und ist das älteste Kind, ob Sohn oder Tochter, etwa schon aus dem Haus? In der Ecke liegt eine Hantel, zwei mächtige Gewichte an einer blitzenden Stange, die wahrscheinlich auch nicht von Jutta gestemmt wird. Womöglich gehört die Hantel ihrem Mann, der sich der Umwidmung des bürgerlichen Wohnzimmers in einen Freizeitkeller beugt oder sie initiiert hat. Am Ende ist es genau das, was wir gewollt haben, als wir gegen die Alten aufbegehrten – Jutta im Besetzten Haus stürmischer als ich –, nur daß wir statt der Eltern uns abgesetzt haben, da wir nun selbst die Alten sind. Wo ist sie eigentlich hin?

Als Jutta ins Wohnzimmer tritt, ist sie nicht mehr die gleiche. Sie trägt dasselbe Kleid, dieselben Nylonstrümpfe ohne Schuhe, ist mit derselben Dezenz geschminkt wie vor zehn Minuten, hat keine Spuren tränenverschmierten Lidschattens; jedoch ihre Augen, ihr verschmitzter, mir gewiß zugetaner und gleichzeitig leicht gönnerhafter, dadurch ins Ironische gewendeter Blick ist wie erloschen. Verflogen die federleichte, angeboren wirkende Zielstrebigkeit, die mich seit dem Wiedersehen betörte; zurückgeblieben ist eine Frau, die hilflos wirkt wie eine gerade Verlassene, dadurch seltsamerweise auch älter, denke ich, obwohl Hilflosigkeit und zumal Liebeskummer einem Gesicht oft etwas Kindliches verleihen. Liebeskummer? Daß ich ihren Kummer spontan mit der Liebe assoziiere, hat wahrscheinlich mehr mit meinen Erinnerungen zu tun als mit ihrem Anblick. Denn eher hat ihr Gesicht etwas Sterbensmüdes oder schon Abgestorbenes. Erkennbar überlegt sie, den Mund bereits geöffnet, ob sie den Versuch unternehmen soll, ihre Not zu überspielen, oder mir gleich sagt, was vorgefallen ist; ob ausgerechnet ich jemand wäre, praktisch ein Fremder, dem sie sich jetzt mitteilt, oder sie mich höflich aus dem Haus bittet. Endlich merke ich ihr die Mühe an, sich überhaupt aus der Starre zu lösen.

– Soll ich gehen, oder möchtest du, daß ich bleibe?

– Nein, bleib doch, überrascht mich Jutta mit einer prompten Antwort: Muß ja nicht lang sein.

Die Annahme, daß sie sich mit ihrem Mann gestritten hat, bestätigt sich immerhin halb.

– Wir streiten uns nicht einmal mehr, erklärt es Jutta.

Sie hat ans Arbeitszimmer geklopft, in dem er noch Abrechnungen schrieb, hat ihm einen Kuß neben die Lippen gedrückt und berichtet, daß sie den Schulfreund mitgebracht habe, der heute abend im Gemeindezentrum las. Ihr Mann weiß von dem Roman und also von der Liebe, die ich für seine Frau fühlte, wiewohl sie nicht im selben Maße für mich. Er hatte vorgehabt, sie zur Lesung zu begleiten, doch zog sich die Sprechstunde wieder hin. Er ist mir gegenüber nicht empfindlich oder gar eifersüchtig – warum auch? –, war im Gegenteil neugierig, mich kennenzulernen, und hatte am Morgen zugesagt, nach der Lesung zum Essen mitzugehen. Merkwürdig genug, hatte er ebenso wie Jutta damit gerechnet, daß ich mich als sympathisch erweisen würde.

– Das bist du ja auch, versichert Jutta und verkennt, daß ein Liebender nichts weniger gern hört als ein Lob seiner Nettigkeit, ganz gleich, wie lang sein Begehren zurückliegt.

Schon den ganzen Abend hat mich die Unbefangenheit gekränkt, mit der sie mich ansieht, anspricht und am Arm faßt; daß sogar ihr Mann sich auf die Begegnung freute, spricht ebenfalls nicht dafür, daß meine Leidenschaft besonders ernst genommen wird.

– Aber etwas muß doch passiert sein, daß du so fertig bist, sage ich.

Ihr Mann war bereits aufgestanden, um ihr ins Wohnzimmer zu folgen, als er sie wie nebenher bat, den Kindern das nächste Mal etwas zu essen zu machen, wenn sie abends außer Haus ist; schließlich sei Schokomüsli für einen Vierzehnjährigen, der den ganzen Nachmittag Fußball gespielt hat, keine geeignete Hauptmahlzeit, und Chips seien okay, aber warum drei Tüten halb angebrochen im Wohnzimmer zurückbleiben müßten, das begreife er nicht. Das Sofa sei auch schon wieder versifft. Sie hätte ihn nur anlächeln oder seufzend die Arme um seinen Hals legen müssen, ihr Mann säße jetzt auf dem Sofa neben mir; sie hätte alles mögliche erwidern, hätte sich rechtfertigen oder gleich mit beliebigen Vorwürfen kontern können – warum hast *du* die Chips nicht weggeräumt? –, der Ärger hätte sich bereits auf der Treppe wieder gelegt. Aber zu oft stand sie mit dem Gefühl vor ihm, daß er sie gezielt, ja aus Bosheit am empfindlichsten Punkt trifft, wenn er sich betont beiläufig über ihre Nachlässigkeit gegenüber den Kindern mokiert; nicht bloß rechtfertigen möchte sie sich dann oder den Vorwurf umkehren, sondern ihn in der Sekunde am liebsten nur anschreien, ja mit Gegenständen nach ihm werfen. Natürlich tut sie es nicht, hat es auch diesmal nicht getan. Sie hat sich nur umgedreht, die Tür des Arbeitszimmers hinter sich geschlossen und genau gewußt, daß sie mit dem stummen Abgang die Mißstimmung etabliert – ihn stehenzulassen ohne weiteren Kommentar, und unten wartet auch noch der Schulfreund, mit dem sie wie flüchtig auch immer, wie lang es auch her ist, einmal liiert war. Es wird Tage dauern, bis sie mehr als nur das Nötigste bereden, Wochen, wenn nicht Monate, bis sie sich wieder umarmen.

– Und das alles wegen drei Tüten Chips? frage ich.

– Manchmal schaffen wir es auch ganz ohne Grund.

– Vielleicht zeigt sich gerade darin die Liebe, versuche ich sie zu trösten: daß ihr selbst Winzigkeiten so ernst nehmt.

– Was ist denn das überhaupt, die Liebe?

Ich bekannte oder behauptete vorhin, daß ich deshalb nur schreibe beziehungsweise nur dort, wo ich etwas nicht verstehe. Der Leser, erst recht der professionelle Leser, scheint sich genau die gegenteilige Vorstellung zu machen; seit der Veröffentlichung des Romans, aus dem ich heute abend las, werde ich regelmäßig nach der Liebe befragt und allen Ernstes als Experte in Radio und Fernsehen geladen. Nicht, daß ich jeden Unsinn mitmache; aber wenn nun jemand, nach einer Lesung oder in einem Brief, eine Einschätzung, vielleicht sogar einen Rat erbittet, bringe ich es nicht über mich, mit den Schultern zu zucken. Ich sage oder schreibe dann auf, was mir noch am plausibelsten erscheint oder ich mir für ähnliche Fragen bereits zurechtgelegt habe, gebe mir alle Mühe, wenigstens für sympathisch gehalten zu werden, wenn schon meine Antwort nicht genügt. Mitunter habe ich auch den Eindruck, daß ich mich gar nicht so dumm anhöre. Freilich ist das fast Scharlatanerie. Würde jemand die verschiedenen Auskünfte nebeneinanderlegen, die ich hier und dort gebe, er käme nicht darauf, daß sie von ein und derselben Person stammen. Literatur schafft ja erst die Kongruenz, wenn überhaupt, die die Erfahrung nicht bietet. Ich kann hier nicht für jeden Romanschreiber sprechen; gerade was die Liebe betrifft, wird es Kundigere, auch Weisere geben als mich. Aber gerade was die Liebe betrifft, wäre mein Leben ein hinreichender Beleg, daß ich nichts verstanden habe. Ich muß nicht näher auf meine Scheidung eingehen, würde vielleicht nur ergänzen, daß mir der Sohn, den ich abwechselnd mit seiner Mutter betreue, inzwischen vollends entglitten ist, wir kaum noch miteinander reden, obgleich ich kein Wesen auf der Welt mehr liebe als ihn. Was also die Liebe betrifft, habe ich selbst nur Trümmer hinterlassen. Und jetzt sitze ich im Wohnzimmer der Frau, die ich vor über dreißig Jahren mehr als nur angehimmelt, nämlich wirklich schon angebetet habe wie niemand so leidenschaftlich einen Gott, ich sitze ihr nachts zwanzig vor zwölf in einer fremden Kleinstadt auf einer Sofagarnitur gegenüber, ringsherum verstreut das Gebrauchsgut ihrer fast erwachsenen Kinder, und sie fragt mich allen Erntes, was Liebe sei.

Trüge ich eine digitale Taschenbibliothek mit mir, könnte ich Jutta die Auskünfte kundiger und sogar weiser Romanschreiber geben, die ich niemals im Gedächtnis habe, wenn ich sie brauche. Andererseits wäre es eher peinlich, Jutta in ihrer Not mit Literaturhäppchen abzuspeisen, und zitiert der Roman, den ich schreiben werde, noch häufig genug Proust, der – selbst der! – abwinkt, »daß man bei allem, was die Liebe betrifft, am besten gar nichts zu verstehen versucht«. Damit ich überhaupt etwas sage, ohne eine Antwort zu geben, deren Gegenteil genauso wahr wäre, kehre ich zum Biographischen zurück, das auch für den Leser wenigstens kursorisch noch abgehandelt werden muß, und frage Jutta, was sie als junge Frau nach Lateinamerika verschlug.

– Ich mein, das war ja schon ungewöhnlich, oder nicht?

– Also Nicaragua hatten wir damals schon alle auf dem Schirm.

Doch nicht im revolutionären San Salvador, sondern an der Klinik eines international renommierten Arztes in Quito fand sie eine Stelle, die in Deutschland für das Praktische Jahr nach dem Studium anerkannt wurde. Schon bald hörte sie von dem jungen Deutschen, der im Urwald die Indios behandelte, nicht allein, das nicht, vielmehr als Partner eines einheimischen Arztes, der in kleinen Propellermaschinen von Dorf zu Dorf flog. Sie besorgte sich die Nummer und rief an, ob sie ihn eine Woche begleiten dürfe, fühlte sich in der Klinik fehl am Platz, die ebensogut in Deutschland hätte stehen können, während er das Leben zu führen versprach, um dessentwillen sie Medizin studiert hatte. Als sie nach Quito zurückflog, waren sie ein Paar und fühlte sie bereits stark, daß sie es ein Leben lang bleiben könnten. Er hingegen freute sich vorläufig nur, wie er später zugeben sollte, unverhofft jemanden gefunden zu haben, der von Zeit zu Zeit sein Bett, seine Gedanken, auch schlicht seine Sprache teilt. Die Zeitverschiebung, mit der in ihrem Verhältnis die Liebe einsetzte, barg bereits den Keim der Vorwürfe, Verletzungen und Rückzüge, die heute die Frage aufwerfen, ob in ihrem Verhältnis die Liebe nicht längst wieder aufgehört hat.

– Es könnte allerdings auch umgekehrt sein, wende ich ein.

– Wie meinst du das?

– Daß die Vorwürfe, Verletzungen und Rückzüge, wie du es nennst, nur die Rechtfertigung dafür liefern, daß Ihr euch nicht mehr liebt.

– Aber ich hab doch gar nicht gesagt, daß wir uns nicht lieben.

Mein Einwand hat mich nicht sympathischer gemacht, merke ich, während Jutta schweigend auf die Schüssel starrt, in der die Reste des Schokomüslis trocknen.

– Ich hab dich doch nur gefragt, was Liebe überhaupt ist, sagt sie nach ein paar Sekunden so, daß es wie ein Vorwurf klingt.

– Wenn ich's wüßte! entschuldige ich mich.

Er war selbst noch neu in dem Team, der erste Ausländer überhaupt in der Gegend, hatte das Brot der einheimischen Helfer teilen wollen, statt die westliche Hilfsindustrie zu vertreten. Sicher war er naiv, sagt Jutta, schließlich auch so jung, Anfang Dreißig, beseelt von der Absicht zu helfen und glücklich, es jeden Tag zu tun. Von heute aus betrachtet, versteht sie, warum er ihre Leidenschaft mehr hinnahm, als sie zu erwidern, er zehrte sich für die Arbeit auf, sah sich einem Elend ausgesetzt, das buchstäblich nackt war, rettete Leben oder mußte ein Sterben verkünden, an dem häufig genug die Verhältnisse schuld waren, Armut, fehlende Medikamente, mangelnde Ausstattung, eingeschleppte Erreger. Um ihn zu den Kranken zu führen, erwarteten ihn die Angehörigen bereits auf dem kurzen Streifen Wiese, der als Landebahn in den Urwald geholzt worden war. Die Dankbarkeit, die sie ihm entgegenbrachten – und ebenso ihr, obwohl sie nur Gast war, seine Praktikantin –, wischte die Strapazen aus dem Gesicht wie Schweiß. Er lachte dann, sagt Jutta, er lachte auch sie an, während das Propellerflugzeug ins nächste Dorf abhob, als wäre ihm selbst das größte Geschenk gemacht worden. Klar, daß da kein Platz war für eine Liebe, eine eigene, egoistische Liebe. Von heute aus betrachtet, liebte sie ihn für das, was sie ihm vorwerfen sollte.

– Klingt ein bißchen wie *Der englische Patient*, sage ich so, daß sie auch Achtung heraushört.

– Du meinst *Himmel über Afrika*, korrigiert sie mich in dem mütterlichen oder präziser: großschwesterlichen Ton, den sie schon bei der Begrüßung angeschlagen hat.

Ich glaube, ich meine noch einen anderen Film.

Jutta geht auf die Terrasse, um zu rauchen.

– Nimm dir welche, sagt sie und zeigt auf die Plastikpantoffeln, die hinter der Glastür angehäuft sind.

Es ist Ende Februar, das habe ich noch gar nicht erwähnt, der Winter hoffentlich vorbei, aber dennoch zu kalt, als daß man es lange ohne Jacke aushält, deshalb nehme ich die Vliesdecke, die vor dem Fernseher liegt, mit nach draußen, um sie auf ihre Schultern zu legen.

– Dank dir, sagt sie und hebt ein Ende der Decke an, damit ich mich neben sie stelle.

Jetzt sind wir wirklich wieder die Jugendlichen, denke ich, kuscheln uns fröstelnd aneinander in einem Garten, der wie ein elterlicher anmutet, ob nun ihrer oder meiner. Wenn ich nicht Kopfschmerzen davon kriegte, würde ich mir ebenfalls eine Zigarette anzünden. Mir reicht's schon, daß der Rauch in meine Richtung weht.

– Sag mal, du kiffst ja, identifiziere ich erst beim zweiten Atemzug den Geruch.

– Willst du? fragt Jutta und hält mir den Joint hin.

– Ich rauch nicht, antworte ich und nehme dennoch ihr Angebot an. Prompt fange ich an zu husten.

– Man merkt's.

– Was?

– Daß du nicht rauchst.

Immerhin scheint die unmittelbare Verzweiflung verflogen, mit der sie ins Wohnzimmer getreten war, eben bereits die Belehrung, und nun frotzelt sie auch noch über mich.

– Ist das denn nicht gefährlich? frage ich.

– Nikotin oder Alkohol sind gefährlicher, das sagt dir jeder Arzt.

– Nein, ich mein für dich als Bürgermeisterin.

– Ach, so meinst du das.

– Wenn dich jemand mit nem Joint sieht.

– Zu Hause sieht mich ja keiner, sagt Jutta und nimmt mir den Joint wieder ab: Und im übrigen setz ich mich auf Bundesebene für die Legalisierung von Cannabis ein.

– Ach, so kommt euer Programm zustande?

– Wenn du in so nem Kaff gelandet wärst, würdst du dir auch abends eine Dröhnung gönnen.

Dann lacht sie exakt das Lachen, das der Roman beschreibt, aus dem ich heute abend las, mit diesem Übergang vom Lächeln, bei dem die Lippen wie in Zeitlupe nach außen gezogen werden, bis sich der Mund endlich doch öffnen muß. Ein paar Fältchen sind hinzugekommen, klar, die sich beim Lachen zu Grübchen vertiefen, und leider ist die Zahnlücke nicht mehr da.

Weiter von heute aus betrachtet, entsprang ihre Liebe mehr dem Wunschbild, das sie sich vor der ersten Begegnung bereits zurechtgelegt hatte, als ihrem Mann selbst. Natürlich meint sie es nicht so schlicht, daß sie sich nach einem Kinobesuch Robert Redford als Robbenretter ausgemalt hätte, doch werden es auch Lektüren und Filme gewesen sein, die sich in ihrem Unterbewußtsein abgelagert hatten, daß sie wie viele aus unserer Generation beseelt war von der Idee, etwas Nützliches zu leisten, ja, so pathetisch und ihretwegen auch anmaßend aus heutiger Sicht: die Welt zu verbessern, vor allem aber wegzukommen aus Deutschland, das per se schon mal nicht auszuhalten war. Deutschland, das war satt, das war borniert und mit der geistig-moralischen Wende wieder deutschnational.

– Gott ja, der Kohl.

– Und dann erst die Wiedervereinigung! erklärt Jutta, warum sie sich für Lateinamerika beworben hatte, überall brennende Asylantenheime, der ganze faschistische Scheiß kam wieder hoch.

In Lateinamerika jedoch die Enttäuschung über die Hauptstadtklinik, in der die Ungleichheit erst recht zementiert schien, die Frage, was sie nach der Rückkehr mit ihrem Studium und überhaupt ihrem Leben anstellen könne, damit es den hehren Absichten nicht vollends zuwiderlief, außerdem die Frage nach Kindern, die sie sich bereits stellte – sie war ja weniger links als ökologisch bewegt, Mütterlichkeit und überhaupt eine Familie widersprachen nicht ihrem politischen

Bewußtsein, das im Grunde rückwärtsgewandt war, wie sie sagt …

– Auch christlich? frage ich dazwischen.

– Ja, Befreiungstheologie und so.

… und plötzlich lernt sie mitten im Urwald, im entlegensten Flecken des Universums, diesen jungen deutschen Arzt kennen, an dessen Beine sich die Indiokinder klammerten, sobald er aus dem Propellerflugzeug stieg, das war so ein Anblick, zumal der Arzt alles andere als schlecht aussah, jetzt nicht so mit Bart und schulterlangen Haaren, wie sie sich das immer vorgestellt hatte, von der Frisur her mehr wie – ich ahne schon, welchen Schauspieler sie jetzt nennt, und denke: bitte nicht! –, mehr wie Robert Redford, und sie dachte, ja, so einen könne sie lieben, dabei wußte sie noch kaum etwas über ihn.

– War das denn wirklich schon Liebe? frage ich.

– Nein, antwortet Jutta, die Liebe besteht wahrscheinlich darin, daß der andere nach und nach das Bild ersetzt, in das man sich verliebt hat.

– Stop mal, das war mir jetzt zu schnell.

– Also, daß der andere mit seiner eigenen Wirklichkeit, als reale Person, im Laufe der Jahre die Projektion überdeckt, die man sich am Anfang von ihm gemacht hat.

– Du meinst, der Geliebte breitet sich sozusagen in der Liebe aus, die unabhängig von ihm bereits existierte?

– Also nicht ganz unabhängig von ihm, natürlich.

– Und, hat er das?

– Was?

– Sich in deiner Liebe ausgebreitet?

– Ja, schon, sagt Jutta, aber vielleicht zu langsam.

– Es war offenbar auch eine besonders große Projektion.

– Ich hab's ihm wahrscheinlich nicht leichtgemacht.

– Wahrscheinlich nicht.

– Komm, laß uns wieder reingehen.

Hat mir Jutta all das, den ganzen Beginn ihrer Liebe, in der kurzen Zeit erzählt, die es dauert, einen Joint zu rauchen? Wenn ich die bloße Anzahl der Buchstaben nehme, würde es womöglich sogar aufgehen, gleichwohl werde ich das Gespräch, und was wir zwischen den Worten sagen, verkürzen, wenn ich den Roman schreibe, werde ohne Vorbehalt Sätze und kurze Dialoge von hier nach dort verlegen, wo es sich besser fügt, werde mit Sicherheit manches falsch erinnern und anderes zuspitzen, in eigene Worte kleiden, die leeren Stellen im Gedächtnis selbst ausfüllen, das ist nun einmal mein Geschäft. Ein bloßes Protokoll würde nicht einmal Jutta interessieren, die den Roman ebenfalls lesen wird. Aber ist es dann ein Roman? Von einigen Äußerlichkeiten abgesehen, die ich wie gesagt verfremden werde, ist das Wiedersehen gerade nicht erfunden, vielmehr erzählt, wie ein Maler ein Gesicht porträtiert oder eine Landschaft; ob er nun realistisch malt oder nicht, es ist doch so genau wie möglich das Gesicht oder die Landschaft und wird dennoch für Kunst gehalten, indes ein Roman heute deshalb als Roman gilt oder ein Spielfilm als Spielfilm, weil er von der Wirklichkeit abweicht, ansonsten wäre es eine Reportage oder ein Journal. Andrerseits: Was sagt es schon, wenn das Ich eines Romans, das mit dem Romanschreiber eins zu sein vorgibt, behauptet, es schreibe keinen Roman, sondern ein wirkliches Geschehen auf?

Als Jutta bereits aus der Vliesdecke herausgeschlüpft ist, verharre ich einen Augenblick auf der Terrasse, um ihrer Berührung nachzuspüren, so betont freundschaftlich sie nur war. Sicher ist da auch der Duft ihres Parfüms, das sich mit dem Cannabis vermischt hat, aber viel stärker noch die Empfindung am Oberarm, gegen den sie sich unbefangen lehnte. Ich hätte den Arm auch um sie legen können, ohne daß sie es in der Vertraulichkeit mißverstanden hätte, in der wir uns wiederfanden, nachdem sie aufgelöst ins Wohnzimmer zurückgekehrt war, nein, genauer: nachdem sie sich entschieden hatte – es war ein bewußter, willentlicher Vorgang, den ich beobachten konnte –, nachdem sie entschieden hatte, ihre Verzweiflung weder zu überspielen noch mich aus dem Haus zu bitten.

Ich vermag nicht zu sagen, inwieweit sie mir das Vertrauen schenkte, der Person, an deren Jugend sie sich zumindest schemenhaft erinnert, die sie eine Stunde oder länger auf der Bühne ihres Gemeindezentrums beobachtet hatte und mit der sie nun rund um ihr

Städtchen gelaufen war, oder ob ich wie ein Passant auf der Straße nur zufällig dastand, als jemand anders stolperte. Und doch haben wir gerade, da wir Seit an Seit unter der Vliesdecke fröstelten, mehr miteinander geteilt und war ich ihr vermutlich näher als während unsrer ganzen Liebe. Dabei hatte ich sogar mein Gesicht abgewendet, damit der Rauch nicht in meine Nase drang! So groß nicht nur unsre Worte, durchaus unsre Empfindungen gewesen waren, ja, auch ihre, denn irgend etwas wird sie schon für den Jungen eingenommen haben, den sie mit in ihr Matratzenlager genommen – es waren doch keine gemeinsamen Empfindungen gewesen, ich hatte nur auf meine eigene Verliebtheit, meine Verzückung, mein Begehren, meine Eifersucht, meine Verzweiflung geachtet. Was zählte, war nicht einmal in der körperlichen Vereinigung sie. Jetzt hätte ich den Arm um sie legen können, und sie hätte sofort gespürt und ich hätte es so gemeint, daß ich es ihretwillen tue, nicht aufgrund eines eigenen Begehrens, nicht der eigenen Erfüllung wegen. Andrerseits: Was heißt es in der Liebe schon, wenn einer glaubt, etwas nur für den anderen zu tun? Geglaubt habe ich es damals ja auch.

Zurück im Wohnzimmer – Jutta hat bereits Platz genommen, während ich vor dem Bücherregal stehe –, sagt sie, daß sie einen super Spruch gelesen habe, angeblich aus dem 12. Jahrhundert. Vielleicht möchte sie das Thema wechseln, das Gespräch von der eigenen Befindlichkeit wegrücken, vielleicht auch nur zu erkennen geben, daß sie etwas von meinem Metier versteht. Oder möchte sie endlich den Roman ansprechen, aus dem ich heute abend las? Der enthält tatsächlich Sprüche aus dem 12. Jahrhundert, mehrere sogar.

– Und? frage ich daher ehrlich interessiert.

– »Die Ehe ist kein berechtigter Einwand gegen die Liebe.«

Der Spruch sei aus Stendhals Buch *Über die Liebe*, das ihr Mann sich besorgt habe, als er es in einer Rezension meines Romans erwähnt fand. An die Rezension kann ich mich gut erinnern; sie war von einem Kritiker, dessen Wort viel gilt, und den Vergleich mit Stendhal setzt der Verlag aufs Cover der Taschenbuchausgabe.

– Hast du ihn denn gelesen?

– Ehrlich gesagt nur angelesen, antwortet Jutta: Ich war so ein bißchen enttäuscht.

Ich merke, daß ich auf ein so harsches Urteil nicht gefaßt war, und wende mich wortlos wieder zum Bücherregal. Allerdings kommt es mir erst recht idiotisch vor, die Bestürzung in meinem Gesicht so offenkundig vor ihr zu verbergen.

– Was hat dich denn enttäuscht? drehe ich mich wieder um.

– Das ist ja gar kein richtiger Roman, das ist so wissenschaftlich aufgemacht, wie ein Lehrbuch, so pseudotheoretisch, und dann ist es doch nur voller Allerweltssprüche.

Ich weiß, daß mein Roman manchen zu essayistisch

geraten ist, aber pseudo-theoretisch ist er nun wirklich nicht, ob man ihn mag oder nicht, erst recht kein Lehrbuch, und das, was sie Allerweltssprüche nennt, sind Weisheiten jahrhundertealter Mystiker, die selbst im Orient kaum noch jemand kennt.

– Es ist halt auch eine rein männliche Sicht auf die Liebe, sticht sie mir weiter ins Herz: Vielleicht konnte ich deshalb nicht so viel damit anfangen.

Der Leser wird längst gemerkt haben, daß Jutta über Stendhals Abhandlung spricht; ich hingegen, ich Tropf, verkenne in meiner Eitelkeit und Zuneigung das Offensichtliche und gebe Jutta recht, daß es eine rein männliche Sicht auf die Liebe sei, aber das sagte ich in dem Roman doch auch.

– Die Liebe ist nun einmal aus der Perspektive des Jungen erzählt, fange ich tatsächlich an, das eigene Werk zu verteidigen.

– Welcher Junge?

– Der Junge in dem Buch halt. Und daran scheitert seine Liebe doch, daß er sich gerade nicht in das Mädchen hineinversetzen kann und immer nur sich selbst sieht. Das ist doch der ganze Sinn der Geschichte.

O Gott! rufe ich mir erschrocken zu, wenn mich hier ein Kritiker sähe, wie ich meinen Roman auf eine einzige Sinnaussage herunterbreche.

– Ich mein doch nicht deinen Roman, sagt sie und setzt wieder ihr Lächeln auf, das mir in diesem Moment durchaus oberlehrerhaft vorkommt.

– Was?

– Ich meine Stendhal. Ich mein, Stendhal ist natürlich schon toll, aber dieses Buch von ihm, also jetzt seine Abhandlung über die Liebe, das fand ich alles ein bißchen flach.

– Es ist doch ein schöner Spruch, werfe ich rasch ein, damit sie nicht näher auf die Verwechslung eingeht, die mir unterlaufen ist: Aber wieso aus dem 12. Jahrhundert?

– Stendhal zitiert ihn aus einem mittelalterlichen Traktat oder so.

– Es muß ja nicht stimmen, wenn das Ich eines literarischen Werks behauptet, es handle sich um kein literarisches Werk, sondern um einen authentischen Text.

Schon während ich den Satz aufsage wie eine auswendig gelernte Formel – mühsam genug, darin den Überblick zu bewahren –, ärgere ich mich, daß ich mich erst zum Idioten mache und jetzt auch noch mit meiner Altklugheit anöde. Trotzdem fahre ich fort:

– Die Ehe überhaupt mit der Liebe in Verbindung zu bringen paßt eigentlich gar nicht zum 12. Jahrhundert. Und dann auch so subtil: Die Ehe ist … wie war der Spruch noch mal?

– Ist auch egal, beendet Jutta die literarhistorische Diskussion und fragt, ob ich ebenfalls einen Tee haben möchte, sie selbst habe für heute genug Wein getrunken.

Als wir uns auf Lemongras geeinigt haben – besser kein Thein mehr um diese Zeit –, verschwindet Jutta in der Küche. Wie selbstverständlich sie davon ausgeht, daß ich noch länger bleibe, wundert mich. Was sie nun von dem Roman hält, aus dem ich heute abend las, habe ich dennoch nicht zu fragen gewagt.

Lateinamerika hat Jutta offenbar auch literarisch hinter sich gelassen, wenn es überhaupt jemals der Kontinent ihrer Lieblingslektüren war: Es stehen nur die Üblichen im Regal, in dem die Autoren alphabetisch geordnet sind, García Márquez, Neruda, Vargas Llosa. Eher liebt sie – oder ihr Mann oder sie beide? – offenbar die Franzosen; die großen Romane des 19. und frühen 20. Jahrhunderts scheinen vollständig vorhanden, darunter die vielbändige Insel-Ausgabe von Balzacs *Menschlicher Komödie*. Deshalb also hat ihr Mann sich *Über die Liebe* besorgt, das nicht zu Stendhals berühmtesten Büchern gehört und das er dann offenbar nicht kannte. Ich hab's auch erst zur Hand genommen, als ich den Roman schrieb, aus dem ich heute abend las, aber nicht viel damit anfangen können; mehr als zwei, drei Passagen, die ich recht scharfsinnig fand, sind mir nicht im Gedächtnis geblieben. Überhaupt ist es eine erstaunlich gehaltvolle Auswahl von Büchern, die Jutta und ihr Mann an der Längswand ihres Wohnzimmers stehen haben, fast schon eine kleine Bibliothek, außer durchweg solider Literatur auch Kultur- und Zeitgeschichte, Psychologie, Marxismus sowie ein Meter Globalisierungskritik; medizinische Fachliteratur scheint dafür ins Arbeitszimmer oder in die Praxis ausgegliedert.

Als ich die *Minima Moralia* entdecke, überfliege ich den Abschnitt über Wohnungseinrichtungen, der den Satz über das falsche Leben enthält, und suche anschließend nach Aussagen über die moderne Ehe, die meiner Erinnerung nach bei Adorno vergleichsweise gut wegkommt; vielleicht finde ich meinerseits ein Zitat, das Jutta Mut macht. Gleich auf den ersten Seiten stoße ich allerdings auf einen Abschnitt, der galliger kaum sein könnte: »Die Ehe dient heute meist dem Trick der Selbsterhaltung: daß einer der beiden Verschworenen jeweils die Verantwortung für alles Üble, das er begeht, nach außen dem andern zuschiebt, während sie in Wahrheit trüb und sumpfig zusammen existieren.«

Was Adorno im folgenden Kapitel über die Scheidung bemerkt, ist freilich noch vernichtender. »Sobald Menschen, auch gutartige, freundliche und gebildete, sich scheiden lassen, pflegt eine Staubwolke aufzusteigen, die alles überzieht und verfärbt, womit sie in Berührung kommt. Es ist, als hätte die Sphäre der Intimität, das unwachsame Vertrauen des gemeinsamen Lebens sich in einen bösen Giftstoff verwandelt, wenn die Beziehungen zerbrochen sind, in denen sie beruhte. Das Intime zwischen den Menschen ist Nachsicht, Duldung, Zuflucht für Eigenheiten. Wird es hervorgezerrt, so kommt von selber das Moment der Schwäche daran zum Vorschein, und bei der Scheidung ist eine solche Wendung nach außen unvermeidlich. Sie bemächtigt sich des Inventars der Vertrautheit. Dinge, die einmal Zeichen liebender Sorge, Bilder von Versöhnung gewesen sind, machen sich plötzlich als Werte selbständig und zeigen ihre böse, kalte und verderbliche Seite.«

Dabei geht Adorno noch gar nicht auf die Aggressionen ein, die das Wetteifern um die gemeinsamen Kinder zu erzeugen vermag, zu schweigen von den Folgen für die Kinder selbst, von den Rissen aus Unsicherheit und eigenen Schuldgefühlen, die in ihren Seelen die Trennung der Eltern fast unweigerlich hinterläßt. Zumindest an dieser Stelle führt er lediglich die Professoren an, die nach der Trennung in die Wohnung ihrer Frau einbrechen, um Gegenstände aus dem Schreibtisch zu entwenden, und die wohldotierten Damen, die die Steuerhinterziehung ihrer Männer denunzieren; das sind ja doch eher Extrembeispiele, wo ich rechts und links in meiner Bekanntschaft geradezu routiniert wirkende Trennungen beobachte, deren Einvernehmen sich für die Kinder als Farce erweist und in der Folge für die Eltern ebenso.

Immerhin finde ich hier, im Absatz über die Scheidung, die versöhnliche Bemerkung über die Ehe, die ich vage noch im Gedächtnis hatte, nämlich daß sie eine der letzten Möglichkeiten gewähre, humane Zellen im inhumanen Allgemeinen zu bilden; nur räche sich das Allgemeine um so unerbittlicher, wo die Ehe zerbricht, indem es die scheinbar vom Besitzdenken ausgenommene Liebe nun um so strenger den entfremdeten Ordnungen von Recht und Eigentum unterstellt: »Gerade das Behütete wird zum grausamen Requisit des Preisgegebenseins. Je ›großzügiger‹ die Vermählten ursprünglich zueinander sich verhielten, je weniger sie an Besitz und Verpflichtung dachten, desto abscheulicher wird die Entwürdigung. Denn es ist eben der Bereich des rechtlich Undefinierten, in dem Streit, Diffamierung, der endlose Konflikt der Interessen gedeihen.« Ich lasse das Buch sinken, weil mir die Tränen in die Augen schießen. Wie zurückgespult in der Zeit, sehe ich mich wieder mit meiner damaligen Frau kindisch, in nie für möglich gehaltener Mißgunst um die Aufteilung des gemeinsamen Kontos feilschen, sehe uns über beliebige Einrichtungsgegenstände diskutieren und sogar zanken, wem welche Bücher gehören, als ob man sie nicht wieder besorgen könnte, habe noch im Ohr, wie ich sie anschreie – ich, der ich meine ganze Ehe lang nie laut geworden bin, was wahrscheinlich Teil des Problems war, diese Abwehr jedweden Streits –, wie ich sie in heller Empörung beschimpfe, weil ich mich bei den Wochentagen mit meinem Sohn übervorteilt wähne, höre uns beide vor Unbekannten, vor einem Richter, dem wir nur das eine Mal im Leben begegneten, noch die listigsten Argumente, wirkliche Beleidigungen und erotische Intimitäten aussprechen. Nein, aus den *Minima Moralia* lese ich Jutta besser nichts vor, und so stelle ich das weiße Büchlein, das einst eine Bibel für mich war, zurück ins Regal.

Ich selbst bin mit zwei Titeln vertreten, einem Buch über Neil Young, den ich Jutta vor dreißig Jahren nicht nahebringen konnte, und dem Roman, aus dem ich heute abend las. Rasch schaue ich nach, ob sie Stellen angestrichen hat – leider nicht, und abgenutzt wirkt der Umschlag auch nicht. Stendhals Abhandlung *Über die Liebe* ist zwischen die *Kartause von Parma* und *Rot und Schwarz* gerückt, die im Unterschied zu meinem Roman erkennbar gelesen, den Flecken nach zu urteilen an den Strand mitgenommen worden sind. Als Jutta den Tee bringt, blättere ich gerade die Abhandlung durch, die sie vorhin platt oder flach oder so ähnlich genannt hat. »Eine Frau von großmütigem Wesen«, lese ich den erstbesten Satz vor, der ihr despektierliches Urteil widerlegt, »kann tausendmal ihr Leben für den Geliebten zum Opfer bringen und sich doch mit ihm für immer verzanken wegen eines Ehrenstreites über die offene oder geschlossene Tür.«

– Gut, das könnte so ähnlich auch in der *Brigitte* stehen, sagt Jutta.

Der Lektor wird monieren, daß das Buch, das Jutta sich widmen ließ, nicht bereits im Regal stehen kann.

– Vielleicht hat sie's rasch dahin gestellt, als sie nach Hause kam, werde ich eine Erklärung suchen.

Den Lektor wird es nicht überzeugen, daß jemand spätabends mit einem Besucher ins Wohnzimmer tritt und als erstes seine Bücher einsortiert, noch dazu alphabetisch, noch dazu unbemerkt, obwohl der Besucher genau vor dem Regal sitzt.

– Vielleicht war ich zwischendurch mal pinkeln, probiere ich es mit einer anderen Lösung.

Nun schon mit unverhohlenem Sarkasmus wird der

Lektor fragen, ob er wirklich glauben solle, daß Jutta zum Regal geflitzt ist, während ich mein Geschäft verrichtete. Und er wird selbst zur Antwort geben, daß das Klo kein Schauplatz der Literatur sei.

– Was weiß ich, wie das Buch ins Regal gekommen ist! werde ich den Lektor abzuschütteln versuchen, der sich wie ein Jagdhund festbeißt, wann immer er mich bei einer Unachtsamkeit erwischt: Vielleicht hat sie zwei Exemplare.

Daß jemand mein Buch zweimal kauft, wird der Lektor für zu abwegig halten, um darauf einzugehen. Statt dessen wird er mich schulmeistern, daß sich in einem Roman alles ereignen könne, solange es dem Leser plausibel erklärt sei. Dann wird er tief durchatmen, bevor er wieder mit dem Abc des Schreibens beginnt: Mindestens müsse ich den Umstand thematisieren, daß Jutta das Buch so schnell ins Regal gestellt hat, sonst sähe es wie ein bloßer Fehler aus.

– Ja, mein Gott, ja, werde ich rufen und dabei das zweite Ja genervt in die Länge ziehen: Es muß doch nicht immer alles stimmen.

Als hätte ich ihn persönlich angegriffen, wird der Lektor in seine bewegliche Rückenlehne zurücksinken und murmeln, daß sein Beruf ja dann überflüssig sei. Und in ungewohnt drastischer Diktion wird er hinzufügen, daß ich meinen Scheiß auch alleine machen könne, wenn es nicht stimmen muß.

– Bei Proust stimmt schließlich auch nicht immer alles, werde ich den Lektor weiter zu besänftigen versuchen, weil ich nicht sagen will, was ich seit jeher von ihm denke: daß er ein unausstehlicher Pedant ist.

Was denn bitte schön bei Proust nicht stimme, wird der Lektor mit einer solchen Drohung in der Stimme fragen, daß ich sofort bereue, seinen Abgott ins Feld geführt zu haben.

– Die Angaben zu Raum und Zeit stimmen oft nicht, werde ich mich dennoch weiter um Kopf und Kragen reden und, weil der Lektor höhnisch grient, als Beispiel einen militärischen Gruß Saint-Loups anführen, der, gemessen daran, was alles währenddessen passiert, mindestens zwei Minuten dauern müßte: Das kann doch gar nicht sein.

Scheinbar interessiert, wird der Lektor fragen, welche Szene ich meine und ob ich sicher sei, sie genau gelesen zu haben.

– Ja, absolut sicher! werde ich versichern und, weil der Lektor einem Romanschreiber grundsätzlich keine genauen Lektüren zutraut, auf einen Aufsatz verweisen, in dem die Unachtsamkeiten der *Recherche* aufgelistet sind; so beobachte der Romanschreiber von einer Anhöhe aus ein lesbisches Gelage bei den Vinteuils und erkenne nicht nur den Stoff der Blusen, sondern die Spucke auf der kleinen Photographie des Hausherrn – von der Anhöhe aus! Und dann rede sich Proust auch noch damit heraus, daß ihn vom Fenster nur ein paar Zentimeter getrennt hätten und er deshalb alles genau gesehen habe: Wie kann er denn gleichzeitig auf dem Hügel und dem Fensterbrett sitzen?

Zwei Sekunden, in denen ringsherum nicht das geringste passiert, wird der Lektor schweigen, bevor er zurück nach vorn schwingt, ganz nah an mein Gesicht jetzt, um mit einem Höchstmaß an Gehässigkeit zu flüstern, daß ich meine Schlamperei nicht ernsthaft mit Proust entschuldigen könne, das sei ja wohl die Höhe.

– Okay, okay, okay, werde ich an dieser Stelle die Diskussion beenden, weil der Roman, den ich schreibe, ganz andere Möglichkeiten bietet, mich zu revanchieren: Ich werde zum Beispiel den Geruch erwähnen können, der mir aus dem Mund des Lektors entgegentritt, während er mich zur Schnecke macht, ja, werde ihn einfach mal brutal in die Öffentlichkeit zerren, wirken Lektoren doch bevorzugt im Verborgenen und tragen ihre Bescheidenheit wie einen Pokal vor sich her; uneitel bis zur Selbstverleugnung, wollen sie nicht einmal im Impressum genannt werden, damit der Leser sie sich als treue Diener vorstellt, als wandelnde Bibliotheken und magere Asketen, die nur für die Literatur leben, aber das ist mein Lektor nicht, das ist er ganz und gar nicht, nein, kann überhaupt nicht wandeln mit seinen 150 Kilogramm. Kein Wunder, daß er die Tage griesgrämig mit Büchern verbringt, denn was sonst könnte ein solcher Fettsack tun, als am Schreibtisch sitzen, und woran sonst ein solcher Buchhalter sich freuen, als triumphierend in seinen langen, ungepflegten Bart zu sabbeln: Fehler! Schwachsinn! Unzulässig!, sobald er wieder eine schiefe Metapher aufspießt, was übrigens dazu führen wird, daß ich im Roman, den ich schreibe, überhaupt keine Metaphern mehr verwende, weil ich den Sabber meines Lektors einfach nicht ertragen kann: also keine Aprikosen mehr. Jeden Grammatikfehler streicht er mit einer solchen Verve an, als hätte ich ein Kapitalverbrechen begangen, und dabei mampft er auch noch den ganzen Tag, unser bescheidener Diener der Literatur, hat immer eine Wurst oder ein Stück Käse auf seinem Schreibtisch, als ob ich nicht die Fettflecken auf meinen rot übersäten Manuskripten bemerken würde, einfach nur widerlich wie gesagt und vor Neid zerfressen wie die Wurst, die ungelogen auf dem Roman liegen wird, wenn ich das nächste Mal im Verlag zu Besuch bin. Denn natürlich wäre er wie alle Lektoren gern selbst Romanschreiber geworden. Aber mit Sekundärtugenden allein, Pünktlichkeit, Disziplin und Ordnung, schafft man nun einmal keine Literatur.

– Jetzt bin ich mal gespannt, was Sie dazu sagen, werde ich in den Roman schreiben, der ins Lektorat geht: Ich denk, Sie sind nicht eitel.

– 98 Kilogramm, wird der Lektor rot am Rand vermerken und dick die Zahl 150 durchstreichen.

Damit ich die Stellen finde, die tiefsinniger sind – ich weiß nicht, ob es so etwas wie berufsgenossenschaftliche Solidarität ist, daß ich einen Romanschreiber noch zweihundert Jahre nach seinem Tod verteidigen will –, habe ich *Über die Liebe* mit aufs Sofa genommen, doch scheint Jutta an keinen weiteren Zitaten interessiert und fragt statt dessen nach meinem Liebesleben. Daß mich vor dem Bücherregal die Rührung heftig ergriff, kann sie nicht bemerkt haben – dafür ging der Anfall zu schnell vorüber und hatte ich mich längst wieder unter Kontrolle, als sie aus der Küche trat –, oder lag doch noch ein Schatten von Trauer und Wehmut auf meinem Gesicht?

Gleichwie, wenn ich etwas gut beherrsche, dann das Recherchieren, also in einem Gespräch gerade so viel preiszugeben, daß mein Gegenüber die Scheu verliert, sich mir zu öffnen. Das gehört nun einmal zu meinem Beruf – auf Reisen ohnedies, aber auch in privaten Situationen, die ich intuitiv für verwertbar halte –, daß ich gleichsam in den Aufnahmemodus wechsele, nur noch Ohr, nur noch Auge bin, um mit oder ohne Notizblock festzuhalten, was um mich herum geschieht und gesagt wird, wie ein Kriminalbeamter in den Zeugen hineinzuhorchen. Denn ja, jetzt schon ist mir klar, da Jutta gerade erst den Tee gebracht hat, daß aus unserer Begegnung ein Roman entstehen wird, wenn schon meine süßlichen Phantasien von der Nacht in ihrer Wohnung oder meinem Hotelzimmer sich als so lachhaft erweisen, wie sie dem Leser von Anfang an vorgekommen sind, in ihrem Arm aufzuwachen, nach dem Frühstück durchs Städtchen zu schlendern und so weiter. Gottogott, das ging mir tatsächlich durch den Kopf, keine zwei Stunden ist es her, ich buchstabierte bereits die Telefonate und Briefe aus, mit denen wir in Verbindung geblieben wären, das Wiedersehen und die Liebe, die nicht mehr in einer Sekunde entsteht, um für immer zu halten. Um so schneller sollte ich jetzt wieder auf ihre Ehe zu sprechen kommen, sonst befragt sie mich als nächstes nach dem Islam.

Die Ehe selbst hatte den handfesten Grund, daß sie anders nicht im Zimmer des katholischen Gemeindehauses übernachten durfte, in dem er wohnte. Er hatte sie als bloße Kollegin eingeführt, was sie die ersten drei Tage auch war, und wenn aufgeflogen wäre, daß sie seit der vierten Nacht in sein Bett schlich, hätte der Pfarrer beide zusammen ins Flugzeug in die Hauptstadt gesteckt. So waren die Verhältnisse in der lateinamerikanischen Provinz Anfang der neunziger Jahre und sind es vermutlich noch heute; die Befreiung, die der Priester predigte, meinte keineswegs den Leib. Vielleicht hätte sich der junge Deutsche anderswo ein Zimmer mieten können, aber dann hätte er dennoch seine Arbeit verloren; von der Kirche betrieben, hatte die medizinische Station nicht nur dem Namen nach einen missionarischen Zweck, mochten die Ärzte sich auch auf die Heilung des Leibs beschränken. Ihrem Mann kam es zupaß, die Trauung als bloße Formalie abhandeln zu können, praktisch während ihrer Frühstückspause auf dem Standesamt mit dem Chefarzt und der Stationsschwester als Zeugen, die erst tags zuvor eingeweiht worden waren, hatte keine Lust auf den bürgerlichen Schmu und war froh, um ein Fest mit der deutschen Verwandtschaft herumgekommen zu sein. Sie bildete sich ein, es ebenfalls so zu sehen.

– Und deine Eltern?

Ihre Eltern, die sie nach der Trauung anrief, als er bereits, da er nun schon einmal in der Hauptstadt war, Besorgungen machte, beruhigten sich halbwegs mit dem Schwindel, daß sie in einer Kirche geheiratet hätten. Und immerhin war sie in der Wildnis, als die sich die Eltern Lateinamerika vorstellten, nicht mehr allein, der Schwiegersohn ein Deutscher, noch dazu ein Arzt und, was in dem strenggläubigen Dorf nahe meiner Geburtsstadt Anfang der neunziger Jahre am wichtigsten war und es vermutlich noch heute ist: ein Protestant.

– Und seine?

Seine Eltern erfuhren von der Heirat erst, als er, da er nun schon einmal in Deutschland war, die Schwiegertochter mit nach Hause brachte. Noch heute schämt sie sich, ihre Eltern übergangen, ihnen die Sorgen, die Fragen, die Unsicherheit zugemutet zu haben, wer der Mann ihrer Tochter ist, dazu das Gerede im Dorf, dem die Eltern ausgesetzt waren. Von der damaligen Frömmigkeit machte ich mir keinen Begriff, meint Jutta, irgendwie erstickend, ja, körperfeindlich, angstbesessen, autoritätshörig, aber es waren doch auch herzensgute und liebevolle Menschen, zumal ihre Eltern selbst, die sie mit dem Anruf um das wichtigste Fest brachte, das es in ihrem Leben überhaupt geben konnte. Sie selbst habe natürlich ein ganz anderes Verhältnis zur Religion, christlich, aber nicht so fundamentalistisch, und brauche sich dennoch nur vorzustellen, daß eines ihrer eigenen Kinder am Telefon mitteilen würde, Mama, ich hab übrigens geheiratet.

– Aber das Schlimme war, daß ich damals schon ganz genau wußte, also nicht erst heute, wie schrecklich das für meine Eltern war.

– Aber es ist doch deine Hochzeit gewesen, nicht ihre, rechtfertige ich sie: dein Leben, nicht ihres.

– Genau so habe ich damals gedacht. Genau so, mit diesen Worten: mein Leben, nicht ihres.

– Ja, und?

– Was für ein Scheiß.

Noch tiefer freilich verletzte es sie, daß ihr Mann die Hochzeit bei seinen eigenen Anrufen zu Hause verschwieg und sie bei seinem Besuch auch nur als Überraschungsgast mitbrachte; seinen Bekannten stellte er sie noch Jahre später nur nebenher vor, als wäre es ihm peinlich, verheiratet zu sein. Und das war es ihm wohl auch: peinlich, die kleinbürgerliche Familie ein eklatanter Widerspruch zu seinem Lebensmodell.

– Wollt er dich denn nicht?

– Ich glaub, so genau wußten weder er noch ich, was wir wollten. Er sagt immer, daß sich seine Liebe darin doch gezeigt habe.

– Worin?

– Daß er nicht gezögert hat, mich zu heiraten, obwohl Heirat so gar nicht auf seinem Zettel stand. Er sagt immer, daß er von vornherein das Gefühl hatte, ich war die richtige Frau für ihn. Nur sein Kopf, der habe eine Weile gebraucht, um es zu kapieren.

– Und, hast du's ihm geglaubt?

– Wahrscheinlich hätt ich's ihm glauben sollen.

Jutta ist bereits zum Wein zurückgekehrt, als sie die längst erwartete Zwischenfrage stellt, ob ich nicht lieber ins Bett wolle, statt sich ihren Ehefrust anzuhören, der einem wie mir trivial erscheinen müsse. Meine dritte Tasse Lemongras in der Hand, behaupte ich, seit der Veröffentlichung, ach was, bereits beim Schreiben des Romans, aus dem ich heute abend las, darauf spekuliert zu haben, sie wiederzusehen; da müsse sie mich jetzt schon rausschmeißen, wenn sie selbst ins Bett wolle. Wahrscheinlich trage ich in der Hoffnung so dick auf, daß ich ihr ein wenig mehr Wiedersehensfreude entlocke, aber Jutta findet es lediglich schön, sich mal mit einem wie mir zu unterhalten. Möge sie auch nur Bürgermeisterin einer Kleinstadt sein, so stehe sie doch ebenfalls vor den ganz großen Fragen.

– Was denn zum Beispiel? erkundige ich mich in der Annahme, daß sie mit einem wie mir den Romanschreiber meint, der mit dem Archiv von fünftausend Jahren täglich über Liebe, Tod und dergleichen nachdenkt.

– Also ob wir das in Deutschland mit der Integration hinbekommen, stellt Jutta klar, daß sie meine Herkunft für relevanter als meine Literatur hält.

So etwas nervt mich ja total, um das wenigstens im Roman, den ich schreiben werde, so offen zu sagen, dieses Festschreiben des Fremden auf seine Fremdartigkeit, ganz gleich, ob es auf Ausgrenzung hinausläuft oder wie in Juttas und meiner Generation so oft auf Paternalismus. Alles Leugnen der Unterschiede hilft nicht gegen solche Herkunftsidolatrie, alles Bemühen, die Andersartigkeit durch überbordende Anpassung zu negieren, weil man so erst recht die Voraussetzungen übernimmt, die Kultur seit jeher als falsch zu erweisen sucht, Kultur im emphatischen Sinne, meine ich, Dichtung, Musik, Malerei und am explizitesten die Romanschreiberei: nicht zwängt sie den Menschen in eine Schablone, sondern fängt das Unerschöpfliche, auch Widersprüchliche, Unzusammenhängende und damit Einzigartige einer jeden Persönlichkeit ein. Gut, nachts um eins sollte ich keiner Frau der Welt mit einer Kritik des identitären Denkens kommen.

– Mußt du denn nicht morgen sehr früh raus? beende ich dann lieber den Abend, bevor sie als nächstes meine Meinungen abfragt.

– Ich kann jetzt eh nicht schlafen, schlägt Jutta das Angebot aus, mich zu verabschieden.

– Wegen des Streits mit deinem Mann?

– Nein, wegen des Joints, so spät rauch ich eigentlich nie.

– Ach so.

– Ich mein, wir hatten einfach auch echt guten Sex, fügt sie ohne erkennbaren Anlaß hinzu.

– Was?

– Damals meine ich, als wir heirateten, und später eigentlich auch. Das war immer so ein Faktor zwischen uns, auch wenn ich uns mit anderen vergleiche: Sexuell waren wir mehr oder weniger stabil.

Sie kann sich an jede der drei Nächte erinnern, in denen sie im Dunkeln durch den Flur des katholischen Gemeindehauses schlich. In der ersten Nacht schliefen sie noch nicht miteinander, flüsterten wie Schulkinder ausgestreckt auf dem Bett nur …

– Worüber?

– Klingt jetzt ein bißchen lächerlich, aber echt wahr: meistens über die Revolution.

… und als sie plötzlich, mitten im Gespräch, seine Hand auf ihrer Hand spürte, schien ihr das so folgerichtig zu sein, daß sie den Satz nach einem Blickwechsel fortsetzte. Wenig später stand sie bereits auf, weil sie ihn schlafen lassen wollte, hielt seine Tage für anstrengend genug, ob er auch beteuerte, nicht müde zu sein, da gaben sie sich zum Abschied einen Kuß, das war's. Aber in dieser Berührung der Hände und dann in dem kurzen, wie flüchtigen Kuß, da war schon das ganze Versprechen, das die Liebe ihr je gab.

– Und die zweite Nacht?

– Da ging's um so schneller: Kaum war ich da, hatten wir uns schon ausgezogen. Da ging's ein bißchen zu schnell.

Und doch band das Versagen, das er als Mann nun einmal empfand, die Enttäuschung durchaus auch bei ihr und die erste Sprachlosigkeit, nachdem grotesk geendet hatte, was sie gestern absichtlich hinausgezögert – band dieser unleugbare, ja evidente Fehlschlag ihn noch enger an sie. Daß sie die einzig richtigen, weil lustigen Worte fand, fügte seiner Bewunderung bereits die Dankbarkeit hinzu. Und wie er die Zerknirschung übertrieb, das fand sie wiederum sehr süß.

– Und die dritte?

– Ab der dritten Nacht haben wir dann Liebe gemacht.

Daß sie es war, die ihre Liebe rasch, zu rasch in eine Form passen, der Liebe ein äußeres Band geben wollte, sieht sie heute. Vor zwanzig Jahren …

– So lang seid ihr schon zusammen!

– Dreiundzwanzig, um genau zu sein.

… schien sich alles von selbst zu ergeben und war die Sorge, daß der Pfarrer sie nachts im Flur des katholischen Gemeindehauses oder gar im Bett des Geliebten hören könnte, kein bloßer Vorwand – es sei anfangs nur darum gegangen, ganz ehrlich!, im selben Zimmer übernachten zu dürfen, gibt sich Jutta noch dreiundzwanzig Jahre später einer Selbsttäuschung hin. Denn um wieviel Nächte ging es denn, wie oft flog sie tatsächlich in den Urwald, als daß ein gemeinsames Zimmer der Grund für eine Heirat sein konnte? Meistens besuchte er sie in der Hauptstadt, da interessierte sich niemand für den Trauschein.

– Aber habt Ihr denn nicht zusammen im Urwald gearbeitet? frage ich.

– Nein, wie kommst du darauf?

Ich weiß auch nicht, wie ich darauf komme, habe es mir wohl eingebildet, weil mir das Bild der beiden Liebenden im Amazonas, die …

– Ecuador ist vom Amazonas fünftausend Kilometer entfernt.

– Dann halt irgendwo im Urwald.

… von Siedlung zu Siedlung fliegen. Tatsächlich fand ihr Mann eine Stelle an ihrem Krankenhaus und erfüllte sich der Zweck des Trauscheins während zweier weiterer Besuche, genaugenommen acht Nächten, in denen sie genausogut wieder heimlich in sein Zimmer hätte schleichen können. Bei der Liebe machten sie ohnehin keinen Lärm.

Bei Proust gibt es eine Überlegung, die vielleicht die Zeitverschiebung erklärt, die Jutta in der Liebe ihres Mannes beklagt. Träume man als Jugendlicher davon, das Herz der Frau zu gewinnen, in die man sich verliebt, so könne dem Erwachsenen das Gefühl genügen, das Herz einer Frau zu besitzen, um uns in sie verliebt zu machen: »In diesem Lebensalter ist man schon einige Male von der Liebe berührt worden; sie folgt nicht mehr allein ihren eigenen unbekannten und fatalen Gesetzmäßigkeiten, über die unser Herz ohnmächtig staunt. Wir helfen der Liebe nach, wir fälschen sie durch Erinnerungen, durch Suggestionen. Wenn uns eines ihrer Symptome auffällt, fallen uns gleich die anderen ein, und wir rufen sie alle herbei. Da wir das Lied der Liebe in uns haben, da es uns ganz und gar eingeschrieben ist, muß eine Frau lediglich den Beginn vortragen, damit wir, bereits voll der Bewunderung, welche die Schönheit erweckt, die Fortsetzung singen. Und wenn das Lied mittendrin anfängt, da, wo sich die Herzen finden, wo man davon spricht, daß man nur mehr füreinander lebt, ist uns die Musik hinlänglich vertraut, daß wir sogleich an der Stelle einfallen können, wo die Partnerin uns erwartet.« Zum Glück werde ich mich an diese Passage erst erinnern, wenn ich den Roman schreibe, den der Leser in Händen hält, sonst stünde ich jetzt auf, um den ersten Band der *Recherche* zu holen, die ich vollständig im Regal entdeckt habe, und trüge Jutta wieder die Auskunft eines weiseren, nein, des kundigsten Romanschreibers vor.

Womöglich stört sich der Leser an den Zitaten, die in die Handlung eingestreut sind, findet sie überflüssig, bildungsbeflissen oder poetologisch falsch, da ich von meinem Platz auf dem Sofa zwar auf das Regal blicke, aber in Wirklichkeit natürlich nicht alle paar Minuten aufstehe, um Jutta aus einem Buch vorzulesen. Es ist ja entblödend, nach dem vorherigen Buch jetzt auch noch den Roman zu verteidigen, den ich schreiben werde, erst recht nach der Ankündigung, daß sich die Verweise auf die französische Literatur von selbst erklären würden. Aber sind Romanschreiber nicht alle irgendwie Liebende, die sich – und sei es postum – nach dir, Leser, verzehren, und gehört nicht die Narrheit zur Liebe hinzu? Ja, du, die Anrede genau in der Intimität, die mir im Alltag oft unangenehm, in der Werbung ganz unerträglich ist, du Leser, weil ich gar nicht anders kann, mir dich als einen Freund oder eine Freundin zu wünschen, eine mir nahe und nachsichtige Person, damit ich so literarisiert auch immer schreibe, was mir jetzt wichtig ist.

Wie ein Verliebter, der sich um Kopf und Kragen redet, indem er seine Absichten ausplaudert, werde ich erklären, daß die literaturhistorischen Abschweifungen stellvertretend die Kohärenz durchbrechen, die in der Handlung ebenfalls erst nachträglich entsteht. Schließlich ist es nicht so, daß es nur Jutta und mich gibt und allenfalls noch ihren Mann oben im Arbeitszimmer sowie die Kinder in ihren Betten – alle drei, oder ist der Älteste bereits aus dem Haus?, danach habe ich noch immer nicht gefragt –, als achtete ich nur auf sie, nähme nur ihre Worte, Gesten, Blicke, ihre Person wahr, als sei ich sozusagen eins mit der Gegenwart, die ich mit ihr teile. Man ist nie eins, außer in Ekstasen etwa des Liebemachens, um Juttas Ausdrucksweise zu übernehmen, oder des Musikhörens oder des Gebets, in Ekstasen meinetwegen erschlagender Not, wenn wir soeben vom Tod eines geliebten Menschen erfahren haben oder vom Geliebten verlassen worden sind, und selbst in der Not fragen wir uns doch, woher der Wachsfleck auf dem Tisch kommt, auf den wir zufällig starren, oder wer wohl am Telefon sein mag, das gerade klingelt. Selbst mit der Not sind wir niemals vollständig eins, sondern, wenn überhaupt, nur in der höchsten

Verzückung und dann auch nur für wenige Sekunden, die wir zeitlich gerade nicht ermessen, während wir in allen übrigen Stunden gleichzeitig in unzähligen anderen Zuständen sind.

Um nur das Nächstliegende zu nehmen, schweifen meine Gedanken, obwohl ich sogar im Aufnahmemodus zu sein behaupte, dennoch ab zu meinem eigenen Sohn, zu meiner ehemaligen Frau – gut, das mag noch im Zusammenhang mit Jutta stehen, die mir gegenübersitzt –, aber zum Beispiel auch zu der Lesung vorhin, zu den Plänen für den nächsten Sommerurlaub, zu den Nachrichten des Tages, zu dem Buch, an dem ich zur Zeit arbeite – wohlgemerkt ein anderes, dann längst erschienenes Buch, wenn ich den Roman schreiben werde, den der Leser in Händen hält –, ich sehe die DVDs auf dem Boden und denke bei dem Gesicht eines Schauspielers an den Film, den ich selbst von ihm sah, und den lebensmüden Freund, der mich begleitete, an einzelne Sätze, die nach dem Film in der Kneipe gesagt wurden, die Unbekannte, die in der Kneipe neben mir stand, während ich mich auf das Gespräch zu konzentrieren schien, und wie es dem Freund wohl jetzt geht, an die SMS, die ich ihm gleich morgen früh schicken will. Und so weiter, immer weiter. Oder die ebenso banale wie berechtigte Frage eines jeden Kindes seit der Erfindung des Kinos, ob denn der Held niemals aufs Klo muß: Ich passe, während Jutta mir von ihrer Verzückung und ihrer Not erzählt, das Satzende ab, an dem ich kurz verschwinden könnte, ohne daß es unhöflich oder uninteressiert wirkt, und wenn ich erst bei der Blase bin, denke ich reflexhaft an … und so weiter, immer weiter, wenn ich allen Assoziationen, Gefühlen, Geräuschen, Beobachtungen, Gedanken, Eindrücken, Ideen, Tagträumen und so weiter nachgehen wollte, ein unendliches Erleben nur in dieser einen Situation, in der Jutta mich für einen besonders einfühlsamen Zuhörer hält.

Daß es bei ihr nicht anders ist, daß sie ebenfalls gleichzeitig anderswo, ja, eine andere ist, nicht nur die einstige Schulhofliebe und hadernde Ehefrau, als die sie mir gegenübersitzt, sondern ihr gleichzeitig alles mögliche durch den Kopf und den Körper geht, das sehe ich allein schon an ihren Blicken, die das Display des Smartphones streifen, das auf dem Sofatisch liegt, auch wenn sie nicht nachschaut, was in den Nachrichten steht, die gelegentlich aufleuchten, und erst recht wenn sie die Mail dann doch nebenher liest. Das werde ich alles ausblenden, weil das Bücherregal die interessantere Abschweifung ist und die Literaturgeschichte vergleichsweise kohärent. Ein Leser schweift mit den Gedanken schließlich auch immer wieder ab oder greift zwischendurch zu einem anderen Roman. Im übrigen sagt es nicht viel, wenn ein Romanschreiber seine Absicht erklärt. Einem Liebenden, der seine Pläne bekanntgibt, würdest du genausowenig trauen.

Jutta vermag nicht zu entscheiden, ob sie den Beginn ihrer Ehe bis hin zur Geburt des ersten Sohnes …

– Dreißig minus dreiundzwanzig minus zwei oder drei, rechne ich im Kopf falsch, also keine fünf Jahre nach unserer Schulhofliebe: Wie jung sie noch war.

… ob sie diese ersten Jahre verklärt, ob ihr Mann wirklich so aufmerksam war, ob sie immer nur leidenschaftlich Liebe gemacht haben, ob es niemals Streit, nicht einmal unterschiedliche Meinungen gab. So durchgehend glücklich, so harmonisch kann ihr Verhältnis unmöglich gewesen sein, das weiß sie selbst, allein, sie kann sich an die Zweifel, Konflikte, Ärgernisse allenfalls vage erinnern; das sei alles wie im Nebel, diese erste Zeit, die ihr Gedächtnis wohl von allen mißliebigen Gefühlen und störenden Situationen bereinigt hat, damit sie die Gegenwart um so enttäuschender finden kann.

– Außerdem war ich total verknallt: Da muß ich ihn nun einmal toll gefunden haben, alles an ihm.

Gewiß, im Rückblick könne sie an seinem Auftreten, seinen Ansichten, seinen Verhaltensweisen manches – nein, nicht nur belächeln, auch mißbilligen, dezidiert ablehnen, das von Anfang an da war, halte selbst sein Aussehen, wenn sie die alten Photos zur Hand nehme, nicht mehr für einen Traum.

– Robert Redford, hast du gesagt.

Aber damals, so ehrlich müsse sie sein, habe ihr alles an ihm gefallen und sie gerade seine Macken liebenswert gefunden. Wie sie ihm hingegeben war, hätte er – jedenfalls könne sie solche fatalen Affekte, wenn sie davon lese, nicht einfach als krankhaft abtun –, hätte er wahrscheinlich auch ein Betrüger sein oder sie vielleicht sogar schlagen können, und sie hätte ihn dennoch gerechtfertigt.

– Aber er war nun mal kein Betrüger und hat dich auch nicht geschlagen, nehme ich an: Er war doch offenbar wirklich ein guter Typ, jemand, der helfen wollte, der sich für eine wichtige Sache einsetzte.

– Ja, klar, deshalb hat unsere Ehe ja bis heute gehalten: So richtig viel konnte ich ihm objektiv nie vorwerfen. Manchmal hätte ich mir fast gewünscht, daß ich aufgewacht wäre und hätte ein Monster neben mir vorgefunden. Dann hätte ich einfach gehen können. Aber da war kein Monster, das war eigentlich genau der gute Typ. Aber aufgewacht bin ich dennoch neben ihm.

Es kann die Liebe in Reinform ja nur als Sehnsucht existieren. Wenn es ein Grundmotiv in der literarischen Tradition gibt, die in Juttas Bücherregal steht, dann ist es die Desillusionierung, welche die Erfüllung notwendig erzeugt. Bereits in der *Kameliendame*, dem Grundbuch der romantischen Liebe, die alle Konventionen sprengt, geht es dem jungen, reichen Armand nicht darum, mit der schönen, käuflichen Marguerite zu schlafen, das wäre leicht; es geht ihm darum, ihr Herz zu gewinnen, nachdem sie ihn ausgelacht hat. Das heißt, die Liebe setzt in dem Moment ein, als sie ihn mit Mißachtung quält, also unerreichbar wird. Und Alexandre Dumas, der den Erfolgsroman schrieb, zitiert selbst wieder andere, noch ältere Autoren, die das

Motiv bereits kannten. Ein Alphonse Karr etwa, mir gänzlich unbekannt, berichte von einem Mann, der einer eleganten Dame nachschleicht, der er verfallen zu sein glaubt. »Während er so darüber nachsinnt, was er alles tun würde, um diese Frau zu besitzen, bleibt sie an einer Straßenecke stehen und fragt ihn, ob er mit ihr nach oben kommen wolle. Er wendet sich ab, überquert die Straße und geht ganz betrübt nach Hause.«

Im Grunde genommen schildern alle vormodernen Liebesgeschichten das Begehren, nicht die Vereinigung selbst, schon gar nicht das Zusammenleben zweier Liebender, ihre Ehe, ihr Altwerden Seit an Seit. Im Drama sterben die Liebenden, bevor sie sich finden, und das Märchen hört dort auf, wo sie sich gefunden haben – und nur weil sie nicht gestorben sind, leben sie noch heut. Erst mit der bürgerlichen Ehe beginnt die Literatur, Liebe als ein langjähriges Verhältnis zu schildern. In dem Augenblick, da sie sich erfüllt, schwächt sie sich bereits ab, so unbewußt vorläufig auch immer – nein, sie vergeht nicht zwingend, im Gegenteil, im besten, aber leider auch seltenen Fall kann sie abgekühlt fester und beständiger werden –, weil sie um das Moment des Unvorstellbaren, des Ungreifbaren, des Unerreichbaren gebracht ist, in gewisser Weise um ihre Transzendenz. »Und der Geist kann nicht einmal mehr den alten Zustand wiederherstellen, um ihn mit dem neuen zu vergleichen, denn er hat nicht mehr die Wahl«, heißt es bei Proust: »die Bekanntschaft, die wir gemacht haben, die Erinnerung an die unverhofften ersten Augenblicke, die einladenden Worte damals – all dies ist da und versperrt den Zugang zu unserem Bewußtsein, es öffnet die Pforten der Erinnerung viel weiter als die unsrer Phantasie, es wirkt viel stärker zurück auf die Vergangenheit – die wir gar nicht mehr übersehen können, ohne von der Liebe beeinflußt zu sein – als auf die noch freie Gestalt der Zukunft.«

Auf dem vorletzten Kirchentag – keine Ahnung, warum Jutta jetzt darauf kommt und ausgerechnet mir davon erzählt – traf sie einen Mitschüler wieder, der gestand, unsterblich in sie verliebt gewesen zu sein. Inzwischen hat er ebenfalls Familie, hat ebenfalls Kinder, die noch nicht aus dem Haus sind, und als Bischof ebenfalls ein öffentliches Amt.

– Ein Bischof? frage ich ungläubig.

– Ja, lacht Jutta verschmitzt, und wenn du nach dem Geburtsort googelst, weißt du sofort, welcher.

Er konnte kaum glauben, daß sie seine Zuneigung nicht bemerkt hatte. Ohne Hoffnung, weil sie mit einem älteren Jungen »ging«, wie es vor dreißig Jahren in aller Unschuld hieß, hatte er seine Liebe dennoch gestanden oder jedenfalls offen gezeigt, und die näheren Bekannten wußten alle von seinem Unglück, selbst ihre beste Freundin, an die er sich regelmäßig wandte, nur damit sie ihm die neu aufkeimende Zuversicht wieder aus dem Herzen riß. Jutta mutmaßt, daß sie seine Gefühle verdrängte oder nicht wahrhaben wollte, um die Freundschaft bewahren zu können. Der Mitschüler war anders als ihre übrigen Freunde, stammte nicht nur wie sie selbst aus einem der streng religiösen Dörfer der Umgebung, sondern besuchte sonntags noch den Gottesdienst, während sie selbst bereits im Besetzten Haus hinterm Bahnhof ein und aus ging. Er war klug und mitfühlend, in der Klasse seit jeher der Beste, sah eigentlich auch gut aus, wenn sie die Bundfaltenhose, das gebügelte Hemd und die gescheitelten Haare wegdachte, und wenn sie einmal ins Gespräch kamen, bei einem von ihnen zu Hause oder noch öfter bei ihren Spaziergängen, ja regelrechten Wanderungen im Wald, wo sie sich geradezu mit Absicht verliefen, dann überfiel sie bisweilen die Ahnung, wie kostbar ihre Vertrautheit war. Wahrscheinlich trafen sie sich seltener, als ihre Erinnerung behauptet, und prägten sich vor allem die Spaziergänge nur tiefer als manche Liebesbeziehung ein. Sie kann sich kaum erklären, warum ihr niemals der Gedanke kam, den Jungen anders als freundschaftlich zu berühren; vermutlich entsprach er schlicht nicht dem Bild, das sie sich von einem Geliebten machte.

– In welcher Stufe war das denn?

– Das muß in der Elf oder Zwölf gewesen sein.

– Also vor unsrer Zeit?

So absurd die Empfindung ist, bin ich dreißig Jahre später erleichtert, daß sie mich mit keinem Freund und keinem Verehrer betrog, als ich für eine Woche ihr Liebhaber war.

– Und weißt du, was passiert ist?

– Wann?

– Na, auf dem Kirchentag.

– Nein, erwidere ich arglos.

– Ich hab mich total verknallt.

Im Hotelbett träumte Jutta von ihm, und zwar nicht gerade fromme Träume, wie sie sagt, sondern rabiate Sexphantasien. Als sie aufwachte, konnte sie vor Erregung nicht wieder einschlafen, dann auch aus Verblüffung über die unverkennbaren Symptome der Verliebtheit, die sie in ihrem Alter nicht mehr für möglich gehalten hätte. In den nächsten Tagen, ja Wochen mußte sie ständig an den Mitschüler denken, der nun Bischof war, spann sich sowohl eine Affäre aus als auch eine neue Ehe in allen Eventualitäten.

– Ja, und? frage ich.

– Nichts, antwortet Jutta.

– Wie, nichts?

– Ich hab's ihm nicht gesagt.

Als ich noch über die Gründe spekuliere, warum sie das Geständnis des Bischofs nicht erwiderte – es hätte keine Affäre daraus werden müssen, hätte ich Jutta zureden wollen, geschweige denn eine Ehe, aber allein, daß man das Begehren ausspricht, macht eine Beziehung doch reicher –, wechselt Jutta erneut das Thema und fragt, was ich von dem neuen Houellebecq halte, von dem seit den Pariser Anschlägen ganz Europa spricht.

– Hab ich nicht gelesen, antworte ich in der Hoffnung, daß sie mich nicht in ein Gespräch über die Islamisierung des Abendlandes hineinzieht.

– Aber warum denn nicht? fragt Jutta leider nach.

Ich merke, wie mein Ärger aufsteigt, der sich dadurch noch steigert, daß ich ihn bemerke.

– Du hast in deinem Regal Stendhal, Proust, Balzac, Zola, Flaubert stehen, Baudelaire und Céline auch, und du fragst mich nach Houellebecq?

– Man muß ihn ja nicht gut finden, aber kennen muß man ihn doch, oder etwa nicht?

– Warum das denn?

– Weil es unheimlich relevant ist.

– Für wen?

– Also, für dich, dachte ich.

– Weshalb?

– Da geht's doch genau um … hebt sie an, steht dann jedoch unvermittelt auf und geht zum Regal, wohl um das Buch zu holen.

– Du mußt mir das nicht vorlesen, will ich sie noch abhalten: Ich weiß, was drinsteht.

– Ich denk, du hast's nicht gelesen, frotzelt Jutta, während sie im Regal nach den Autoren mit H sucht.

– Ja, nein …

Den Blick von ihr abgewandt, tröste ich mich, daß es so oder so Zeit ist, ins Hotel zurückzukehren, als Jutta mich mit der Nachricht erlöst, daß sie den neuen Houellebecq nicht findet: Wahrscheinlich lese ihn gerade ihr Mann. In der Hand hält sie statt dessen ein Buch, das gleich neben H steht:

– Kennst du Julien Green?

Ich werde überlegen, ob ich ihre Liebe in eine Chronologie oder wenigstens in eine halbwegs einsehbare Ordnung bringe, mich dann aber doch entscheiden, den Roman mit ungefähr den Auslassungen, Vorgriffen und nachträglichen Ergänzungen zu schreiben, mit denen Menschen nun einmal erzählen. Auf der Suche nach Houellebecq zufällig auf Julien Green gestoßen, kehrt Jutta wieder zu der Hingabe zurück, mit der sie ihrem Mann anfänglich gefolgt sei. Ehrlich gesagt fällt es mir schwer, eine Verbindung zwischen ihr und der sechzehnjährigen Adrienne Mesurat zu erkennen, die ohne jeden einsehbaren Grund, während eines kurzen Blickkontakts auf der Straße, als er in einer Kutsche an ihr vorbeifährt, einem dreißig Jahre älteren Arzt verfällt, der in die Nachbarschaft gezogen ist.

Adrienne vertreibt ihre ältere, kranke Schwester aus dem Haus, nur um in ihr Zimmer ziehen zu können, von dessen Fenster sie auf das Haus des Arztes blickt; halb ungewollt, halb absichtlich tötet sie sogar ihren Vater, als der ihrer Leidenschaft ein Ende bereiten will; schreibt dem Arzt anonyme Liebesbriefe und fällt schließlich in Ohnmacht, damit er sie zu einer Behandlung aufsucht. Es ist die unvernünftigste, unrealistischste, heilloseste, einseitigste und dazu, da der Arzt, den Adrienne nur flüchtig gesehen hat, sich als kränklicher, abgemagerter, vergeistigter Sonderling entpuppt: unerotischste Liebe, die in der modernen Literatur beschrieben worden ist. Nichts gibt es, was die beiden verbindet, nichts, was Adriennes Gefühle erklärt, und nichts, was umgekehrt den Arzt zu ihr ziehen könnte. Es ist wirklich schon so etwas wie die Liebe zu dem sehr fernen, abweisenden, vielleicht nicht einmal existenten Gott, eine religiöse Inbrunst auf jeden Fall, wenngleich auf dunkelste Weise. »Sie lieben mich nicht«, sagt denn auch der Arzt: »Das ist unmöglich.« Dagegen traf Jutta auf einen Mann, der …

– Was macht er eigentlich gerade?

– Immer noch die Abrechnungen, wie ich ihn kenne.

… dessen Alter, Beruf, Lebenssituation, Interessen, Ziele, Ansichten, Aussehen und dergleichen ihr auf beinah schon unwahrscheinliche Weise entsprachen, einen Mann, mit dem sie außerdem die Herkunft, den akademischen Grad und, was in ihrem Elternhaus besonders wichtig genommen wurde, noch die Konfession teilte. Sowenig bewußt ihr das Standesgemäße dieser Liebe sein mochte, so fest sie selbst glaubte, die familiären Vorgaben zu ignorieren – unbewußt spielen in Gefühle stets Beweggründe hinein, die bei Tageslicht betrachtet erschreckend pragmatisch sind, erst recht, wenn über kurz oder lang die Gründung einer Familie ansteht. Juttas Liebe war nicht bloß möglich, sondern nach Abschluß ihres Studiums, allein in der Fremde, zu Beginn eines neuen Lebensabschnitts folgerichtig, geradezu logisch. In jeden anderen Mann, der mit ungefähr denselben Merkmalen, zur gleichen Zeit, am selben Ort aufgetaucht wäre, hätte sie sich genauso verliebt. »Diese Idee haben Sie sich eines Tages in den Kopf gesetzt, als Sie einsam waren«, versucht der Arzt

Adrienne die Liebe auszureden, »als die Langeweile Sie quälte. Sie hätten genauso gut jemand anders lieben können. Nehmen Sie einmal an, ein anderer als ich wäre im Wagen an Ihnen vorübergefahren, an dem Tag, von dem Sie mir vorhin erzählt haben, ein junger Mann vielleicht ...«

»Warum soll ich das alles annehmen?« erwidert Adrienne: »Selbst wenn es stimmt, was Sie sagen, ändert sich doch nichts.«

Für Jutta, die nach Möglichkeit sonntags zum Gottesdienst geht, ist es fast eine religiöse Frage, ob am Ausgang des lateinamerikanischen Provinzflughafens ein anderer als ihr Mann hätte stehen können, kein vollständig anderer, so realistisch ist sie durchaus, nicht der Bedienstete, der das Terminal schrubbt, kein älterer oder ganz häßlicher Mann, im Zweifel überhaupt kein Einheimischer, sosehr sie sich für das Land interessierte, aber doch jeder andere junge, deutsche oder mindestens westlich sozialisierte Entwicklungshelfer von passabler Erscheinung. Sie will das nicht glauben: Hätte der andere sie mit dem gleichen scheuen Blick gesucht und sich hinter dem Absperrgitter durch dasselbe Lächeln zu erkennen gegeben, hätte der andere seine Einsilbigkeit genauso ausgestellt und ungewollt im dritten Satz dennoch ein Kompliment gemacht, an das sie sich ein Vierteljahrhundert später noch in Nuancen des Tonfalls erinnert? Da hatte sie sich bereits verliebt, behauptet sie, während dieser vielleicht sechzig Sekunden, nachdem sich ihre Augen begegnet waren und er ihren Rucksack an sich nahm – und da wußte sie so gut wie nichts über ihn, kaum mehr, als daß er kein Bediensteter, kein Alter, kein Häßlicher, auch kein Einheimischer war.

– Aber das ist doch nun wirklich Unsinn, werfe ich dazwischen: Du wußtest bereits alles mögliche über ihn, als Ihr euch traft.

– Was denn?

– Daß er Arzt war, daß er jung war, daß er die Indios versorgte, daß er ein Leben führte, das du toll fandst.

– Ja, aber das allein erklärt doch nichts. Es war auch dieser Blick.

– Na ja, der Blick.

Sicher, die Kinder waren der wichtigste Grund, sich wieder und wieder zu versöhnen, nach jedem Streit noch erschöpfter und weiterer Illusionen beraubt, bis die Versöhnung darauf hinauslief, sich von neuem mit dem Unabänderlichen abzufinden. Trotzdem wirkte noch etwas anderes mit, ein wie gesagt religiöses Motiv. Nein, Jutta meint nicht die biblische Absage an die Scheidung. Allenfalls unbewußt spielte die elterliche Auffassung mit hinein, daß man sich nicht trennt. Eher war es ein Grundsatz, an dem für Jutta die gesamte Religion hing: Gottvertrauen.

– Gottvertrauen? frage ich zur Sicherheit nach.

– Kein Sperling fällt vom Dache ohne den Willen eures Vaters – so bin ich erzogen worden, das war ja irgendwie ein extremes Umfeld.

Sie glaubte daran, daß ihr Leben, das Leben ihres

Mannes, das Leben ihrer Kinder, überhaupt das menschliche genauso wie jedes andere Leben einer Fügung unterliegt, die dem einzelnen nicht einsichtig sein muß. Ja, gerade wenn sie nicht einsichtig ist, gelte es, das Leben anzunehmen, weil es von höherer Hand gefügt ist: Dein Wille geschehe, sei schließlich der Kern jedweder Religiosität.

– Jetzt schreibst du mir deine eigenen Gedanken zu, wird Jutta sagen, wenn sie den Roman liest.

– Das stimmt nicht, werde ich beteuern: Das mit dem Sperling hast du wirklich gesagt.

So häufig sie ins Kissen weinte, so viele Tage, manchmal Wochen sie mit ihrem Mann ausschließlich die nötigsten Verabredungen besprach, immer hoffte, daß sich das Richtige schon von selbst erweisen werde, ob es nun die Fortsetzung dieses oder der Beginn eines ganz anderen Lebens war – sie hätte es so oder so akzeptiert. Anders als für ihre Eltern ist die Scheidung für sie also sehr wohl eine Option. Doch wenn sie erst einmal wieder miteinander reden, bald schon eine Berührung sich ergibt und ihre Körper sich nach beinah jedem Streit mit neuer Leidenschaft vereinigen, ist sie erleichtert, daß die Familie – um die geht es schließlich, mit Kindern nie um den Mann oder die Frau allein – fortbesteht.

– Ich denk, Ihr streitet nicht einmal mehr, deute ich meine Skepsis an.

– Ich mein, er liebt mich ja, antwortet Jutta, als hätte ich eine andere Frage gestellt: Das weiß ich doch auch.

Dabei erhöht jede Versöhnung den Preis, den die Trennung beim nächsten Streit kosten wird, weil dann alles – noch längeres Beharren, noch größerer Schmerz, noch häufigeres Nachgeben – umsonst gewesen wäre. Nach ein paar Jahren auseinanderzugehen, selbst mit Kindern, so schwerwiegend das in jedem Fall ist – das passiert. Wenn sich jedoch das halbe Leben als Irrtum erwiese, wäre der Glaube an die andere Hälfte für Jutta ebenso hinfällig.

Sie spricht gar nicht zu mir. Mindestens leicht berauscht vom Wein, vom Haschisch, von der Übermüdung, die in Zwanglosigkeit umgeschlagen ist, spricht sie zu sich selbst, befragt sich selbst, entblößt sich vor sich selbst, provoziert sich selbst, redet hier unzusammenhängendes, dort sentimentales Zeug, bastelt sich Erklärungen wie ihr Gottvertrauen, an die sie bei Tageslicht wohl selbst nicht glauben wird, und verschweigt die pragmatischen Erwägungen, die mit Sicherheit auch eine Rolle spielen, all die Umstände, die eine Scheidung mit sich brächte: von der Wohnung, die erst einmal zu suchen und neu einzurichten wäre, nur wann?, und dann hängt sie auch noch so sehr an der alten Villa, über die doppelte Ausgaben bis zu den einsamen Wochenenden, wenn die Kinder beim Mann, gar aus dem Haus wären, und wohin in den Ferien?, hier auf dem Land würde sie so schnell keinen Urlaubspartner, geschweige denn eine neue Liebe finden. Aber dann sagt sie sich vermutlich jedesmal selbst, daß sie ihre Ehe nicht aus so billigen Günden führen darf, und wartet sie weiter auf eine Empfindung, die endlich eindeutig ist und es auch am nächsten Tag, in der nächsten Woche noch bleibt.

Es ist ja ein Widerstreit, was wir fühlen, so gut kenne ich das von mir, ein dauernder, immer quälenderer, schier nicht mehr auflösbar scheinender Widerstreit, wenn zwei durch Kinder, durch den gemeinsamen Alltag, im gemeinsamen Bett wie zusammengekettet sind; so viele Wunden sie sich unvermeidlich zufügen, wenn ihre Liebe ein Zusammenleben wird, so viele Mißverständnisse entstehen, wenn man dauernd miteinander spricht, so verstetigt die Zeit – schon das bloße Faktum der lang und länger werdenden Zeit – zugleich die Liebe, wappnet sie gegen Stimmungen, die jedesmal vorübergehen. Mit jeder überwundenen Krise, jedem Glücksereignis, jedem Schicksalsschlag und erst recht mit der Gewöhnung erzeugt die Zeit den unauflöslich anmutenden Kitt und liefert die Gründe, die man sich anfangs mehr eingebildet hat. Was ein zufälliges Zusammentreffen war, selbst Juttas Ehe letztlich so zufällig wie Adriennes Begegnung mit dem Arzt, erweist sich erst mit den Jahren als notwendig oder verkehrt – nur welches von beiden? Es spricht so viel gegen den anderen, aber es spricht mangels Beweisen auch für keinen anderen mehr.

Daß sie von Zeit zu Zeit das Gegenteil von dem sagt, was sie davor gesagt hat, fiele mir nicht auf, wenn ich nicht im besagten Aufnahmemodus wäre. Jetzt ist es der Streit, den es in ihrer Ehe weiterhin oder nicht einmal mehr gibt, davor der Augenblick, an dem sie sich mehr als nur verliebt, nämlich den Fremden als ihren Mann erkannt haben will: bereits bei der Ankunft in der Provinzstadt oder erst im Urwald, als er sich lachend die Strapazen wie Schweiß aus dem Gesicht wischte. Oder war es nachts im Gemeindehaus, und wenn dort, dann beim ersten Kuß, bei der mißglückten oder ekstatischen Vereinigung? Oder erst beim Rückflug in die Hauptstadt, als sie auf die Woche zurückblickte? Das sind mehr als nur Unstimmigkeiten. Jedes einzelne Bild der frühen Liebe, an das sie sich überhaupt erinnert, leuchtet lebenslang so hell, als sei es die Quelle des verbliebenen Lichts. Vielleicht haben sie alle den Nimbus der Einzigartigkeit, weil erstaunlich wenige Bilder in Erinnerung geblieben sind – wenn sie überschlägt, wie viele Stunden und Tage sie im Urwald miteinander verbrachten.

Unvermittelt steigt eine weitere Erinnerung auf, die einer anderen widerspricht, ohne daß es darauf ankäme: Schon bevor er auf dem Bett, mitten im Gespräch, ihre Hand nahm und das so folgerichtig schien, daß sie ihren Satz nur für einen kurzen Blickwechsel unterbrach, hatten sie sich bereits berührt. Das war ein paar Stunden zuvor auf der Veranda gewesen, neben ihnen der Pfarrer mit dem einheimischen Arzt, den Krankenschwestern und ein paar Leuten aus der Gemeinde im Gespräch. Niemand anderes konnte in der Dunkelheit sehen, wie er seine Hand auf ihre legte, achtete überhaupt auf die beiden jungen Deutschen. Dennoch zog sie blitzschnell ihre Hand weg und erschrak, weil sie ihn abgewiesen hatte. Sie behauptet – wissend, daß sie übertreibt, aber welche Erinnerung an die Liebe tut das nicht? –, das eigene Herz klopfen gehört zu haben, während sie wartete, ob die Hand auf ihre zurückkehren würde.

Romanschreiber, der ich nun einmal bin, muß ich an die berühmte Szene aus Stendhals *Rot und Schwarz* denken, die Jutta bestimmt ebenfalls kennt, jedenfalls weist das Taschenbuch unverkennbar Urlaubsspuren auf: als der junge Lateinlehrer Julien – nachts auf der Veranda, während die anderen reden! – die Hand Madame de Rênals berührt, der Mutter seines Schülers. Die Geliebte, obwohl sie Juliens Gefühle erwidert, zieht ihre Hand sofort zurück. Fortan ist es nicht mehr Begehren, was Julien antreibt, vielmehr der Ehrgeiz, nicht zurückgewiesen zu werden. Als seine Hand auf ihrer liegenbleibt, durchströmt Glück seine Seele, da eine furchtbare Qual vorüber ist; mit Liebe habe die Empfindung allerdings nichts zu tun, behauptet Stendhal, es sei mehr ein sportlicher Sieg.

– Die ganze Aufregung, nur weil du sein Händchen halten wolltest? frage ich, um nicht nach Stendhal zu fragen: So unerfahren kannst du gar nicht gewesen sein.

– Aber irgendwie fühlt sich die Liebe doch jedesmal wie ein erstes Mal an, oder nicht?

– So so, versuche ich es einmal mit einem altväterlichen Ton: Und als Unschuld vom Lande bist du noch in derselben Nacht in sein Zimmer geschlichen?

– Ja, weil er seine Hand auf der Veranda nicht mehr auf meine gelegt hatte.

Daß sie Liebe machten, wie Jutta den Sex offenbar durchgängig nennt, war dann wohl auch mehr ein sportlicher Triumph für sie. Andererseits glaube ich, daß Stendhal das erotische Verlangen speziell in *Rot und Schwarz* zu einseitig als einen Wettbewerb erklärt. Jutta ist in sein Zimmer geschlichen, gerade weil ihr Mann sich keinen Augenblick länger zurückgewiesen fühlen sollte.

Der Plan war, daß sie zu ihm in den Urwald zieht, allerdings mußte sie erst das Praktische Jahr an einem Krankenhaus absolvieren, dessen Zeugnis in Deutschland anerkannt würde, und dann mußte auf der medizinischen Station überhaupt ein Platz frei werden für eine weitere Ärztin. Allein von seinem Gehalt zu leben, das lediglich ortsüblich war, kam angesichts der Ausgaben, die sie nun einmal zusätzlich hatten, nicht ernsthaft in Frage – allein schon die Flüge in die Hauptstadt, um das Notwendigste zu besorgen, und zu Weihnachten nach Deutschland. Selbst zwei Gehälter hätten nicht genügt, jedenfalls nicht mit Kindern, an die sie von vornherein dachte. Aber mit Kindern im Urwald zu leben schied ohnehin aus. Anders gesagt war es von vornherein illusorisch, das Brot der einheimischen Helfer zu teilen.

Als sich herausstellte, daß sie nicht zu ihm ziehen konnte, stand er vor der Entscheidung, ohne sie das Leben fortzuführen, das ihn befriedigte, oder mit ihr ein Leben zu beginnen, das er ablehnte. Er sprach das nie an. Dennoch ist sie sich heute …

– Leider erst heute!

… bewußt, wieviel er für sie aufgab.

– Beweist das nicht, wie sehr er dich liebte?

Sie sieht das Opfer, das er erbrachte, obschon sie zugleich recht hat, daß er die Arbeit im Urwald so oder so aufgegeben hätte, weil der Lohn nicht einmal für eine ordentliche Krankenversicherung, geschweige denn eine Altersvorsorge langte. Für ihn war es ein Opfer, das sie nicht anerkannt hat.

Ich solle nicht meinen, sie hätten es nicht versucht. Mehrfach haben sie es versucht. Nein, nicht miteinander, das sowieso, miteinander versuchen sie es ihr halbes Leben lang. Versucht hätten sich zu trennen. Zweimal hat er über Wochen in der Praxis übernachtet und einmal sie bereits den Mietvertrag für eine Wohnung unterschrieben, jeder hat sich einen Anwalt gesucht, und gemeinsam haben sie die Kinder sowie die Eltern unterrichtet, daß sie das Trennungsjahr beginnen würden, das sie ernst nehmen wollten, so etwas Wertvolles wie drei Kinder, die glücklich, selbstsicher, anständig geworden sind, gibt man nicht leichtfertig auf, betont Jutta wie zur Rechtfertigung ein ums andere Mal, ein Alltag, der mit zwei aufreibenden Berufen lautlos wie zwei

Zahnräder schnurrt, und Einigkeit in den Angelegenheiten, die beim Ehetherapeuten *multiple choice* abgefragt werden: was tun mit den Eltern, wenn sie auf Hilfe angewiesen sind?, oder daß die Verwandtschaft harmoniert und sie mehr sind als fünf, nämlich die Mitte eines ganzen, einträchtigen Verbunds, nicht zuletzt: in all den Jahren keine einzige Auseinandersetzung übers Geld, auch das: immer noch ein sexuelles Begehren. Nein, sagt Jutta, als wolle sie sich selbst überzeugen, nein, so viele Gemeinsamkeiten verstünden sich nicht von selbst, und hört doch immerfort eine Stimme, eine teuflische Stimme, wie sie selbst fürchtet, die einflüstert, daß etwas in diesem Gefüge aus Beruf, Kindern, Nachbarschaft, Großeltern und gelingendem Alltag fehlt, ihr vor allem fehlt, die kleinen Zärtlichkeiten, die Gespräche – er interessiert sich nun einmal nicht! –, daß er Zeit mit ihr verbringt, ohne sie gleich durch die Alpen zu scheuchen, gar nichts Besonderes, einfach nur, daß er sie – ihr fällt gerade kein besseres Beispiel ein – ein einziges Mal zum Gemeindefest begleitet, das zugegeben nicht so aufregend wie seinerzeit Brokdorf ist, einfach nur, um ihr eine Freude zu machen, und so spießig sind die Gemeindemitglieder gar nicht, aber wenn nur das Wort Kirche fällt, zieht er sich aus Prinzip die Laufschuhe an, und wenn er nicht für den Marathon trainiert, fährt er Mountainbike und entschuldigt sich im Tone eines Vorwurfs, daß er mit Religion nun einmal nichts anfangen kann, oder mal gemeinsam einschlafen, Arm in Arm einschlafen, was so selten geschieht, weil er mit viel weniger Schlaf auskommt als sie, liest noch ein Buch, geht abends um zehn noch joggen oder setzt sich an den Computer, um Abrechnungen zu schreiben, wenn er im Internet nicht nach ganz anderen Dingen sucht, was weiß sie denn von ihm. Dennoch haben beide Trennungsjahre geendet, bevor sie begonnen haben, ohne daß sie im nachhinein weiß warum.

– Sie hat es doch selbst erklärt, wird der Lektor sagen, wenn wir in seinem Büro den Roman durchgehen, den ich schreibe.

– Was? werde ich fragen.

– Warum sie zusammengeblieben sind.

– Sie hat nur erklärt, was sie trotz allem zusammenhält.

– Ja, und genau das ist die Liebe.

– Die Kinder, das Haus, der Alltag, die Eltern?

– Ja, genau das.

– Das ist bloß der Klebstoff.

– Nein, das ist nicht bloß Klebstoff.

– Wenn es Liebe wäre, blieben sie auch ohne Kinder, Haus, Eltern zusammen.

– Die Liebe ist doch kein Wesen, das irgendwie unabhängig vom Leben existiert.

– Sondern?

– Sie ist das Leben, das man teilt.

– Also Wohngemeinschaft plus Sex.

– Plus Kinder, GmbH, Urlaub, Notruf, Pflegedienst, Sterbebegleitung, Pizzaessengehen und so weiter.

– Dann könnte man sich auch einen Vertragspartner nehmen.

– Man macht das ohne Liebe nicht.

– Früher hat man's auch gemacht und hat sich nicht geliebt.

– Sagen Sie.

– Sage ich.

– Aber Sie wissen gar nicht, was Liebe ist.

– Nein.

Und dann? Dann nahm er das Angebot ihres Chefarztes an, in der Hauptstadtklinik zu arbeiten. Nicht lange, und er wurde so mißmutig, die Besitzenden zu behandeln, daß er sich bei der Hilfsindustrie zu bewerben begann, gegen die er weiterhin wetterte. Absicht oder nicht, wurde sie kurz darauf schwanger. Pünktlich zur Geburt traf die Zusage für eine Leitungsstelle in Bolivien ein, die ihnen Dienstwagen, Haus und Auslandszulage bescherte. Immerhin zeigten sich die Elenden dort genauso dankbar für die Behandlung wie im ecuadorianischen Urwald, gleich wieviel ihr Arzt verdiente. Nicht, daß Juttas Mann sich eingebildet hätte, das System von innen verändern zu können – in seinen, ihren, auch in meinen Augen schuf der Imperialismus selbst die Not, aus deren Linderung er ebenfalls Profit zog; aber die Dienststelle krempelte er schon um, berichtet Jutta ungeachtet der Ehekrise stolz, schleifte Hierarchien, verteilte Gelder neu, schränkte seine eigenen Privilegien und die seiner Mitarbeiter ein, initiierte Räte in den Dörfern, nahm sich auch der Bildung und der Frauenrechte an. Als die beste Medizin propagierte er, nein, nicht mehr die Revolution, aber doch eine gerechtere Gesellschaft. Auch zu Hause aßen die Bediensteten mit ihnen am Tisch.

– Ihr hattet Bedienstete?

– Wir konnten sie ja schlecht rausschmeißen.

Jutta fällt es zwanzig Jahre später schwer zu sagen, ob sie in Bolivien glücklich war. In ihrer Erinnerung herrscht der Eindruck der Überforderung vor, überfordert vom Baby, vom großen Haus, von den Bediensteten, verdrossen von der Suche nach einer eigenen Stelle und unaufhaltsam in ihrem Eifer, als Ärztin zu arbeiten, statt nur die Ehefrau zu sein, ohne zu erkennen, daß womöglich gerade ihr Ehrgeiz es war, worin sie ihm folgte – daß sie es ihm gleichtun wollte, mit ihm konkurrierte. Völlig verrückt, findet sie: Statt sich dem Baby zu widmen, die ersten ein, zwei Jahre als Auszeit zu genießen, dabei auch den ungewohnten Komfort zu genießen …

– Fahrer, Dienstmädchen, Pool, zählt Jutta auf und findet den Luxus für Entwicklungshelfer pervers.

… bequem das Land zu entdecken, organisierte sie nach dem viel zu frühen Abstillen die bestmögliche Kinderbetreuung bis hin zu einem detaillierten Speiseplan, der nur aus den gesündesten, giftfreien und nach Möglichkeit selbst angebauten Zutaten bestand, um mit schlechtem Gewissen, in ständiger Sorge – Handys gab es ja noch nicht, daß sie zu Hause hätte anrufen können –, mit auf die Dörfer zu fahren. Sie sagte sich, daß seine Arbeit wichtig war, daß er Gutes bewirkte, und konnte ihm seinen Einsatz schlecht vorwerfen. Gleichwohl nagte es an ihr, daß sie, gleich was sie versuchte, die Frau an seiner Seite blieb, erst recht auf den Dörfern, weil sie ohne Anstellung, somit ohne Versicherungsschutz, nur die leichten Fälle behandeln konnte und praktisch für die Sozialarbeit zuständig war, die Gespräche unter Frauen, denen Juttas Anliegen oft nicht einleuchtete, weil sie dringlichere Sorgen hatten als ihre Gleichberechtigung – welche Rechte? fragten die Frauen oft zurück. Allein, mit wem hätte sie von ihrer Unzufriedenheit sprechen können? So neu im Land, gab es niemanden außer ihren Mann, und der hätte …

– Und zwar nicht einmal zu Unrecht, gesteht sie ihm heute zu.

… geantwortet, daß er das Leben mit Sekretärin, Sitzungen und dem Oktoberfest der deutschen Botschaft allein ihretwillen führe. Jedenfalls glaubte sie, daß er so geantwortet hätte. Die Konflikte setzten ein, die sich bis heute die falschen Gründe suchen – nicht bloß beliebige, nicht bloß geringfügige, vielmehr falsche Gründe, so daß noch die Versöhnung sie in die Irre führt, die in beständigem Wechsel mal von ihm, mal von ihr angestoßen wird. Im Grunde ging es um Herrschaft, so nüchtern erklärt sie es jetzt: Wer bestimmt, wer folgt. Die Hackordnung galt nicht mehr, nach der sich ihre Eltern richteten, und doch fand sie sich als Mutter wieder und sollte ihn als Versorger akzeptieren.

Was sie sich selbst nicht erklären, niemandem erklären könne, vielleicht einem Psychologen, aber einem Psychologen vertraue sie sich hier auf dem Land lieber nicht an: warum sie diese Wut auf ihn spürt, warum sie sich in einen anderen verliebt hat, warum sie an ihrem eigenen Mann Jahr für Jahr mehr stört – und dennoch aus den nichtigsten Gründen eifersüchtig wird. Erst nehme ich es ihr gar nicht ab, nenne Eifersucht ein irgendwie unpassendes Gefühl für sie, die so eigenständig sei, aber Jutta entgegnet, daß sie es selbst zum Kotzen finde. Sie beobachte sich dann von außen, wie sie zu einem pubertierenden, wütenden Mädchen mutiere. Gut, denke ich, dann wird es vielleicht einen Grund geben, und frage nach, auf wen sich ihre Eifersucht bezieht.

Ein Wort nur, schon will ich rufen: bitte nicht!, so trivial kann es doch nicht sein, der Klassiker in den Vorabendserien: Ihr Mann hat eine neue Angestellte, keine dreißig Jahre alt, die hinterm Empfang sitzt, ein Sonnenschein, hat vom ersten Tag an gute Laune verbreitet und dazu noch, Jutta gibt es vorurteilsfrei zu, Ordnung in die Praxis gebracht. Wenn's so ordentlich wäre, müßte ihr Mann nicht nachts noch Abrechnungen schreiben, wende ich ein. In Wahrheit will ich ihr Mut zusprechen, daß sie sich wegen einer Arzthelferin nun wirklich keine Sorgen zu machen braucht, heimst selbst so viele Komplimente ein, daß es ihr schon auf die Nerven geht, an Selbstbewußtsein mangelt es ihr jedenfalls nicht. Sie sagt sich tausendmal, daß die neue

Arzthelferin keine Konkurrenz ist, sie sich eine Affäre auch praktisch kaum vorstellen kann, denn wo und wann sollte sie stattfinden, doch nicht in der Praxis, und abends macht er immer seinen Sport, wenn er nicht in seinem Arbeitszimmer sitzt. Sie weiß selbst, daß sie *desperate houswives* aufführt, aber kommt aus der Rolle nicht heraus, kann weder ihrem Mann noch der Arzthelferin einen Vorwurf machen, spricht das Thema deshalb auch nicht an und merkt dennoch, daß die Vorstellung sie auffrißt, daß doch etwas sein könnte, weil zweimal, lang ist's her, ganz unerwartet etwas war, und da waren die Frauen nicht einmal jung, während die Arzthelferin – gut, über das Mörderische am Kapitalismus wird er nicht mit ihr diskutieren, aber sie ist blond, blond und strohdoof, langsam wird Jutta gemein, denn wenn die Arthelferin strohdoof wäre, würde sie kaum den Praxisbetrieb so gut organisieren, und – langsam kommen wir der Sache näher –, und dann treibt sie auch noch Sport.

Wenn ihr Mann in Tenniskleidung aus dem Haus geht, fragt sich Jutta bisweilen, ob er tatsächlich auf dem Platz stehen wird, so daß sie sich letztes Jahr entblödet hat, am Tennisheim vorbeizufahren, nur um herauszufinden, ob ihr Mann spielt beziehungsweise mit wem. Aber natürlich war's ein Mann, mit dem er auf dem Platz stand, und von der Arzthelferin weit und breit nichts zu sehen. Der Tenniswart freute sich gleichwohl über den seltenen Besuch und lud Frau Bürgermeisterin zum Hallenturnier ein. Keine Frage, sie fühlt, daß sie alt wird, die Wechseljahre vermutlich schon vorüber, dazu drei Pfund zuviel, die noch jeder Diät widerstanden haben, während er seinen Körper in Schuß hält, damit nicht nur sein sozialer Status auf junge Frauen wirkt.

– Wie arschig ist das denn? wird Jutta nicht glauben können, was ich aus ihrer Eifersucht folgere, die sie nicht leichten Herzens zugegeben hat.

– Wenn's doch so ist, wird mir der Lektor ausnahmsweise recht geben: So ähnlich könnte sie's auch in ihrer *Brigitte* lesen.

– Ich lese nicht so ein Zeug, wird Jutta mir auftragen, dem Lektor auszurichten.

– Ich hab's nur gesagt, damit Sie sich bewußt sind, auf welches Niveau Ihr Roman gerade sinkt, wird der Lektor natürlich mir einen reinwürgen.

Schon klar, daß niemals unter sein Niveau geht, wer die Liebe nur aus Büchern kennt.

Juliens zweite große Liebe, die Liebe zur gleichaltrigen Mathilde, schildert Stendhal als einen noch grimmigeren Wettkampf: Sie weckt seine Gefühle, indem sie ihn abweist, und er gewinnt sie, indem er sich ihr entzieht, in beständigem Wechsel. Das geht so weit – und dadurch triumphiert er endlich –, daß er gegen seinen Instinkt und alle eigenen Gefühle Punkt für Punkt einem Schlachtplan folgt, den ein erfahrener Freund ihm mitgegeben hat. Selbst die Liebesbriefe, die er an eine andere Frau schreibt, um Mathildes Eifersucht zu wecken, sind Wort für Wort vom Freund abgekupfert. Alles, was aus diesem Beginn folgt, erst recht das tatsächliche Erkalten Juliens und die Wiederkehr Madame de Rênals in seiner Todeszelle, führt in das Geheimnis, das die Liebe gleichwohl bleibt. Einzig den Beginn des Liebesverhältnisses selbst, dem Stendhal auch noch so breiten Raum gibt, fand ich immer albern, zwar nicht beziehungslos zu der oft unguten Dynamik aus Abwehr und um so größerem Verlangen, die zwischen zwei Liebenden entsteht, jedoch wie eine Karikatur. So trivial nun auch nicht! dachte ich ein ums andere Mal beim Lesen, wie ich es vorhin Jutta zurufen wollte.

Vielleicht täuschte ich mich, und nicht nur beim Lesen. Vielleicht besteht das Geheimnis der Liebe unter anderem darin, daß sie viel simpler ist, als wir selbst meinen, als auch die Literatur uns einredet, alle außer Stendhal. Vielleicht kupfern wir ebenfalls Briefe ab, die tausendfach schon verschickt worden sind. Vielleicht geht es wirklich nur – nein, nicht nur, aber zu einem guten Teil und besonders im Übergang von der Verliebtheit zur langwährenden Liebe, wenn das Feld abgesteckt wird für Jahre und Jahrzehnte –, vielleicht geht es tatsächlich um Oben und Unten, Herrschen und Folgen, Verweigerung und Begierde, Grausamkeit und Lust, vielleicht in jeder menschlichen Beziehung, allerdings nirgends von so reizenden Worten und zärtlichen Gesten bedeckt wie zwischen zwei Liebenden. Ich weiß selbst nicht, ob es damit zu tun hat, mit Stendhal oder gar mit Jutta, die gerade von den sozialen Verwerfungen Boliviens berichtet, aber ich frage mich, warum mit der Moderne, die die festen Geschlechterrollen aufzulösen begann, zugleich der Sadomasochismus als erotische Spielart aufkam – und warum ausgerechnet heute, da die Geschlechtergleichheit sich jedenfalls im öffentlichen Bewußtsein durchgesetzt hat, der Sadomasochismus zumal unter den Besitzenden zu einer Art Volkssport geworden ist. Wobei, genau gesagt, nicht der Sadismus zum Massenphänomen der westlichen Wohlstandsgesellschaften wurde, vielmehr die Lust zu dienen, sich zu demütigen, sich Schmerz auszusetzen, unser hochgezüchtetes Ich zu negieren; erst recht die Männer dürften inzwischen fast mehr Geld dafür ausgeben, sich einer Frau unterwerfen zu dürfen, als für die gewöhnliche Prostitution, die das Herrschaftsverhältnis wahrt, und die Frauen tagträumen in der U-Bahn ganz ungeniert von *Fifty Shades of Grey*. Dabei haben gerade wir die Gleichheit vor uns hergetragen wie einen Glaubenssatz, Juttas westdeutsche Generation, der ich ebenfalls angehöre, haben sie auf Konferenzen und Demonstrationen, in Büchern, Parteien, Wahlkämpfen, Gremien, Forschungen, Lehrplänen, Betrieben, in allen Medien, selbst in den Kirchen gepredigt. Selbst in der Nationalmannschaft haben wir die Hierarchien geschleift, wie es Juttas Mann auf seiner Dienststelle ebenfalls versucht hat. Meine Gedanken schweifen ab, während Jutta erneut den Imperialismus beschuldigt.

Um sie vom Thema abzubringen, frage ich mit einigem Vorlauf und manchem Räuspern, wie es sexuell bei ihr laufe. Immerhin habe sie erwähnt, daß sie und ihr Mann in dieser Hinsicht erstaunlich stabil sind:

– Das spricht doch für eure Ehe, oder etwa nicht?

– Ja, das war immer so ein Faktor, wiederholt sie die Phrase, die nach Betriebswirtschaft oder gar Mathematik klingt: Allerdings arbeiten wir auch daran.

– Wie, Ihr arbeitet daran?

– Na, wir gehen ganz offen damit um, sagt Jutta und hat wieder dieses wissende Schmunzeln, das mich zum Jüngeren, Unerfahrenen, Naiven macht.

Offenbar rechnet sie mit meiner Verlegenheit, mehr noch: hat bemerkt, worauf ich hinauswollte, und sich gedacht, na, das kann er haben.

– Du meinst, Ihr führt eine offene Beziehung? frage ich vorsichtig nach.

– Nein, wir machen das im Prinzip schon zusammen, erklärt Jutta: aber eben nicht nur das Übliche.

Romanschreiber, der ich nun einmal bin, stelle ich mir sofort Reigen wie bei Arthur Schnitzler vor, die in der Provinz erst richtig hemmungslos werden, oder, um auf meinen Gedanken zurückzukommen, Partys wie von de Sade, sie im zweiten Leben Herrscherin in Leder, ihr Mann ein winselndes Hündchen, im Keller dann vermutlich Streckbänke, Folterinstrumente und so weiter. Allerdings ist Jutta die Bürgermeisterin des Städtchens, ihr Mann führt eine gutgehende Praxis, da muß sie mit Offenheit etwas anderes meinen als eine wie immer geartete Öffentlichkeit und noch den Fall eines Wasserschadens bedenken, der Handwerker in die untersten Räume führt.

– Nicht das Übliche? frage ich und räuspere mich ein weiteres Mal.

– Na, was glaubst du? zögert Jutta die Antwort hinaus, um sich noch ein wenig länger über meine Neugierde lustig zu machen.

– Keine Ahnung. Swingerclubs oder so?

– Quatsch.

– Was weiß ich denn. Jetzt sag schon.

– Wir machen Tantra.

– Tantra?

– Ja, Tantra.

Weil sie meine Irritation offenbar mißversteht, erklärt Jutta, daß Tantra nicht das sei, was ich denke …

– Ich denk das überhaupt nicht.

… vielmehr eine uralte indische Lehre, die Körper und Geist als Einheit begreift.

– Ich hab sogar eine Ausbildung als Lehrerin.

– Und das ist okay so?

– Ja, sehr okay.

– Nein, ich mein in so einem Städtchen.

– Also ich geh damit nicht hausieren. Aber in meinem Lebenslauf steht's schon.

– Wie bitte, die Frau Bürgermeisterin ist Tantra-Lehrerin?

– Ich geb jetzt keine Seminare mehr oder so.

– Und das wissen die Leute?

– Wer's wissen will, kann's wissen, aber das war hier nie groß ein Thema. Ich mein, ich werb ja auch dafür, daß die Menschen ihre Sexualität heiligen, das ist mir ein wirkliches Anliegen. Auch bundesweit.

Jutta hält ein längeres Referat über die Sexualität im heutigen Westen, das mich, ungeachtet ich es so ähnlich vermutlich in einer Illustrierten lesen könnte, in Bann zieht, ich kann es nicht anders sagen, also mich ehrlich interessiert und tatsächlich auch aufklärt, beginnend damit, daß jede achte Internetseite, die in Deutschland aufgerufen wird …

– Das sind empirisch gesicherte Daten!

– Von der NSA oder was?

… dezidiert pornographischen Inhalts sei. Nichts ahnten wir mehr davon, daß Erotik mit dem Geheimnis zu tun habe, das um sie gemacht wird. Vor fünfzig Jahren habe eine harmlose Berührung, selbst ein Wort wie »Schenkel« in einem Roman genügt, um junge Menschen aufs äußerste zu erregen. Heute hingegen wüchsen Jungen und Mädchen ganz normal mit Obszönität und sexualisierter Werbung auf, und je schamloser die Gesten der Kulturindustrie, desto stärker die Enterotisierung. Jeder Jugendliche trage heute auf seinem Smartphone mehr und drastischere Darstellungen von Geschlechtsteilen und Kopulationen mit sich, als ganze Epochen sie je produziert haben, und bereits die Kinder lernten in der Grundschule, von der Sexualität in einer so grauenvollen, brutalen Gossensprache zu reden, daß man gar nicht früh genug mit der Gegenaufklärung beginnen könne; sie habe da auch schon in der Partei einen Vorstoß gemacht und der Kultusministerin geschrieben. Tatsächlich könnte ich sie mir gerade auch gut hinter einem Rednerpult vorstellen, so glaubwürdig und überzeugend vertritt sie ihr Anliegen. Was sich die Jugendlichen von *youporn* abgucken, sei nicht bloß ordinär, nein, es sei falsch, so funktioniere Sexualität nun einmal nicht, so schnell könne eine Frau rein physisch nicht zum Orgasmus kommen. Und bei den Jungs mache es auch nur für ein Sekündchen Klick – was für eine Tristesse. Wie noch nie zuvor in der Geschichte der Menschheit würden wir mit erotischen Reizen bestürmt, werde der Sexualtrieb angefacht, aber auch entwertet, kommerziell ausgeschlachtet, allen höheren Sinnes beraubt, so daß die sexuelle Befreiung lediglich dazu geführt habe, daß der Kapitalismus die Sexualität wie eine Ware unter vielen behandelt …

– Hey, du gerätst ja richtig in Fahrt.

– Kannst du alles nachlesen.

… erwähnt den Namen eines Frankfurter Sexualwissenschaftlers …

– Hochangesehen!

– Noch nie gehört.

… dessen Bücher sie empfiehlt. Es schüttele sie bei dem bloßen Gedanken an Fernsehshows, in denen junge Mädchen als Barbies herausgeputzt …

– O Gott, ja.

– Ich mein, gerade als Mutter, ich seh das doch bei meiner Tochter.

… halbnackt und mit Nummern behängt ihren von Kotzattacken ausgemergelten, der Fruchtbarkeit und damit der Weiblichkeit beraubten, also zu Kindern gemachten Körper den lüsternen Blicken dauergeiler Männerattrappen anböten. Es sei ein gewaltiger Irrtum, Erotik mit Freizügigkeit zu verwechseln oder Freiheit darin zu sehen, daß man alles darf. Jede Regung, jede Lust, auch jede Freiheit und jeder kreative Akt beruhe zugleich auf der Zügelung, der Beschränkung, der Disziplin, so wie kein Fluß fließe ohne sein Ufer, und wenn sie sehe, wie sich die jungen Mädchen als Lustpüppchen stylen, ja, auch ihre Tochter, habe sie allmählich schon Verständnis …

– Gerade als Feministin.

– Bist du Feministin?

… für alle, die sich der allgemeinen Verfügbarkeit verweigern, ins Kloster gehen, sich ein Kopftuch überziehen oder was wisse sie denn was. Nicht, daß sie das gut finde, gerade wegen der Unterdrückung der Frau sehe sie den Islam schon kritisch, aber sie nehme nun einmal wahr, worauf diese jungen Musliminnen reagieren, und finde die Entweihung des Körpers mindestens so schrecklich, nur daß sie deswegen nicht die Prüderie propagiere wie der Islam …

– Der Islam propagiert nicht die Prüderie.

– Dann halt der Islamismus.

… sondern im Gegenteil Tantra. Es sei ja nicht nur

das Privatfernsehen, das Problem habe viel früher eingesetzt, nicht aufgrund, aber als Folge der sexuellen Revolution, die sie im Prinzip natürlich noch immer befürworte. Schon die ganz normale Sprache sei ein einziges Elend.

– Schwanz, Scheide, Brustwarze, Hodensack, verkehren, poppen – das ist doch grauenhaft!

– Ja gut, aber was soll man denn sonst sagen?

Jutta führt als Gegenbeispiel die indischen Ausdrükke an, die übersetzt tatsächlich wie aus einem Gedicht klingen …

– Spricht so der ganz normale Inder?

– Was weiß ich, wie der normale Inder spricht, darum geht es doch jetzt nicht.

… dabei vor zweitausend Jahren bereits präziser als die moderne Wissenschaft gewesen seien. So sage man in der Medizin zu Impotenz »erektile Dysfunktion«, das bedeute wörtlich übersetzt soviel wie »schwellfähige Fehlfunktion«.

– Das ist der reine Unsinn!

– Aber die Sprache kann doch nicht das einzige Problem sein.

Das größere Problem sei, daß die Leute nicht miteinander sprechen, daß sie nicht sagen, was sie möchten, was sie erregt, was sie nicht mögen. Ich hätte ja keine Ahnung, was es nicht alles gibt. Es gebe Feeder, die ihre Freundin mästen, es gebe Objektophile, die sich in ein Auto verlieben, es gebe Kultursodomiten, die nur mit einem Hund oder einer Katze zusammenleben –

und gleichzeitig wüßten viele Menschen nicht, wie die Sexualorgane aufgebaut sind, wie sie funktionieren und wo sie liegen.

– Nimm mal nur den G-Punkt, ruft Jutta und schaut mich erwartungsvoll an, als sollte ich irgend etwas tun, also den G-Punkt in die Hand nehmen oder ihr geben: Gibt es ihn?

– Ja, sage ich so zögernd, daß es wie eine Frage klingt: ja?

– Und wo ist er?

– Es stimmt schon, rede ich mich mit einem Allgemeinplatz heraus, daß wir den menschlichen Körper, dem wir auf Schritt und Tritt nackt begegnen, eigentlich gar nicht kennen.

Ob ich wisse, daß man allein durch das Streicheln der Kopfhaare einen Orgasmus auslösen könne, daß das bloße Streicheln wie Elektrizität wirken könne, wirklich physisch wie Elektrizität …

– Das läßt sich messen!

– Das läßt sich messen?

… wie ein Stromschlag, der den Körper als Zukkung durchfährt. Unbedingt müsse ich mir den neuen Houellebecq besorgen.

– Aber dem geht's doch um was ganz anderes.

– Du hast das Buch doch gar nicht gelesen.

Der Leser, der sich als Kind genauso wie ich immer gefragt hat, ob die Helden nicht auch mal aufs Klo müssen, nimmt mir nicht ab, daß ich den Abend mit Jutta und gar ihr erregt vorgetragenes Referat allein aus dem Gedächtnis rekonstruieren werde. Und er hat recht, jener Leser oder, um Juttas Feminismus einmal die Ehre zu erweisen, auch jene Leserin: Ich werde unser Gespräch nicht nur verdichten, wie ich bereits einräumte, Sätze und ganze Dialoge von hier nach dort verlegen, manches falsch erinnern oder anderes zuspitzen, in eigene Worte kleiden, die leeren Stellen im Gedächtnis selbst ausfüllen – ich werde auch nachschlagen.

– Sie schlagen nach? wird bereits der Lektor fragen, der stets mein erster Leser ist.

– Warum denn auch nicht? werde ich antworten und ein Loblied auf die Freiheit des Romanschreibers singen, der alles verwenden kann, was ihn gerade beschäftigt, alles, private Nöte, Steuerbescheide, Todesfälle, Lektüren, Gesprächsfetzen, die er in der U-Bahn aufschnappt, genauso wie seine Kopfschmerzen, Tagesschau oder Ohrwürmer, weil der Roman durch die Totalität definiert ist, die er selbst bei Joyce dennoch verfehlt. Das Referat, zum Beispiel, das stammt in dieser Form gar nicht von Jutta. Jutta hat zwar einen ähnlichen Gedanken formuliert, als wir von Tantra auf die heutige Sexualität kamen, sie hat das Referat auch mit Tantra beendet, aber was dazwischen war, das war deutlich weniger interessant, sondern wirklich wie aus der Illustrierten.

– Bist du gemein! wird Jutta schimpfen, die die zweite oder, realistischer, siebte oder achte Leserin sein wird, aber es nicht böse meinen, mehr wie eine Ältere,

Erfahrene, Wissendere mit einem Freund schimpft, damit sie ihm den Gefallen tut, sich zu ärgern.

– Das ist nun mal mein Geschäft, werde ich mich rechtfertigen und argumentieren, daß sich kein Leser für Literatur interessieren würde, wenn sie die Skrupel hätte, die wir Menschen im Umgang miteinander kennen.

Das Referat entspricht also zwar dem, was sie sagen wollte …

– Bist du gemein! wird Jutta nochmals rufen und es vielleicht schon ein wenig ernster meinen.

– Jetzt warte doch mal.

… ist jedoch Wort für Wort abgekupfert wie die Liebesbriefe, die Julien an eine andere Frau schickt, um Mathildes Eifersucht zu wecken.

– Du hast doch selbst gesagt, daß ich alles bei Volkmar Sigusch nachlesen kann, werde ich mich auf den Frankfurter Sexualwissenschaftler berufen, der hochangesehen ist.

– Ich hab aber nichts von Tantra gesagt, wird Volkmar Sigusch einwenden, wenn er zufällig den Roman liest, den ich schreibe.

Jutta fragt, wie wir auf Tantra gekommen sind. Irgendwie von Bolivien, schwindele ich, um nicht daran zu erinnern, daß ich sie auf das Thema gebracht habe, indem ich fragte, so plump, wie es bei ihnen im Bett läuft. Seltsam, daß es ihr zwei Jahrzehnte später schwerfiel zu entscheiden, ob sie in Bolivien glücklich gewesen war, gleichwohl nur von Umständen berichtete, die sie unglücklich gemacht hatten.

– Also warst du nicht glücklich?

– Nein, ich war schon glücklich.

Während ich warte, daß sie von selbst weiterspricht – allein, sie spricht nicht weiter –, bilde ich mir ein zu beobachten, wie sie im Geiste dieses oder jenes Bild ins Gedächtnis ruft, von dem sie mir vermutlich nicht erzählen wird, weil ihr die Situation zu unscheinbar vorkommt, gar nicht richtig erzählbar, nur so ein Gefühl, und dann im Geiste immer wieder zurückkehrt zu dem Sessel, in dem sie sitzt, nein, nicht zum Sessel, – woher will ich das alles wissen, wenn sie nicht weiterspricht? –, zum Arbeitszimmer zurückkehrt, in dem ihr Mann womöglich weiter seine Abrechnungen schreibt, immer wieder vor und zurück, der Mann in Bolivien, den sie erst ein oder zwei Jahre kannte, und der Mann in dem Arbeitszimmer, der ihr wie kein anderer Mensch auf Erden vertraut ist, vertrauter noch als die Kinder, die mit sechzehn nicht mehr dieselben sind, die sie mit acht waren, und in zehn Jahren wiederum andere Menschen sein werden – der noch vertrauter ist als die eigenen Eltern, deren halbes Leben sie lediglich aus dem Familienalbum kennt, und heute sehen sie sich auch nur alle paar Wochen bei Besuchen, wenn man gar nicht zum Reden kommt –, von dem sie jede Pore, jede Redewendung, jede Gewohnheit, den Geruch, den Atem, jede Partikel seiner Haut kennt, jede Öffnung, jede Erhebung, jede Kuhle und alles, was ihn erregt, ja, auch und besonders die Haare, wenn er durch bloßes Streicheln zum Höhepunkt kommt, regelrecht ausflippt, so süß!, in ihren Armen zuckend, keuchend, sich hingebend, nackt, wehrlos und glückselig, der vertrauteste Mensch auf Erden und doch so fremd, vorhin etwa, als sie sich über die Müslischalen stritten oder nicht einmal stritten, oder waren es die Chipstüten?, richtig, die Chipstüten, er genaugenommen nur sein Befremden artikulierte, in höflichsten Worten, mehr war es ja nicht, so fremd in solchen Momenten, die keine Momente sind, vielmehr sich über Tage und Wochen hinziehen, und dabei so korrekt und höflich und distanziert, daß sie ihn am liebsten siezen würde, weil sie nicht in seine Gefühle einzudringen vermag und er nicht in ihre, weil er sie aussperrt aus seinen Gedanken und sie ihn aus ihren, weil er unglücklich ist und sie auch.

– Ich war glücklich, aber auch traurig. Oder umgekehrt, keine Ahnung.

Einmal kam sie nach Hause, spät, mal wieder hatte nichts funktioniert, Handwerker, Behörden, Besorgungen, sie weiß es nicht mehr, abends dann noch das Gemeindefest, auf dem sie Lose verkaufte, weil sie sich zusätzlich zu allem anderen auch noch in die Nachbarschaft einbringen wollte, um nicht die arrogante Ausländerin zu sein, ihr Spanisch fast akzentfrei inzwischen, viel besser als seins, das oft Gelächter hervorrief, wenn er auf die Mitarbeiter einredete, so deutsch!, aber auf dem Gemeindefest hatte sich über das obligate

Wie geht's? Wo kommst du her? Nein, wie aufregend! hinaus keiner für sie interessiert und war erst recht niemand auf ihre Versuche eingegangen, ein Gespräch über die soziale Frage zu führen, im Gegenteil, regelrecht die Flucht hatten die Frauen ergriffen, sobald Jutta ein politisches Thema anschlug, und mit den Männern war sowieso nicht zu reden, die sie entweder ignorierten, also nicht einmal begrüßten, oder ihr anzügliche Komplimente machten, nein, nicht einmal mit dem Pfarrer war zu reden, der behauptete, das Wort Befreiungstheologie noch nie gehört zu haben, nur bei Christus sei Befreiung, insofern verstehe er das Wort nicht. Sie kam nach Hause, er war auch gerade heimgekehrt, das Kindermädchen längst schlafen gegangen …

– Völlig irre! Ich steh auf diesem beschissenen Gemeindefest und verkauf Lose an die herrschende Klasse, statt mein Baby zu Bett zu bringen.

… traf ihn in der Küche an, wo er gerade ein Bier aus dem Kühlschrank nahm und ihr ohne zu fragen ebenfalls eine Flasche reichte, und es war dieses Gefühl, es ist völlig beschissen …

– Was Bolivien am Ende gar nicht war, nur der Anfang war schwierig.

… was tun wir bloß hier?, was tue vor allem ich, gehe auf dieses Gemeindefest, obwohl du fünfmal gewarnt hast, daß es die reine Zeitverschwendung sein wird, schlage mich mit Versicherungsmaklern herum, die meinen eine Ausländerin über den Tisch ziehen zu können, habe auf dem Gemeindefest ständig die Armut vor Augen, kriege das eh nicht aus meinem Kopf, jedesmal, wenn ich über die Brücke fahre, die Kinder mit den Klebstofftuben vor der Nase, und ich denke, ich bin im falschen Film, hier in diesem Auto bin ich im falschen Film, auf diesem Gemeindefest bin ich im falschen Film, mit diesem Leben bin ich im falschen Film, aber du ja auch, das sehe ich, dein Tag scheint nicht besser gewesen zu sein, so müde und abgespannt du aussiehst, so matt deine Augen, so verlogen das System, in das du um meinetwillen eingestiegen bist, du bist ja auch im falschen Film, im gleichen falschen Film. Es war nur ein Gefühl, sie haben gar nicht geredet, beide genug gehabt von Wie geht's? Wo kommst du her? Nein, wie aufregend!, nur ein Gefühl, aber das gleiche Gefühl zur selben Zeit an einem Ort, das hat sie in seinen matten Augen gesehen, genauso wie er in ihren Augen sein eigenes Gefühl gesehen hat …

– Es war wie so eine Vision, daß, egal, was ist, wir beide uns haben und das Kind, das uns gemeinsam gegeben ist.

… und da leuchten seine Augen plötzlich auf …

– Wirklich wie eine Vision, ich kann das gar nicht anders beschreiben.

… und ihre bestimmt auch, und sie nahmen sich in den Arm, und der beschissene Tag war von einer auf die andere Sekunde vielleicht der schönste Tag geworden, den sie während der ganzen Zeit in Bolivien hatten, obwohl Bolivien noch besser werden sollte.

– Sollen wir noch eine Flasche Wein öffnen? fragt Jutta, der das Leuchten anzusehen ist.

– Ich weiß nicht, antworte ich: Ist schon spät, oder?

– Ich bin so aufgewühlt, ich kann jetzt eh nicht mehr schlafen. Aber du vielleicht? Mußt du nicht morgen früh raus?

– Ach, wer weiß, wann wir uns wiedersehen.

Während Jutta den Wein aus dem Keller holt, stelle ich mich wieder vors Bücherregal. Im Geiste skizziere ich bereits den Roman, den ich schreiben werde, wenngleich die Skizze kaum etwas mit dem zu tun hat, was der Leser tatsächlich in Händen hält. Lediglich die Ausgangssituation ist dieselbe, also daß ein Romanschreiber nach der Lesung aus einem Roman, der von der ersten Liebe handelt, von einer Frau mittleren Alters angesprochen wird: Sie ist es, »die Schönste des Schulhofs«, die Heldin jenes Romans, dreißig Jahre nach ihrer Liebe, die vermutlich nur für den Romanschreiber so groß war. Er lädt sie ein, ihn zum Abendessen mit den Veranstaltern zu begleiten, und weil sich dort keine rechte Unterhaltung ergibt, spazieren die beiden anschließend durchs Städtchen, in dem sie mit ihrer Familie lebt. Schließlich fragt sie ihn, ob er auf einen Wein mit zu ihr nach Hause kommt. Was jedoch aus diesem Anfang folgt, wohin sich der Abend und damit die Geschichte entwickeln wird, ja, längst entwickelt hat, davon habe ich selbst noch ganz irrige Vorstellungen, wie der Leser längst ahnt. Ehrlich gesagt denke ich immer noch an eine Affäre oder sogar mehr als eine Affäre, die sich zwischen dem Romanschreiber und seiner Schulhofliebe dreißig Jahre später neu ergeben könnte, ob ich mir den Abend auch nicht mehr ganz so billig ausmale wie unmittelbar nach unserer Begegnung, die Nacht in ihrer Wohnung oder meinem Hotelzimmer, mir angesichts des Ehemannes im Arbeitszimmer auch klar ist, daß ich nun eindeutig nicht in ihrem Arm aufwachen, nach dem späten Frühstück nicht mit ihr zum Bahnhof schlendern werde, angesichts ihrer drei Kinder erst recht keine Telefonate und Briefe ausbuchstabiere, mit denen wir in Verbindung bleiben, das Wiedersehen und die Liebe, die nicht mehr in einer Sekunde entsteht, um für immer zu halten. Gott, daß meine Tagträume nichts als Groschenromane sind.

Was ich allerdings außerdem vor Augen habe, und das zählt mehr als die eigentliche Handlung, ist die Sprache oder nein, nicht die Sprache, das wäre bereits zuviel, was ich vor Augen oder genauer gesagt im Ohr habe, ist die Zeitform des Romans, den ich schreiben werde, ist das Präsens, weil es den Gedankenstrom leichter aufnimmt. Gut, es liegt auch nahe, das Wiedersehen, das die Rahmenhandlung bildet, bereits im Tempus von den Erinnerungen zu trennen, denen das Präteritum vorbehalten bleibt. Zugleich aber – und das mache ich mir ebenfalls klar, während Jutta die zweite Flasche Wein holt – erlaubt das Präsens Vorgriffe: auf die Zukunft, in welcher der Romanschreiber aufzeichnen und damit reflektieren wird, was ihm in der Gegenwart geschieht. Und schließlich – als so irrig wird sich meine Skizze doch nicht herausstellen – nehme ich mir vor, daß der Roman wieder seine eigene Motivgeschichte heranzieht. Das kann nicht wieder die mystische Literatur des klassischen Orients sein. Nein, diese Nacht soll der Romanschreiber die Bücher aufschlagen, die im Regal der einstmals Geliebten stehen, so daß ich in der zwanzigbändigen Insel-Ausgabe der *Menschlichen Komödie* zu blättern beginne, während Jutta im Keller ist, und das bringt mich darauf, daß gerade die Franzosen niemals Erotik mit Freizügigkeit verwechselten, wie Jutta der modernen westlichen Gesellschaft vorwirft, oder Freiheit darin sahen, alles zu dürfen. Womöglich hat sie das mit dem Fluß, der ohne Ufer nicht fließt, gar nicht vom Tantra, sondern von Balzac.

Allein *Die Menschliche Komödie*, die ich mir später in der Insel-Ausgabe antiquarisch besorgen werde, um dieselbe Übersetzung zu lesen wie Jutta, dürfte auf Hunderten, wenn nicht Tausenden Seiten die Erregung beschwören, die ein bloßes Wort wie »Schenkel« hervorzurufen vermag oder wenn nicht ein Wort, dann eine harmlose Berührung. Im *Mädchen mit den Goldaugen* etwa versteigt sich Marsay, als er in der Liebe zu routiniert geworden ist, zu immer gefährlicheren Eroberungen, nur damit er wieder den Kitzel des Seltenen, des Verbotenen, des Geheimnisvollen spürt. Beim Vorübergehen versucht er ein ums andere Mal das

Kleid der verführerischen, jedoch streng behüteten Paquita zu streifen, die mit ihrer Dueña die Promenade auf und ab spaziert. »Einmal, als er die Dueña und Paquita gerade überholt hatte, um, wenn er umkehrte, auf der Seite des Mädchens mit den Goldaugen sein zu können, eilte Paquita, nicht weniger ungeduldig als er, ihm lebhaft entgegen, und Marsay fühlte seine Hand auf eine zugleich so schnelle und so leidenschaftlich bedeutsame Weise von ihrer gedrückt, daß er den Schlag eines elektrischen Funkens empfangen zu haben glaubte. In einer Sekunde übersprudelten alle seine Jugendwallungen sein Herz.« Das mit den Haaren klang doch ähnlich, da war ebenfalls die Rede von Elektrizität. Kein Wunder, daß ich noch immer von einer Affäre mit Jutta träume, statt zu begreifen, daß der Roman, den ich schreiben werde, von ihrer Ehe handelt.

Während ich den Wein entkorke, komme ich aufs Thema zurück, das mich als Romanschreiber, vor allem jedoch als Vater interessiert. Nämlich denke ich an meinen Sohn, dessen Rotzlöffeligkeit so etwas wie mein eigener Untergang des Abendlandes ist: Was man den Kindern denn vermitteln müsse, um sie gegen die Sexualisierung der Alltagswelt zu wappnen?

– Nicht nur den Kindern! ruft Jutta und ist von einem auf den anderen Satz wieder im Politikermodus: Wir alle! Es ist unsere Aufgabe, unsere gesellschaftliche Aufgabe, wieder begreiflich zu machen, daß Sexualität etwas Göttliches ist.

– Etwas Göttliches?

– Du kannst auch ein anderes Wort nehmen, wenn du mit Gott nichts anfangen kannst. Ich mein einfach das, was dich aus dem Augenblick herauskatapultiert, aus der Gegenwart, so eine wirkliche tiefe, umfassende, lang anhaltende Glückseligkeit.

– Wie lang denn?

– Jetzt bei Anfängern nicht so lang, aber wenn du geübt bist, kann sich der Orgasmus über eine Stunde hinziehen oder noch länger.

– Eine Stunde?

– Du bekommst das selbst natürlich nicht mit. Also du stoppst ja nicht die Uhr. Aber es kann schon lange gehen.

– Länger als eine Stunde?

– Du verlierst völlig das Zeitgefühl. Also, ich mein, es gibt überhaupt keine Zeit mehr für dich.

– Also ewig.

– Irgendwie ewig, ja. Oder was wolltest du sagen?

Ich will sagen, daß Jutta recht hat, daß ich sie ungefähr verstehe: In solcher Verzückung überwindest du den Tod, meinetwegen beim Sex oder weniger sensationell das Kind, das ins Spiel versunken ist, als Erwachsener im Konzert, bei Schubert oder Neil Young oder was weiß ich, auch am Meer, in den Bergen, wenn dich die Schönheit einer Landschaft überwältigt, oder unterm Sternenhimmel hast du es bestimmt schon einmal erlebt: du löst dich auf, vereinigst dich mit allem, was dich umgibt, vergißt die Zeit, und wer aus der Zeit tritt, hat die Vergänglichkeit für einen Augenblick besiegt, der wohlgemerkt nur von außen zu bemessen ist.

– Du stoppst ja nicht die Uhr, greife ich Juttas eigene Formulierung auf.

Dann bist du ewig, wohlgemerkt nicht der Komponist oder der Dichter oder Gott, der die Musik, das Gedicht, die Natur erschaffen hat, nein, du bist ewig, du Hörer, Leser, Betrachter, während der Komponist, Dichter oder Gott, der sich in seiner Anmaßung vielleicht unsterblich wähnte, nach ein paar Jahrzehnten oder Jahrhunderten oder spätestens mit dem Aussterben der Menschheit, auf die selbst Gott angewiesen ist, vergessen sein wird. Es gibt keine Unsterblichkeit außerhalb der Welt, es gibt sie nur innerhalb der Welt, sozusagen inwendig von uns.

– Das ist ein schöner Gedanke, nickt Jutta so übertrieben verständnisvoll, daß ich mir nicht sicher bin, ob ich mich klar genug ausgedrückt habe oder sie nur ihre Ratlosigkeit überspielt: unsere kleine Ewigkeit auf Erden, der Vorgeschmack des Paradieses.

– Puh, eine Stunde! spreche ich deshalb wieder die handfesten Dinge an, bevor die Ergriffenheit in peinliches Berührtsein umschlägt, weil mir keine rechte Fortsetzung einfällt.

Sowenig wie ich glaubt Proust an künftige Paradiese, entsprechend auch nicht an einen Vorgeschmack. Zweimal sagt er das in der *Recherche* ausdrücklich, wenn ich keine Stelle übersehen habe, einmal in *Sodom und Gomorra*, als der Romanschreiber nicht die Freunde Saint-Loups wiedersehen möchte, die ihm früher so viel bedeuteten. »Wir sehnen uns leidenschaftlich danach, es möge ein anderes Leben geben, in welchem wir genau dieselben wären wie hier unten. Doch wir bedenken nicht, daß wir – auch ohne dieses andere Leben abzuwarten – schon jetzt nach wenigen Jahren all dem untreu sind, was wir einst waren, all dem, was wir in der Unsterblichkeit immer bleiben wollten. Selbst wenn wir nicht annehmen, daß der Tod uns stärker verändert als die Wechselfälle im Lauf des Lebens, so würden wir doch, wenn wir in jenem anderen Leben dem Ich begegneten, das wir einst waren, uns von ihm abwenden wie von jenen Menschen, mit denen man einmal eng verbunden war, die man nun aber lange nicht mehr gesehen hat – beispielsweise die Freunde von Saint-Loup, die ich damals so gerne Abend für Abend im Faisan Doré traf, deren Unterhaltung mir jetzt aber nur noch aufdringlich wäre und mich peinlich berührte. In dieser Hinsicht – und weil ich nicht das aufsuchen wollte, was mir einst gefallen hatte – wäre mir ein Spaziergang in Doncières wie die vorweggenommene Ankunft im Paradies erschienen. Man träumt viel vom Paradies oder genau gesagt von vielen unterschiedlichen, aufeinanderfolgenden Paradiesen, doch sind sie allesamt schon lange vor dem Tod verloren. Man würde sich in diesen Paradiesen selbst verloren fühlen.« Und dann gibt es noch eine Stelle, in der *Wiedergefundenen Zeit*, Jahrzehnte später, wo fast dieselbe Formulierung auftaucht, allerdings im Zusammenhang mit der Erinnerung, die etwa der Geschmack einer Madeleine im Romanschreiber weckt, sein Kindheitsgebäck: »denn die wahren Paradiese sind die Paradiese, die man verloren hat«.

Jutta behauptet, es habe Menschen gegeben, die tagelange Orgasmen hatten, vielleicht gebe es sie noch heute.

– Tage?

– Ja, Tage.

Auf meinen Einwand, daß das wohl eher metaphorisch zu verstehen sei, so lange könnten die Muskeln rein physisch nicht kontrahieren, ohne zu verkrampfen, beharrt sie darauf, daß tagelange Orgasmen dokumentiert seien, man könne das nachlesen, jetzt nicht im *Ärzteblatt*, ich solle mich nicht lustig machen über sie, vielmehr in jahrhundertealten Schriften.

– Ernsthaft Tage?

– Ja, Tage!

Sie sei überzeugt, daß jeder Mensch eine solche Ekstase erleben könne, jetzt nicht tagelang, auf Anhieb auch keine ganze Stunde, aber doch eine grundsätzlich andere Wirklichkeit als beim üblichen Reinraus. Nicht einmal eine Ausbildung brauche es dafür, sondern bloß Achtsamkeit.

– Achtsamkeit?

– Ja, Achtsamkeit, mehr ist es eigentlich nicht.

Nicht jeder, der heute Tantra lehre, nehme den religiösen Gehalt so ernst wie sie. Die meisten seien eher in einem allgemeinen Sinne spirituell orientiert. Sie jedoch, Jutta, meine in der sexuellen Verzückung Gott erfahren zu können. Das sei eine Offenbarung, nichts anderes, und für sie als Christin möglich, weil die Geschlechtlichkeit in allen Religionen für göttlich gehalten werde. Auf meinen Einwand, daß sie den Islam eben als lustfeindlich bezeichnet habe und das Christentum nun auch nicht für seine Verherrlichung der Sexualität bekannt sei, räumt Jutta ein, daß sie über den Islam nicht genug wisse – aber das Christentum sei ganz sicher nicht unerotisch, sondern lediglich die Kirche, angefangen mit Paulus. Aber Paulus gehöre nun einmal zum Christentum, merke ich an. Paulus sei lediglich eine Möglichkeit des Christentums, entgegnet sie, Tantra eben eine andere.

– Und Tantra als Möglichkeit …

– Ja?

– … finde ich das eher bei Matthäus oder eher bei Lukas?

– Was?

– Ich mein so die scharfen Stellen.

– Du bist echt bescheuert.

Beide müssen wir lachen, wie überhaupt der Leser sich unsere Diskussion nicht ganz ernst vorstellen darf. Sie merkt selbst, daß es auch komisch ist, die ganze Zeit schon, was sie mir referiert, und daß ich sie mit meinen Fragen und Zwischenbemerkungen sanft necke, obwohl ich es doch zugleich ganz ernst meine und das

Hohelied kenne, das eine der schärfsten Stellen der Weltliteratur ist. Aber noch im Gekicher bestreitet sie meine Behauptung, daß ein Christentum wie ihres wohl eher eine Privatreligion sei.

– Es gibt sogar innerhalb des Bundesverbandes eine Arbeitsgemeinschaft Christlicher Tantriker, sagt sie so, daß ich nicht sicher bin, ob sie nun einen Witz macht oder ob es die Arbeitsgemeinschaft wirklich gibt. Gut, der Leser kann das ergoogeln, falls es ihn ebenfalls interessiert.

– Und das wird von der Kirche anerkannt?

– Also auf dem Kirchentag würden sie uns nicht gerade ein Zelt zur Verfügung stellen.

– Würd auch ein bißchen laut, stimme ich in ihr Kichern ein.

Ohne Rauschmittel – die neue Flasche kurz nach dem Entkorken halbleer, obwohl ich selbst beim Lemongras geblieben bin, und bereits im Lokal hatte sie etliche Gläser intus und zwischendurch der Joint – hätte sich die Unterhaltung vermutlich nicht so »offen« entwikkelt, um das Wort zu nehmen, mit dem Jutta ihren ehelichen Sex lobt. Oder ist doch unsere frühere Liebe im Spiel, wie groß oder klein auch immer sie war, daß sie mit der Ehe zugleich ihr Geschlechtsleben anspricht? Nein, wenn schon ist es die Vertrautheit, die sich nach Jahrzehnten blitzschnell einstellt, wenn man sich seit den Kindertagen oder der Jugend kennt. Freundschaften entstehen später ebenfalls, tiefere Freundschaften, weil mit dem Alter beständiger wird, was einen verbindet. Mit den Jugendfreunden haben wir in der Regel kaum etwas gemein, wenn wir sie nach Jahrzehnten wiedersehen. Mit ihnen ist es etwas anderes, glaube ich, ist es vielleicht nur die Tatsache, die uns beide verblüfft, daß wir ein und derselbe Mensch sind, sooft sich die Erde gedreht hat: Wir sind immer noch dieselben, sehen uns mit den früheren, nicht nur den heutigen Augen an. Es kommt mir wie ein Traum vor, nein, wie ein Trip, als hätte der Joint, den ich nur paffte, dennoch gewirkt oder schmeckte ich die Madeleine zugleich jetzt und in einem entfernten Augenblick, »bis zu einem Punkt, wo sich die Vergangenheit auf die Gegenwart legte und ich kaum noch unterscheiden konnte, in welcher von beiden ich mich befand«.

Einerseits sitzt vor mir eine Frau, die mir genaugenommen völlig unbekannt ist, die nichts mit dem Mädchen gemein zu haben scheint, das mich als Fünfzehnjährigen in die Liebe einführte, die anders aussieht, die anders redet, ein anderer Charakter geworden ist, die sich anders bewegt, andere Ansichten hat, ein ganz anderes Leben, die einen Mann hat, der eine Etage höher vielleicht gerade versucht, sich mich vorzustellen, wie ich versuche, ihn mir vorzustellen, die drei Kinder hat, von denen sie mir nicht einmal ein Photo gezeigt hat, eine eigene, für mich immer noch kaum glaubliche Existenz: Bürgermeisterin!, die ich von selbst niemals wiedererkannt hätte, weil nicht einmal das mystifizierte Merkmal ihrer Zahnlücke mehr existiert;

und doch scheint unter der Gegenwart, wie ein Bild unter einer unpassenden Schablone, immer noch das Mädchen auf, das mit mir spricht, mich mit den gleichen Augen ansieht – ja, die Augen sind tatsächlich noch dieselben! –, das außerdem das gleiche Lächeln besitzt, durch dessen Worte immer noch die vertraute Melodie und sogar der Zungenschlag unserer gemeinsamen Herkunft klingt, besonders wenn es das R spricht, das meinem Bemühen, hochdeutsch zu sprechen, ebenfalls widersteht. Und dann diese Bestimmtheit, wenn sie etwas vertritt, eine Meinung oder ein Anliegen, diese Leidenschaft, die sie aus dem Ärmel zu schütteln vermag, als habe sie Leidenschaften viel zu viel, dieser mitfühlende, warmherzige Blick, doch, das ist sie, die Schönste des Schulhofs, die sich als Hausbesetzerin entpuppte, dieser Eifer, mit dem sie für das Gute eintritt, es in gewisser Weise für sich pachtet, meinetwegen, Gutmenschentum, wie man es heute abqualifiziert, aber mir tausendmal lieber als der Zynismus, mit dem andere ihre Untätigkeit adeln, dabei auch Überzeugungskraft, die sie dann tatsächlich zur Politikerin qualifiziert, Schönheit ja ebenfalls, immer noch Schönheit, wenngleich auf andere Weise, wie angegriffen jetzt, verletzlicher, erschöpfter, mit Rissen wie auf frühchristlichen Marienbildern, auch ihr Körper trotz allen Bemühens bestimmt nicht mehr zum Reinbeißen – o Gott, wenn sie meine Männersprüche liest –, die Haut unmöglich noch straff, auf ihrem Gesicht das Alter nun einmal offensichtlich und mit dem Alter die Zeit und mit der Zeit der Tod, und doch eine Schönheit, immer noch und vielleicht sogar mehr, weil sie vergeht.

Immerzu versuche ich, die beiden Personen in eins zu setzen, das Mädchen und die Frau, die zum Glück wieder fröhlich geworden vor mir sitzt, allerdings auch mindestens beschwipst ist, und stelle Verbindungen her, leite diese Beobachtung aus jener Erinnerung ab, führe ihre Äußerungen bis hin zum Tantra auf ihre damaligen Ansichten zurück, glaube einzelne Bewegungen, Gesten, ihre Mimik, ihre Wortwahl wiederzuerkennen, aber könnte mich genausogut täuschen, mir alles nur einbilden, wirklich einer fremden Person gegenübersitzen und sie auch. Im übrigen spricht sie ihr Geschlechtsleben auf Bundesebene ebenfalls ganz offen an.

Fragt sich freilich, um noch einmal zu der Situation vor dem Kühlschrank zurückzukehren, ob der Ehemann die Vision ebenfalls hatte oder ihr nicht einfach ein Bier gegeben hat, das Selbstverständlichste der Welt, wenn man vorm Kühlschrank steht und jemand anders hinter einem, daß man ihm oder ihr ebenfalls ein Bier anbietet, es muß gar kein geliebter Mensch sein, einem bloßen Bekannten, einem Gast würde jeder höfliche Mensch ebenfalls ein Bier reichen, zumal so spät, aus welchem anderen Grund sollte man denn, so spät nach Hause gekommen, an den Kühlschrank treten, als um sich ein Bier zu holen, erst recht, wenn man den oder die andere gut kennt, wenn man mit ihm oder ihr zusammenlebt, verheiratet ist und weiß, daß er oder sie dann gern noch ein Bier zischt, ein kühles Bier aus den Viertelliterfläschchen, wie sie in den südlichen Ländern schon vor dreißig Jahren üblich gewesen sein dürften, da muß man doch gar nicht erst fragen. Ja, eher fragt sich, ob sie sich das Aufleuchten seiner Augen nicht nur eingebildet hat, wenn ich nur an die eklatanten Mißverständnisse mit meiner eigenen Frau denke, die in der Ehetherapie eines nach dem anderen aufgedeckt wurden, bis nach grob geschätzt zwanzig Sitzungen die Scheidung einvernehmlich war, so offenkundig hatte sich unsere Ehe trotz des Sohnes, den ich immer wieder anführte, als ein einziges Mißverständnis herausgestellt, wenngleich unser Sohn alles andere als ein Mißverständnis ist, wie selbst meine Frau zugeben mußte, die sonst grundsätzlich widersprach, allein, das hat die Therapeutin nicht gelten lassen, sondern uns demonstriert – ohne Worte, versteht sich, wahrscheinlich würde keine Therapeutin ihren Klienten offen ins Gesicht sagen, daß ihre Ehe gescheitert ist –, uns anhand von Alltagssituationen wie einem stummen Abendessen anschaulich gemacht, daß es auch für das Kind das beste wäre, wenn wir uns schleunigst trennen würden, als ein solches Desaster hatte sich unsere Ehe in der Therapie herausgestellt, als ein Mißverständnis von Anfang bis Ende, weil wir nicht miteinander geredet hatten und, wenn wir geredet hatten, aneinander vorbeigeredet hatten, wie die Therapeutin nachwies, meine Frau etwas gesagt hatte, das ich dem Wortlaut nach anders verstehen mußte, als es gemeint war, und ich etwas gesagt hatte, was sie nicht verstand, zum Glück nicht verstand, muß ich sagen, sonst hätte sie sich wahrscheinlich viel früher scheiden lassen, obwohl die Fortdauer der Ehe andererseits kein Glück war, wie selbst ich bei der Therapie zugeben mußte. Gott, dafür hätte es doch nicht zwanzig Sitzungen gebraucht, das hätten wir billiger bei Proust nachlesen können, daß wir in der Liebe oft das Gegenteil von dem tun, was wir fühlen, etwa selbst eine Gemeinheit hervorholen, wenn der andere grob war, statt zuzugeben, daß wir verletzt sind: »Nichts verhindert so sehr wie das Begehren, daß die Dinge, die man sagt, auch nur die entfernteste Ähnlichkeit mit dem haben, was man denkt.« Und jetzt kommt Jutta und beschwört diesen einen Moment – nur einer, möchte ich sie am liebsten fragen, nur einmal sich stumm ein Bier in die Hand gedrückt während eines Vierteljahrhunderts, und das war's? –, in dem sie nichts sagten, sondern sie seine Augen aufleuchten sah und er angeblich ihre, und sie beide nichts sagten, weil die Vision ihres Einsseins hinreichend deutlich gewesen sei, auch für ihn so offenkundig, daß er nichts sagte, sondern sie einfach in den Arm nahm. Warum hätte er sie denn auch nicht umarmen sollen, wenn sie ihn angelächelt, sich wahrscheinlich schon zu ihm hinübergebeugt, sich womöglich an ihn angelehnt hatte – hätte er sich zurücklehnen und die Umarmung verweigern können, falls ihm der Sinn danach gestanden hätte? Dann wäre sie doch in Tränen ausgebrochen, fertig wie sie nach dem Pannentag ohnehin war, oder hätten jedenfalls erst recht eine Krise gehabt. Vielleicht wollte er schlicht seine Ruhe, vielleicht war er in Gedanken woanders, hatte gleichwie keine andere Wahl, als sie zu umarmen, es störte ihn sicher auch nicht, und das Aufleuchten in seinen Augen, das kann einfach die Küchenlampe gewesen sein, wenn sie sich das Aufleuchten nicht nur eingebildet hat. Haben sie denn nicht wenigstens miteinander angestoßen, vor oder nach der Umarmung? Gern wüßte ich jetzt, ob er sich an die Situation vor dem Kühlschrank überhaupt erinnert. »Das ist der furchtbare Betrug der Liebe«, heißt es im dritten Band der *Recherche*, den Jutta bestimmt nicht mehr gelesen hat: »Sie läßt uns mit einer Frau spielen, die nicht der äußeren Wirklichkeit angehört, sondern eine Puppe unseres eigenen Hirns ist; diese allein steht uns immer zur Verfügung, diese allein werden wir besitzen, und die Erinnerung, die fast so willkürlich ist wie die Phantasie, kann sie zu etwas formen, das so verschieden von der wirklichen Frau ist wie mein geträumtes Balbec vom wirklichen Balbec – eine Attrappe, der zu gleichen wir nach und nach die wirkliche Frau zwingen werden, sosehr wir uns damit auch selbst quälen.«

– Aber wenn wir Liebe machen, spricht er zu mir. Dann hör ich ihn doch. Dann spür ich ihn doch. Dann atme ich ihn doch. Dann seh ich ihn doch. Dann begreif ich ihn mit meinen Händen, mit meinen Fingerkuppen, mit meinen Knien, meinen Füßen, meinem Hals, meiner Haut, dann begreif ich unter meiner Haut. Sein Herz klopft, als wär's in mir, als hätte ich zwei Herzen, seins und meins. Dann riech ich ihn doch. Dann merk ich nach so vielen Jahren sofort, wenn etwas nicht stimmt. Und er merkt es an mir. Wenn wir Liebe machen, sind wir eins, oder wenn wir nicht eins sind, merken wir's sofort. Das ist wie ein Stromschlag, so deutlich, wenn etwas nicht stimmt, das geht dir in den Körper, das wimmert richtig in dir drin. Ich kann ihn nicht anlügen, wenn wir Liebe machen, es funktioniert einfach nicht. Und er kann ebensowenig lügen, das weiß ich. Er schläft dann nicht mit mir, das macht mich verrückt, jetzt nicht aus Geilheit, sondern weil er sich entzieht, weil er mich abweist. Oder wenn er mit mir schläft, versucht er gar nicht erst, sich zu verstellen. Das verletzt dann noch viel mehr, diese Ehrlichkeit, diese brutale Ehrlichkeit von ihm, vor allem, wenn wir Liebe machen. Das kippt dann, das schlägt total um. Man kann doch nicht miteinander leben, wenn man nur ehrlich zueinander ist. Aber man kann Liebe machen. Selbst wenn es brutal ist, ist es immer noch schön, oder nein, es ist nicht schön, es ist, wie soll ich sagen?, es ist … daß wir uns fremd sein können, daß wir wissen, wie sich das anfühlt, nicht eins zu sein, wenn wir Liebe machen – beweist es nicht, daß wir auch eins werden können? Und eins werden manchmal. Mehr ist es wahrscheinlich gar nicht, als daß es diese Möglichkeit immer noch … noch gibt.

Sieht man von dieser oder jener Kindheitserinnerung ab, ist die mit Abstand zärtlichste Szene der gesamten *Recherche* diejenige, in der Albertine schläft: »Ich habe bezaubernde Abende mit Albertine verbracht, wenn wir plauderten oder wenn wir spielten, aber niemals so süße, wie wenn ich ihrem Schlaf zuschaute.« Zweimal schläft Albertine, zweimal über Seiten hinweg, so wichtig ist dem Romanschreiber der Anblick, der ihn »das geheime Einssein reiner Liebe« lehrt. Wie er *mit* ihr schläft, schildert der Romanschreiber nicht, das wäre ihm der Innigkeit wohl schon zuviel, oder vielleicht scheut er zurück, die Einbildungen, Mißverständnisse, Versäumnisse, die er sonst so eindringlich, so minutiös schildert, auch noch in der Sexualität zu bezeichnen, um sie nicht ebenfalls zu entzaubern – man traut sich ja ohnedies kaum mehr zu lieben, wenn man die *Recherche* liest.

Oder gibt es noch einen anderen Grund, warum der Romanschreiber immer nur am Bett Albertines sitzt, ihre Stirn unbewegt, während draußen die Wagen lärmend auf der Straße vorüberfahren, die Lippen geschlossen und ihr Atem auf die unbedingt notwendige Menge beschränkt, die Brauen leicht angezogen und so wie ein Vogelnest über der Augenhöhle geschwungen, die Lider gerade so weit gesenkt, daß sie sich eben berühren? Daß er die körperliche Vereinigung aus Furcht vor einem Skandal ausgeklammert hätte, halte ich angesichts der Tradition, in der Proust steht, für abwegig und wird zudem durch die unverhüllte Erörterung homosexuellen und sadomasochistischen Begehrens widerlegt, die anstößiger gewesen sein müssen als jede herkömmliche Erotik. Nein, Proust glaubt an die Erfüllung nur dort, wo sie in der Erinnerung oder der Vorstellung liegt: »Mir, der ich mehrere Albertines in einer kannte, kam es vor, als sähe ich noch viele weitere ebenfalls neben mir liegen«, schreibt er und fügt kurz darauf an: »Jedesmal, wenn sie den Kopf bewegte, erblickte ich eine neue, mir ganz unbekannte Frau.«

Die Liebe gelingt, ja, aber um den Preis der Individualität Albertines, deren Gesichtszüge nicht mehr von Pupillen gestört werden, eine blicklose, geradezu maskenhafte, damit allgemeine, über- oder unmenschliche Schönheit. Sonst vor jeder Sakralisierung gefeit, spricht der Romanschreiber am Bett der schlafenden Albertine vom »göttlichen Laut« ihrer Atemzüge, vom »reinen Sang der Engel« und einem Hauch, »der eher einem Schilfrohr entströmt als einem Menschenwesen«, erwähnt auch ihre »gekreuzten« Hände und findet ihre Körperhaltung »so naiv kindlich, daß ich bei ihrem Anblick jenes Lächeln unterdrücken mußte, das uns die kleinen Kinder durch ihren Ernst, ihre Unschuld, ihre Anmut entlocken«. Die »Unkenntnis alles Bösen«, die er Albertine im Schlaf attestiert, wo er sonst über Hunderte von Seiten ihre Durchtriebenheit beklagt, erinnert nicht nur assoziativ an die Sündlosigkeit im biblischen Paradies, nein, ausdrücklich nennt der Romanschreiber den Anblick »wahrhaft paradiesisch für mich« und widerspricht damit seiner eigenen Auffassung, daß das Paradies nur in der Vergangenheit zu finden sei oder allenfalls noch im Hören der Musik oder in der Anschauung der Natur: »Ich genoß ihren Schlaf in selbstloser, friedvoller Liebe, so wie ich über Stunden dem ruhig strömenden Wellenschlag lauschen konnte. Vielleicht muß uns ein Mensch viel Leid zufügen, damit er uns, wenn der Schmerz für Stunden nachläßt, dieselbe friedliche Ruhe schenkt wie die Natur. Ich brauchte Albertine nicht zu antworten wie im Gespräch, und hätte ich im Gespräch auch schweigen können – wie ich es ja auch tat, wenn sie sprach –, drang ich doch, den Worten lauschend, nicht ebensoweit in sie vor wie jetzt, da ich immerfort das Hauchen ihres Atems vernahm. Zug um Zug nahm ich ihren Atem in mich auf, besänftigend wie eine kaum wahrnehmbare Brise; eine ganze physiologische Existenz lag vor mir, die ich noch dazu für mich allein hatte.«

Obwohl sie angeblich nicht mehr zärtlich zueinander sind, liegt sie manchmal, zugegeben nicht oft, im Dunkeln neben ihrem Mann, wie sie vor dreiundzwanzig oder zwanzig oder fünfzehn Jahren nicht neben ihm gelegen hat, so friedlich, müde vom Tag und ohne Sex: sein Bein über ihrem Po, ihre Hand an seinem Hinterkopf, die Lippen nah beieinander oder aufeinander oder ineinander verschränkt wie zwei Zahnräder, die für den Moment stillstehen, die Zungen spielen noch miteinander oder ruhen sich ebenfalls aus. Dann hört sie ihn atmen und er sie, die grundlegende physikalische Tätigkeit überhaupt, nicht nur des Menschen. Unmöglich, allein vom Geräusch eine atmende Person zu identifizieren; es ist der Mensch, das Lebewesen überhaupt, das sie atmen hört. Sie bemerkt, daß sich ihr Atem unmerklich seinem angleicht und sein Atem ihrem, bis die Luft gleichzeitig ein- und wieder ausströmt, exakt im selben Rhythmus ein und wieder aus. Sie konzentriert sich auf seinen Atem und glaubt, daß er sich ebenfalls konzentriert, sonst könnten sie nicht den Einklang bewahren. Oder geschieht das ebenfalls von selbst? Ja, es geschieht von selbst, merkt sie daran, daß ihre Gedanken wandern und wieder zurückkehren können, ohne daß sich ihr Atem voneinander löst. Selbst wenn sie die Gedanken absichtlich schweifen läßt, atmet sie dennoch weiterhin mit ihm. Endlich vertraut sie darauf, daß sie gemeinsam atmen, und achtet nur noch auf die Luft, die gleichzeitig durch ihren und seinen Körper fließt, gibt sich der Bewegung hin, die langsamer wird, weil immer mehr Luft ein- und wieder ausströmt, gleichzeitig in seinen und ihren Körper ein und wieder aus, bis sie sich fragt, ob er schon schläft, der vielleicht letzte bewußte Gedanke, und kurz darauf selbst eingeschlafen ist.

– Es stimmt, wir streiten uns oft, murmelt Jutta, wir haben uns so oft schon getrennt: Aber genausooft versöhnen wir uns doch auch.

Und die Kinder natürlich. Proust stellt die Verbindung selbst her, wenn er seine Verzückung am Bett Albertines mit dem Entzücken einer Mutter vergleicht, die ihr Kind friedlich schlafen sieht. Am Sonntag haben sie zusammen die Großeltern besucht, Juttas Eltern auf dem Dorf nahe meiner Geburtsstadt, der Große – der also ein Sohn und bereits aus dem Haus ist, diesmal merke ich es mir – war ebenfalls gekommen, zu fünft die Familie auf der Autobahn, seit zwanzig Jahren die Diskussionen, was sie hören, Juttas Mann jedesmal mit seiner Rockmusik, die Tochter, die sich heimlich die Stöpsel ins Ohr steckt, aber Juttas Mann merkt es sofort, Fundamentalist noch am Autoradio, die Koalitionen, die sich bilden, der Jüngste meist auf der Seite des Vaters, wenn der als Kompromiß ein Hörbuch vorschlägt, die Tochter grundsätzlich dagegen, der Große je nachdem, ob er gerade Bruder oder ostentativ Erwachsener sein will, und auf dem Beifahrersitz Jutta, die, wenn nicht als Schlichterin, dann als Koalitionärin gebraucht wird. Die bloße Vorstellung, nicht mehr im Auto zu streiten, keine Mehrheiten mehr zu bilden, die bloße Vorstellung, den Kombi sozusagen zu verschrotten, die Kinder abwechselnd von dem einen in den anderen Kleinwagen zu setzen, obwohl sie allem Anschein nach gut gefahren sind bis hierhin, ihren eigenen Bekundungen nach, vor allem aber nach den Beobachtungen der Mitmenschen, der Lehrer, Verwandten und Freunde, die gerade das Selbstbewußtsein und die Ausgeglichenheit der Kinder hervorheben. Und das mit dem Lesen wird auch wiederkommen, beruhigt sie manchmal ihren Mann, und wenn's nicht wiederkommt, werden sie genug andere Vorzüge haben, und ihr Mann sagt, ja, das weiß er, und wie stolz er auf die Kinder ist und auf Jutta als deren Mutter.

– Wer sagt denn, stelle ich die Frage, die ich aus meiner Ehe so gut kenne, wer sagt denn, daß die Kinder weniger glücklich sind, wenn Ihr getrennt wärt?

Die Ehe, die sie schloß, fährt Jutta in einer pathetischen Anwandlung fort, ihre Stimme fest wie bei einem öffentlichen Bekenntnis, die Ehe habe sie nicht auf dem Standesamt geschlossen, nicht einmal in der Kirche, als sie bereits das zweite Mal schwanger war. Die Ehe schloß sie im Kreißsaal, nein, im Bett, als sie und ihr Mann mit einem Blick übereinkamen, die Liebe zu machen, ohne zu verhüten.

– Das war schöner als jedes Fest, widerspricht sie ihrer eigenen Klage, daß er sie um eine Hochzeit gebracht habe.

Kinder seien das Gelübde, das sich zwei Liebende geben, das sei die Idee, die für sie hinter dem biblischen Treuegebot und dem Scheidungsverbot steht. Das bedeute für sie nicht, an einer Ehe auf Teufel komm raus festzuhalten. Es bedeute, die Ehe mit dem Wissen der Erwachsenen, jedoch aus Sicht der Kinder zu sehen.

– Das beantwortet dennoch nicht meine Frage, hake ich nach.

– Doch, ich find schon, antwortet Jutta: Wenn wir ständig Streit hätten, wenn die Kinder niedergedrückt wären, wenn sie sich nicht wohlfühlten zu Hause – okay. Aber so?

– Aber nun sind die Kinder bald groß.
– Ja, nun sind die Kinder bald groß.

Ich fürchte, dem Leser kommen die ständigen Bezüge zur Literatur eher bemüht vor, ich fürchte es bereits, als ich auf Juttas Sofa grob den Roman skizziere, den ich schreiben werde. Es ist nun einmal das Bild, das sich von meinem Platz auf dem Ecksofa bietet: Jutta auf dem Sessel und an der Längswand hinter ihrem Rükken die Bücher. Ich höre ihr zu und sehe zugleich auf das Regal, in dem Stendhal, Proust, Balzac, Zola, Flaubert und so weiter aufgereiht sind. Vielleicht sollte ich dem Reflex widerstehen, beides ineinander zu verschränken, die Bücher meinetwegen im Kopf haben, aber sie nicht ständig zitieren. Wenn ich den Roman schreibe, wird mir klar sein, daß der Leser einen solchen Zufall für ausgedacht hält. Aber dann werde ich fragen, ob dein Leben nicht ebenfalls aus Fügungen besteht, die sich kein Romanschreiber erlauben würde, weil sie zu konstruiert wirken, ja, daß man den Wahrheitsgehalt eines Romans geradezu daran messen könnte, wie unwahrscheinlich das Geschilderte ist. Im Leben geht es nicht folgerichtig zu, und so ist das Regal in Juttas Rücken kein Einfall, sondern liefert überhaupt den Grund, von unserem Wiedersehen zu berichten. Juttas Ehe allein würde mich am Ende doch nicht genügend interessieren; dann hätte ich auch über meine eigene schreiben können, die genauso gewöhnlich war. Interessant wird der Abend durch den Zufall, daß Jutta mit lauter Eheromanen als Kulisse von ihrer Ehe erzählt.

Erst vor diesem Hintergrund fällt mir auf, daß der Ehebruch jedenfalls vordergründig nicht mehr das Großereignis ist, das er für die Leserschaft Balzacs oder Zolas war, obwohl er weder seltener geworden ist noch den Betrogenen weniger verletzt. Auch die körperliche Verzückung spielt trotz der Sexualisierung der Alltagswelt, über die sich Jutta so leidenschaftlich ärgert, nicht mehr die vorherrschende Rolle wie in der französischen Literatur des 19. und frühen 20. Jahrhunderts, wo sie freilich fast nur außerhalb der Ehe stattfindet. Was an unseren bürgerlichen Ehen hervorsticht, sind die Kinder. Man liest so viel über die Ichsucht der westlichen Gesellschaft, hört allerorten das Mantra von der Selbstverwirklichung – aber dann reden die meisten Eltern nur von ihren Kindern, wenn sie von ihren Familien sprechen, nicht von sich selbst, sind die Kinder ins Zentrum der Aufmerksamkeit, Sorge, Reflexion gerückt. Nimm nur *Madame Bovary*, denke ich, weil ich mit Blick auf den Roman, den ich schreiben werde, häufiger ihr Regal einbeziehen möchte: Berthe, die Tochter, taucht praktisch nicht auf, scheint weder die Ehebrecherin groß zu bekümmern noch Monsieur Bovary zu interessieren. Allenfalls setzt der Betrogene die Tochter ein, um die schöne Emma nicht zu verlieren, an deren Muttergefühle er appelliert. Die sind nämlich so schwach ausgebildet, daß längst auch die Tochtergefühle verkümmert sind: Als Madame sich umbringt, erfährt Berthe lediglich, daß ihre Mutter verreist sei, sie werde ihr Spielsachen mitbringen. »Berthe sprach noch ein paar Mal von ihr; dann, mit der Zeit, kam sie ihr aus dem Sinne.«

Ich habe mich immer gefragt, was man an Emma anziehend finden kann – »Ich werde bis an mein Lebensende in Emma Bovary verliebt sein«, juchzte Mario Vargas Llosa, und ähnliche Bemerkungen finden sich in der Literatur zuhauf –, einem selbstsüchtigen, oberflächlichen, rücksichtslosen Wesen, das Flaubert gerade nicht als Vorbild oder Sehnsuchtsobjekt porträtiert hat: »eine Frau von falscher Poesie und falschen Gefühlen«, nannte er sie in einem Brief. Und dann ist sie auch noch eine solche Rabenmutter, daß Monsieur Bovary gar nicht nötig hat, den Schmerz der Tochter durch mehr Zuwendung zu kompensieren, klammert sich anfangs zwar an Berthe, aber wie man sich an ein Souvenir klammert, das für eine kostbare Erinnerung steht, bevor sich sein Interesse verliert. Der Tochter eine Stütze ist auch er nicht, überläßt sie praktisch sich selbst, spricht nicht einmal mit ihr und legt nicht den geringsten Ehrgeiz an den Tag, die eigene ökonomische Existenz zu wahren, von der Berthes Zukunft doch ebenfalls abhängt. Mutwillig vertut er ihr Erbe und suhlt sich weiterhin nur im eigenen Leid: Nachdem Flaubert ausführlich beschrieben hat, wie Monsieur Bovary nicht mehr ausgeht, niemanden empfängt, sich sogar weigert, nach seinen Patienten zu sehen, und stattdessen den Tag über mit langem Bart und schmutzigen

Kleidern scheu aus dem Fenster blickt oder laut weinend im Garten auf und ab läuft, sagt er von Berthe lapidar, daß sie ihren Vater jeden Nachmittag zum Friedhof begleiten muß. »Erst in stockfinsterer Nacht kehrten sie heim, wenn nirgendwo mehr Licht brannte.« Das ist alles, was Monsieur Bovary mit seiner Tochter unternimmt, zwingt sie mit zum Grab seiner Frau, die nebenher ihre Mutter gewesen ist. Die Verantwortung für die Tochter hält ihn sowenig am Leben wie zuvor Madame Bovary. Als die kleine Berthe ihn zum Abendessen ruft, ist sein Kopf an die Mauer zurückgesunken, seine Augen sind geschlossen, sein Mund steht offen, in den Händen hält er eine lange Strähne schwarzen Haares – immer noch das Haar seiner lange verstorbenen Gattin. »›Papa, steh auf!‹«, ruft Berthe. »Sie glaubte, er wolle spielen, und schubste ihn sanft. Er fiel zu Boden. Er war tot.«

Es ist ein Skandal, wie Monsieur und Madame Bovary mit ihrer Tochter umgehen, eine Vernachlässigung und Mißachtung, die heute von Jugendämtern und Richtern verfolgt würde – im Roman wird das nur beiläufig erwähnt, den Leser hat es nie groß interessiert. Berthe wird zur Großmutter gegeben, die ebenfalls bald stirbt, eine Tante nimmt sich des Kindes an, die es jedoch in die Baumwollspinnerei schickt – im Frankreich des 19. Jahrhunderts ist das für junge Mädchen der direkte Weg in die Prostitution. Dennoch führt Flaubert das Unglück Berthes literarisch sowenig aus, wie es zuvor ihre Eltern beschäftigt hat. Ausgerechnet die heutige, allem Anschein nach so gottlose Gesellschaft scheint Juttas Gebot zu folgen, das säkularisiert das christliche ist: daß Kinder der Zweck der Ehe seien.

Entsprechend ist es in der Not, die ich mit meinem Sohn habe, kaum auszuhalten, wie andere Eltern von ihren Kindern schwärmen: sentimental wie Verliebte. Jutta hört gar nicht mehr auf. Wen kümmert es, ob ihr Ältester bei Blockupy mitmacht, weil er sich unheimlich für die Finanzströme interessiert, die Tochter sich mit Sicherheit einkriegen wird mit ihrem Wahn, Model zu werden, und der Jüngste bereits den *Prozeß* gelesen hat? Schließlich macht genau das die Elternliebe aus, daß sie gleich welchen Rüpel liebenswert macht, gleich welche Vogelscheuche entzückend, gleich welche Schandtat verzeihlich. Wenn seine Freunde keinerlei Reiz an Albertine finden können, nachdem Proust sie über Hunderte Seiten als das Wunschbild schlechthin beschrieben hat, vollziehe ich das als eine Groteske nach, als Jutta ein ums andere Mal über ihr Smartphone wischt, um mir ihre Liebsten aus allen Blickwinkeln vorzuführen. »Ich litt darunter nicht einmal allzusehr«, zuckt der Romanschreiber mit den Schultern: »Lassen wir die hübschen Frauen den Männern, die keine Phantasie besitzen.« Keine närrische Mutter, kein frischgebackener Vater, aber auch kein jugendlicher Liebhaber könnte so gelassen reagieren. Über ihren Mann hingegen dürfte ich bestimmt frotzeln, aber den zeigt Jutta mir nicht, obwohl der mich viel mehr interessiert. Ich darf gar nicht daran denken, was geschähe, wenn ich zugäbe, daß ihre Kinder mir ziemlich gewöhnlich erscheinen. Der Modelwahn etwa der Tochter mag Jutta schrecken – ich kann ihn nur für einen Witz halten, da auf den Bildschirm eine pummelige Göre mit, ja, mit Zahnklammer tritt. Welche Wunder an Einbildungskraft es braucht, um in der Tochter eine Schönheit zu sehen – welche Wunder die Liebe also wirkt.

Wäre eines der Kinder unheilbar erkrankt, drogensüchtig oder verunglückt, würde ich aufmerken, das versteht sich von selbst, dann würde ich Juttas Sorgen teilen und ehrlich mitfühlen. Kinder jedoch, die bei allem Kummer, den sie ihren Eltern hier und dort machen, gesund und behütet aufwachsen, sind für einen Außenstehenden alle gleich. Tolstois Anfangssatz der *Anna Karenina*, alle glücklichen Ehen sind einander ähnlich, jede unglückliche ist unglücklich auf ihre Weise, bezöge sich heute zuerst auf deren Kinder. Und so verläuft schließlich auch das Argument von Jutta: führt die Kinder an, um ihre Ehe zu verteidigen. Nie hätten die Bücher hinter ihr so argumentiert.

– Das stimmt nun auch nicht, widerspricht Jutta und führt von selbst – nein, nein, nein, ich denke mir das nicht aus, das ist jetzt wirklich wie im Film oder in einem billigen Roman, wie werde ich es dem Leser nur plausibel machen können? –, und führt von selbst, obwohl sie nichts von der Skizze in meinem Kopf ahnt,

Balzacs *Erinnerungen zweier junger Ehefrauen* an: Ob ich es kenne?

Nein, zufällig nicht, bin überhaupt kein Leser Balzacs gewesen bisher, werde mir das Buch jedoch bestellen, sobald ich zu Hause bin, und feststellen, daß es bereits das Dilemma der heutigen Ehe enthält. Man muß nur die beiden Erinnerungen in eins setzen, also die Erinnerung an die Liebesheirat und die Erinnerung an die Vernunftehe als zusammengehörig betrachten wie zwei Akte ein und desselben Stücks, schon findet man erschreckend genau beschrieben, was uns fast zweihundert Jahre später in der Ehe oft erdrückt, die Erwartung nämlich, daß Verliebtheit und Ehe tatsächlich zusammengehören und die romantischen Gefühle sich im alltäglichen Zusammenleben behaupten müßten. Allerdings zieht Jutta Balzac nicht heran, um von der Ehe, sondern um vom Kind zu sprechen, das in der französischen Literatur sehr wohl Grund und Zweck einer Familie sein kann. »Man liebt nicht ununterbrochen in gleicher Weise«, schreibt die verheiratete Renée an die verliebte Louise, »auf diesem Stoff des Lebens werden nicht ewig die strahlendsten Blumen gestickt; die Liebe kann und muß also einmal aufhören; aber das Muttergefühl braucht kein Nachlassen zu fürchten, es wächst mit den Bedürfnissen des Kindes, entwickelt sich mit ihm. Ist es nicht Leidenschaft, Bedürfnis, Gefühl, Pflicht, Notwendigkeit zugleich, das Glück schlechthin? Ja, mein Herzblatt, die Mutterschaft ist das eigentliche Leben der Frau. Sie stillt unseren

Durst nach Hingabe und bereitet uns nicht die Qualen der Eifersucht. Daher ist dies vielleicht der einzige Punkt für uns, wo Natur und Gesellschaft in Einklang stehen.«

Letzten Sommer kam die Tochter abends nicht nach Hause, Freitag abends, ihr Handy ausgeschaltet oder ohne Empfang. Mehr, als daß sie zu Freunden hatte gehen wollen, wußten Jutta und ihr Mann nicht, weil die Tochter sonst nie mehr als zehn oder fünfzehn Minuten verspätet ist oder anruft, wenn es noch später wird. Sie hat verstanden, daß Zuverlässigkeit die Währung ist, in der sie die Sperrstunde verlängert und die Eltern von Nachfragen abhält, wohin, wozu und mit wem. Viele Plätze bietet das Städtchen ohnehin nicht zum Ausgehen, eine Eisdiele, eine Shisha-Bar, die kurze Fußgängerzone, im Sommer den Grillplatz oder Minigolf. Hatte jemand die Tochter in die Großstadt mitgenommen, die fast eine Autostunde entfernt liegt? Es war dann noch harmloser, lediglich ihr erster Vollrausch, den sie auf der Wiese des Freibads ausschlief, aber wie sich Jutta und ihr Mann fast ohne Worte verständigten – sie klingelte bei den Freundinnen der Tochter durch, während er mit dem Auto das Städtchen absuchte –, wie die Eltern übers Handy in Verbindung blieben und durch bloße Gedankenübertragung entschieden, die Polizei zu benachrichtigen, wie sie vor den Polizisten, die keine fünf Minuten später im Wohnzimmer standen, beide die Ruhe bewahrten, um den anderen nicht mit der eigenen Not und Aufregung anzustecken, die niemand gebrauchen konnte, wie sie sich gegenüber den Polizisten und später dem Kriminalkommissar präzise ergänzten, ohne sich auch nur einmal ins Wort zu fallen – da waren sie nicht nur als Eltern, da waren sie auch als Liebende symbiotisch.

Als sie morgens gegen sechs – so spät! – von der Nachricht erlöst wurden, daß ein Streifenwagen die Tochter aufgegriffen hatte, die endlich erwacht und über den Zaun des Freibades geklettert war, hatten sie diese furchtbarste Nacht ihres Lebens durchgestanden und nur gemeinsam durchstehen können: Um so zärtlicher lagen sie sich nun in den Armen. Allein schon das Wissen, daß die Nacht für den anderen genauso furchtbar war, machte das Band zwischen ihnen sichtbar. Ja, so viel schreckensvoller war die Angst um die Tochter als jeder denkbare Ehestreit bis hin zur Trennung, jede persönliche Not oder sagen wir der Tod ihrer Eltern, der nun einmal vorgesehen ist, während der Tod des eigenen Kindes, den sich Jutta und ihr Mann ausgemalt hatten, ohne darüber zu sprechen, das schlechthin Unvorhergesehene und nie zu Bewältigende ist – so viel schreckensvoller war die Nacht und doch ein Einssein, weitreichender, aufwühlender und stärker als in jeder körperlichen Umschlingung. Selbst der Kriminalkommissar lobte Jutta und ihren Mann beim Abschied, er habe in seiner Laufbahn noch nie ein so beeindruckendes, gut funktionierendes Elternpaar erlebt …

– Ich mein, ist das nichts? fragt Jutta, während sie sich die Tränen aus dem Gesicht wischt.

– Nein, antworte ich und bin unsicher, ob ich ausgerechnet jetzt, da sie ihre Ehe verteidigt, zu ihrem Sessel hinübergehen soll, um sie in den Arm zu nehmen: Das ist nicht nichts.

Von der Nacht geblieben ist allerdings nicht die Symbiose, zu der sie also nicht nur im Bett befähigt sind. Zurückgeblieben ist der Abgrund, der sich unter ihnen auftat, da sie insgeheim eine Vergewaltigung fürchtete, sooft die Polizisten die Eltern und die Eltern sich gegenseitig beruhigten – aber Gewaltverbrechen geschehen im ländlichen Raum statistisch häufiger als in der Großstadt, und besonders die K.-o.-Tropfen, mit denen junge Mädchen gefügig gemacht werden, sind in ihrer Gegend ein reales, vom Kriminalkommissar keineswegs geleugnetes Phänomen, vor dem auf den Elternabenden gewarnt worden war –, der Abgrund auch für ihre Ehe, die an einem solchen Unglück zerschmettert wäre.

– Woher willst du das wissen? frage ich.

Nein, so etwas kann man nicht wissen. Gleichwohl hatte sie während der gesamten Nacht, in der sie zitterte, betete und sich vor allem zusammenriß, das starke, nie nachlassende Gefühl, daß ihre Ehe keinen Tag überstehen werde, wenn ihrer Tochter ein Unglück widerfahren sei, daß das Unglück, statt sie aneinanderzubinden wie die vorangehende Sorge, sie sofort auseinanderrisse. Allein schon die Vorwürfe, die er nicht machen müßte, damit sie dennoch vor Wut aufheult: daß sie den Kindern zuviel erlaube, daß sie nicht genügend achtgebe, daß nur Bequemlichkeit sei, was sie in der Erziehung als Freiheit ausgebe, diese ganze, so oft gehörte Leier, die er nach dem Unglück sicher nicht anschlagen würde, so sensibel ist er dann doch – falls die Trauer um die Tochter nicht auch seine Sensibilität aufzehrte –, die er also, sie sagt es vorsichtiger, vermutlich nicht anschlagen würde, nicht anschlagen müßte, die bloße Erinnerung genügt, weil die Leier sie zu Recht oder zu Unrecht dennoch aufbringt, sonst würde er sie schließlich nicht spielen.

Ein Abgrund überhaupt unter ihrer Existenz. »Ich komme aus der Hölle«, schreibt Renée an Louise und meint nicht etwa einen Ehestreit, eine persönliche Not oder den Tod ihrer Eltern. Das alles ist im Vergleich nicht die Hölle, »nicht fünf Tage, sondern fünf Jahrhunderte des Leidens«. Renée meint die lebensbedrohliche Erkrankung ihres Sohns. »Ich wähnte Dich glücklich, keine Kinder zu haben – daran erkennst Du meine Verwirrung.« Es wirkt ja sonst immer alles übertrieben, wenn in den alten Romanen von Gefühlen die Rede ist, von dauernden Kniefällen, perennierenden Tränen, ewigen Schwüren und sklavischer Unterwerfung, aber was Renée klagt, das würde eine heutige Mutter genauso dramatisch fühlen, die um ihr Kind bangt, das Entsetzen, das die Seele bei dem bloßen Gedanken an eine solche Katastrophe durchzuckt, wenn der Mutter alle Bande fühlbar werden, mit denen das Kind an ihrem bebenden Herzen hängt. »O mein Gott! durch welche Schmerzen bindest du ein Kind an seine Mutter? was für Nägel schlägst du ins Herz, damit die Bande halten! War ich denn noch nicht Mutter genug, trotz meiner Freudentränen beim ersten Lallen und den ersten Schritten dieses Kindes, von dem ich stundenlang kein Auge ließ, um wohl die Pflichten zu erfüllen und mich im süßen Beruf der Mutter zu bilden! Waren solche Schrecken nötig, mußten der Frau, die ihr Kind vergöttert, diese unerträglichen Bilder gezeigt werden?«

Balzac hat die *Erinnerungen zweier junger Ehefrauen* seiner Freundin George Sand gewidmet, der Ikone der Gleichberechtigung. Damit scheint er klarmachen zu wollen, daß seine Sympathie bei Louise liegt, die das Leben auskosten will, statt ihre Bestimmung in einer Vernunftehe zu sehen wie Renée: »Du heiratest, und ich liebe!« bringt Louise ihre Haltung auf den Punkt und flippt bei der Nachricht von Renées Schwangerschaft regelrecht aus: »Ich hasse schon jetzt die mißgestalten Kinder, die Du haben wirst. Alles in Deinem Leben ist vorgezeichnet: Dir bleibt nichts mehr zu hoffen, zu fürchten, zu leiden.« Und tatsächlich gibt Renée offen zu, daß sie ihren Mann »nicht mit jener Liebe liebt, die das Herz höher schlagen läßt beim Nahen eines Schrittes, die uns tief aufrührt beim leisesten Klang der Stimme oder wenn ein Feuerblick uns trifft«.

Selbst, wenn sie etwas Gutes über ihre Gefühle zu schreiben glaubt, läuft es auf den Beweis des Gegenteils hinaus: »Doch andererseits mißfällt er mir auch nicht.« Ihre Entscheidung zu heiraten rechtfertigt sie so illusionslos, daß es einem heutigen Leser so kalt den Rükken herunterläuft wie ihrer Freundin Louise, spricht von »Pflicht«, von »Selbstaufopferung«, vom »schrecklichen Akt, der das Mädchen zur Frau und den Geliebten zum Gatten macht«, und schildert später ihr Eheleben – jeden Abend gehen sie und ihr Mann um neun zu Bett und wachen bei Tagesanbruch auf, die Mahlzeiten werden mit trostloser Pünktlichkeit serviert, die Tage vergehen ohne den geringsten Zwischenfall – als so monoton wie das Leben im Kloster, dem beide Freundinnen entflohen sind: »Vorher war ich ein Wesen, jetzt bin ich eine Sache.« Glück bedeutet für Renée nicht ihr eigenes Vergnügen, es ist das Glück ihres Gatten: »Louis ist so zufrieden, daß seine Freude nun auch mir das Herz erwärmt.«

Ganz anders Louise: Sie verwirklicht früh das Ideal der Emanzipation, für das hundertfünfzig Jahre später noch Juttas Generation gekämpft hat – »Ich finde, wir sind mehr wert als alle Männer« –, strebt nach Selbstverwirklichung und pocht auf ihre sexuelle Autonomie. Von ihrem künftigen Mann fordert sie Liebesbeweise, bei denen er sein Leben riskiert, und ist außer sich vor Freude, als sie sich wahrhaft gewollt fühlt. »Deine reine Gesellschaftsehe und meine Ehe, die nur eine glückliche Liebe ist – das sind zwei Welten, die einander ebensowenig begreifen, wie das Endliche das Unendliche begreift«, schreibt sie an Renée: »Du bleibst auf der Erde, ich schwebe im Himmel! Du lebst in der menschlichen, ich in der göttlichen Sphäre. Ich herrsche durch die Liebe, du herrschst durch das Kalkül und die Pflicht. Ich throne so hoch, daß ich bei einem Sturz in tausend Stücke zerbräche. Doch ich sollte schweigen, denn ich schäme mich, Dir den Glanz, den Reichtum, die eitlen Freuden eines solchen Liebesfrühlings zu schildern.«

Es scheint klar, wo auch unsere Sympathie liegt. Doch so einfach ist es für Jutta nicht. Als der Roman vom November 1841 bis Januar 1842 als Feuilleton in der Zeitung *La Presse* veröffentlicht wurde, wies eine Vorbemerkung auf die Absicht Balzacs hin: »Es ist ein offenkundiges Dementi aller neuen Theorien über die Unabhängigkeit der Frau und ein Werk, das zu einem hauptsächlich moralischen Zweck geschrieben ist.«

Denn ergreifend ist die absolute Liebe Renées zu ihren Kindern, und sie ergreift um so mehr, als der Roman mit einer Schilderung elterlichen Gleichmuts beginnt, die Mitte des 19. Jahrhunderts offenbar für normal gehalten wurde. Louise, die genauso wie Renée als Neunjährige ins Kloster gesperrt und seither nicht ein einziges Mal besucht worden ist, berichtet in ihrem ersten Brief, wie sie achtzehnjährig ins elterliche Haus zurückkehrt. Daß sie sich gedulden muß, bis die Mutter sie überhaupt in ihren Gemächern begrüßt, und es Stunden dauert, bis auch der Vater sich zu ihr bemüht, ist nicht einmal das Schlimmste. Dann wären es eben Rabeneltern, wie es sie immer gegeben haben wird. Schockierend ist die Selbstverständlichkeit, mit der die Eltern ihre Tochter mißachten, und die Dankbarkeit, ja Begeisterung, die Louise für das bißchen Aufmerksamkeit empfindet, das sie dann doch erhält: »Meine Mutter war von vollendeter Natürlichkeit: sie bezeigte mir keine falsche Zuneigung, sie war nicht voller Kälte, sie behandelte mich nicht wie eine Fremde, sie drückte mich nicht wie die geliebte Tochter an ihren Busen; sie empfing mich, als hätte sie mich tags zuvor noch gesehen, sie war die sanfteste, die aufrichtigste Freundin; sie sprach zu mir wie zu einer erwachsenen Frau und hat mich zunächst auf die Stirn geküßt.« Nach neun Jahren die eigene Tochter zunächst auf die Stirn geküßt! Deutlich macht Balzac gleich am Beginn, daß die Kälte der Eltern nur die Kehrseite der Selbstverwirklichung ist, die er an Louise in so leuchtenden Farben darstellen wird. Denn die Tochter hat einfach gestört, mehr war es ja nicht, deshalb haben die Eltern sie ins Kloster abgeschoben, damit sich der Vater seiner Diplomatenkarriere, die Mutter ihren Liebhabern und beide gemeinsam, bei offensten Verhältnissen, den Pariser Salons widmen können; und jetzt, da die Tochter sich die Freiheit nahm, aus dem Kloster zu fliehen, wird sie nur heiter empfangen, weil ihr die gleiche Eigensucht zugebilligt wird, mit der sich die Eltern brüsten: »In Ihrem Alter hätte ich wie Sie gedacht«, verzeiht die Mutter großmütig, daß die Tochter ihre Pläne durchkreuzt: »Daher bin ich Ihnen auch nicht böse.« Woraufhin die Tochter die Mutter über den grünen Klee lobt und zum Vorbild nimmt: »Wiederholt habe ich ihr die Hände geküßt und dabei versichert, wie glücklich mich ihr Verhalten mache und daß ich mich wohlfühlte, ich habe ihr sogar meine Ängste anvertraut.« Endlich duzt die Mutter ihre Tochter auch einmal.

Wobei Jutta auf den ersten Blick ganz anders ist als Louise, nicht nur ihr Verhältnis zu den Kindern. Sie strebt gerade nicht danach oder jedenfalls nicht zuerst, das Leben in seiner Fülle und Intensität auszukosten, also möglichst starke, möglichst beglückende Erfahrungen zu machen, was noch heute ein Ideal ist, wenn man den Illustrierten glauben darf; sie richtet ihre Tage und Beziehungen keineswegs nach den eigenen Bedürfnissen aus, wie es eine degenerierte Psychologie ihren Kunden einredet, sieht ihr Wohl stets verbunden mit dem Wohl ihrer Familie und sucht Erfüllung nicht nur in der erotischen Liebe. Bereits als Hausbesetzerin setzte sie sich, mit neunzehn, für Anliegen ein, die nicht individuell waren, studierte Medizin aus dem nicht nur erklärten, sondern subjektiv ernstgenommenen Grund, den Elenden zu helfen, und zog nach Lateinamerika, um bis zum Verdruß der neuen Umgebung Ernst zu machen mit ihrem Engagement. Und noch die Kinderbetreuung und die getrennten Mülltonnen, die sie bereits als einfache Gemeinderätin durchsetzte! Man muß die sensorgesteuerte Ampelschaltung nicht für einen Durchbruch in der Zivilisationsgeschichte halten und die Bedeutung eines zweiten Rasenplatzes nicht für menschheitsrelevant. Aber ist es, um die Formulierung zu übernehmen, die Jutta tränenerstickt auf ihre Ehe bezog, ist es etwa nichts, daß so viele Pendler jeden Morgen ein paar Minuten länger schlafen, so viele Kinder ihre Eltern jeden Nachmittag ein paar Minuten früher in den Arm schließen können, daß außerdem die Abgasbelastung am Ortsrand meßbar zurückgegangen ist? Ist es nichts, daß Asylanten, die anderswo in Heimen verkümmern, in Juttas Gemeinde zur Meisterschaft beitragen? (Und niemand ahnt, daß ein halbes Jahr später überall in Deutschland Bürgermeister an Bahnhöfen stehen werden, um die Fremden willkommen zu heißen.)

Jutta würde vermutlich selbstkritisch einwenden, daß eine intelligente Verkehrsführung das System bejaht, das so viel Autoverkehr hervorbringt, sie würde sagen, daß sie zwar einigen Flüchtlingen hilft, jedoch nichts gegen die Ursachen der Flucht unternimmt, die sie sehr wohl noch im Imperialismus sieht oder wie immer sie das Hegemonialstreben des westlichen Empire heute bezeichnen mag (Toni Negri steht ebenfalls im Regal), von den Rohstoffkriegen im Nahen Osten über die Minen mit Seltenen Erden bis zum Landraub in Indien durch multinationale Konzerne und der chinesischen Sklavenarbeit für das Smartphone, das auf dem Sofatisch liegt, sie würde einräumen, daß auch ihre

Kommunalpolitik trotz aller Appelle oder sogar Beschlüsse auf dem Landesparteitag oder einer Synode, die sie womöglich selbst initiiert hat, jener Ideologie des Wachstums folgt, die den Verzicht zum Unwort erklärt, und sich empören, daß ein Nachbarschaftsfest, zu dem happy few Asylanten eingeladen werden, letztlich nur zu verdrängen helfe, daß die Abschottungspolitik Europas (wie gesagt Stand heute, da ich in Juttas Wohnzimmer sitze, aber Stand morgen vermutlich nicht anders) noch nie so mörderisch war. Sie würde darauf hinweisen, daß sie nicht nominiert würde, setzte sie sich auf Bundesebene für offene Grenzen ein statt für die Legalisierung von Cannabis – oder auch nur für höhere Benzinpreise. Und wehe, jemand wolle allen Ernstes den Hunger in der Welt abschaffen, der als Politiker von Gerechtigkeit spricht. Eine Städtepartnerschaft sei schon das Maximum der internationalen Solidarität, das sie sich im Wahlprogramm erlaubt. Gleichwohl würde ich selbst noch ihre Einsicht bewundern, mit der sie mir so viel voraus ist, wenn ich mir einbilde oder vielleicht nur bei Lesungen in Gemeindezentren den Anschein erwecke, ich sei konsequent. Das würde ich ihr entgegnen, wenn Jutta mit sich haderte, und läse ihr vielleicht doch aus dem weißen Büchlein vor, das einst eine Bibel für mich war. Als ob ich anderes tue als nur Kommunalpolitik, meine Leserschaft auch nur so groß wie das Städtchen, in dem sie Bürgermeisterin ist. Ihr Mann versuche wenigstens, halbwegs nach seinen Überzeugungen zu leben, meint Jutta. Sie bewundert ihn für seine Strenge, wegen der es immer wieder zum Streit kommt oder nicht einmal mehr zum Streit.

Aber lieben wollte Jutta, wollen wir alle doch wie Louise, die mit ihrem äußerlich nicht einmal besonders attraktiven, von der Gesellschaft nicht nur deshalb für unpassend gehaltenen, dafür um so edelmütigeren und heißblütigen Hauslehrer flirtet, ihn nächtens unter der genannten Lebensgefahr trifft und schließlich gegen alle Konvention heiratet. »Felipe ist ein Engel«, schwebt sie über den Wolken, da ist die Trauung bereits acht Monate her: »Mit ihm kann ich laut denken. Ohne alle Rhetorik: er ist mein zweites Ich. Seine Größe ist unerklärlich: er bindet sich durch den Besitz noch stärker und entdeckt im Glück neue Gründe zu lieben. Ich bin für ihn der schönste Teil seines Ichs. Ich weiß, die Jahre der Ehe werden den Gegenstand seiner Liebe nicht entstellen, sondern im Gegenteil sein Vertrauen erhöhen, neue Empfindungen wecken und unseren Bund stärken. Welch seliger Rausch!«

Selbst die Mutter ist neidisch, daß der Tochter »vortrefflich« das damals so seltene, heute zur Pflicht gemachte Kunststück gelingt, den Geliebten zum Gatten zu machen. Und wiederholt es! Witwe geworden, verliert sie ihr Herz an einen ebenso leidenschaftlichen, noch ärmeren Mann und entscheidet sich gegen alle Vernunft für eine zweite, diesmal sogar heimliche Liebesheirat: »Unsere Gedanken sind wie die beiden Donnerschläge desselben Blitzes«, schreibt der Geliebte an einen Freund, den er als Zeugen für die Trauung benötigt: »Das Gefühl hat uns mit seinen Blumen überhäuft. Ein jeder Tag war erfüllt, und wenn wir auseinandergingen, schrieben wir uns Gedichte.« Um das Gerede der Leute ignorieren zu können und weil die Pariser Vergnügen nichts sind angesichts ihres Amour fou, ziehen die beiden aufs Land, wo sie sozusagen von Liebe und Brot allein leben. Louise beschreibt der pflichtbewußten Renée zwei Jahre später ihren weiterhin wundervollen Alltag, schläft lange und frühstückt im Bett, da wird es bereits Mittag, und weil es heiß ist, gönnen sich die Liebenden eine kleine Siesta. »Dann bittet er mich, ich solle mich anschauen lassen, und er schaut mich an, als wäre ich ein Gemälde; er versenkt sich in diese Kontemplation, die, wie Du Dir vorstellen kannst, auf Gegenseitigkeit beruht. Uns beiden steigen Tränen in die Augen, wir denken an unser Glück und erzittern.«

Ich weiß schon, ein solches Idyll liest sich fast komisch – aber wären immerwährende Flitterwochen nicht in Reinform die Liebe, die wir uns alle vorgestellt haben, sicher auch Jutta, wenngleich nicht mit mir? Für Muttergefühle ist freilich kein Platz bei solcher Hingabe, sonst müßten die Liebenden morgens um sieben aufstehen, statt in den Tag hinein zu leben, müßten Geld verdienen, pünktlich essen, kurz: ein bürgerliches Leben führen und hätten vor Müdigkeit wahrscheinlich nicht einmal mehr regelmäßig Sex und wenn, dann so leise, daß bloß niemand aufwacht, falls sie nicht den Keller ausbauten, in dem dann auch Streckbänke, Folterinstrumente und so weiter stehen könnten, um noch den Kitzel des Seltenen, des Verbotenen, des Geheimnisvollen zu spüren. Kinder, obwohl sie die natürliche, religiös gedacht: gottgewollte Folge der erotischen Liebe sind, stehen dieser am entschiedensten entgegen. Anthropologisch ist die Krise nach Liebesheiraten vorprogrammiert. Entsprechend erkundigt sich Louise, ob Renée ihren Nachwuchs aufnehmen würde, sollte sie ungewollt schwanger werden. »Der Egoismus einer großen Dame«, den Renée unter den Blumen von Louises Liebesfrühling versteckt sieht, bedeutet also konkret, daß Louise ihre Kinder genauso abschieben würde, wie sie selbst abgeschoben worden ist.

Das wollen wir, das reden die Illustrierten uns seit der Zeit Prousts ein, den offenbar niemand gelesen hat oder wenn, dann hat nicht einmal der größte Romanschreiber viel bewirkt: Eltern werden und Geliebte bleiben, zugleich Louise und Renée sein. Ich behaupte nicht, daß es nur ein Entweder-Oder gibt. Aber das eine nimmt vom anderen, und ich erkenne keine Regel, wer von wem wann und wieviel. Jutta, die als Louise zu lieben begann, identifiziert sich heute eher mit Renée. Und tatsächlich ist es die Meisterschaft Balzacs, uns mitansehen und fühlen zu lassen, daß die Lebenshungrige, die in ihrer Selbständigkeit und ihrem Mut unserem modernem Ideal entspricht, doch auch etwas ganz

Verhängnisvolles und Eigennütziges hat, während die Spießerin nach und nach zu ihrem eigenen Recht kommt. »Was willst Du! das gewöhnliche Leben kann nichts Großes und Verstiegenes sein«, schreibt Renée anfangs an Louise, da wollen wir über so viel Beschaulichkeit nur den Mund verziehen: »Ich sehe keinen Grund zu resignieren, es gibt genug Gutes zu tun.« Später lesen wir, daß es Louise wie eine Süchtige nach immer neuen Liebeskitzeln verlangt. Wo Renée gegen jeden psychologischen Rat von heute Liebe als maximale Aufopferung versteht, läuft Louises Liebe maximal narzißtisch auf den Wunsch hinaus, geliebt zu werden. »Du liebst ihn nicht«, wirft Renée ihr daher auch freiheraus vor: »Nachdem ich Dich gründlich geprüft habe, kann ich Dir sagen: Du liebst nicht.« Louise werde in Felipe nie einen Gatten sehen, sondern immer nur den Liebhaber, mit dem sie unbekümmert spielt, und in spätestens zwei Jahren ihre eigene Vergötterung satthaben, ihn verachten, weil er sie zu sehr liebt: »Nach meinen Beobachtungen finde ich jetzt, daß Du Felipe um Deinetwillen liebst, nicht um seinetwillen.«

Und tatsächlich, wie in den heutigen Ehen, in denen sich Mama zu einer Herrscherin in Leder verwandelt und Papa nackt seine Pfötchen gibt, zwingt Louise ihren Mann zu einer Demütigung nach der anderen. Als ihrem Sklaven dürfe sie ihm alles abverlangen, gesteht Felipe ihr zu, als hätte er *Fifty Shades of Grey* abgekupfert – dabei ist es umgekehrt, und die Pornoindustrie imitiert nur die alten Romane: »Unwiderruflich habe ich mich Ihnen ergeben, einzig um der Wonne willen, Ihnen zu gehören, für einen einzigen Blick.« Aber Louise tadelt ihn, daß seine Briefe noch Anflüge geistiger Freiheit aufwiesen und er mitnichten willenlos sei: »So beträgt sich ein wahrhaft Gläubiger nicht: er bleibt stets niedergedrückt vor seiner Gottheit.« Woraufhin er der Gebieterin in ausgestelltem Masochismus für ihren Zorn, ja für »ihre Eifersucht in der Art des Gottes Israels« dankt, die ihn mit Glück erfülle: »Seien Sie eifersüchtig auf Ihren Diener, Louise: je mehr Sie ihn schlagen, desto mehr wird er gefügig, demütig und unglücklich den Stock küssen, dessen Schläge ihm beweisen, wieviel er Ihnen bedeutet.« Unmögliche, ja unmenschliche Aufgaben stellt sie ihm, bei denen er sein Leben riskiert, reicht ihm aus dem Fenster die Hand, die zu küssen er im Dunkeln die hohen Mauern erklimmen muß, so daß er beinah stürzt. »Das alles ist nichts, die Christen erdulden schreckliche Leiden, um in den Himmel zu gelangen«, schreibt Louise ungerührt an Renée, gibt mit ihrem Sadismus noch an. Und das ist nicht bloß Rhetorik, sind nicht Liebesproben wie aus Tausendundeiner Nacht; die Gewalt, die Louise geistig ausübt, ruiniert Felipe physisch. »Ich habe ihn getötet mit meinen Forderungen, meinen grundlosen Eifersüchteleien, meinen andauernden Schikanen«, gibt Louise reumütig zu – um sich bald nach Felipes Tod wieder neu und genauso selbstsüchtig zu verlieben.

Renée kann das nicht überzeugen, sie wirft Louise einen unbarmherzigen Egoismus vor, den die Poesie des Herzens nur verdecke: »Du lebst krank, indem Du ein Gefühl, das in der Ehe zu einer beständigen Kraft und reinen Kraft werden soll, im Zustand der Leidenschaft erhältst. Ja, mein Engel, heute erkenne ich es: die Größe der Ehe liegt genau in dieser Ruhe, in dem tiefen gegenseitigen Erkennen, in dem Austausch von Gutem und Bösem, was die gewöhnlichen Spötteleien ihr vorwerfen. Oh! wie groß ist das Wort der Herzogin von Sully, der Frau des großen Sully; als man ihr sagte, daß ihr Gatte, der so würdevoll auftrat, sich bedenkenlos eine Mätresse halte, gab sie zur Antwort: ›Das ist leicht zu erklären: ich bin die Ehre des Hauses, und ich wäre todunglücklich, darin die Rolle einer Kurtisane zu spielen.‹«

Die *Erinnerungen zweier junger Ehefrauen* werde ich wie gesagt erst später lesen, lerne vorläufig nur das Bonmot der Herzogin von Sully kennen, das Jutta fälschlich Renée zuschreibt.

– Aber bei euch ist es doch genau andersherum, wende ich ein.

Weil Jutta den Zusammenhang nicht versteht, weise ich darauf hin, daß für Renée Ehe und Sex nichts miteinander zu tun hätten; dagegen meine Jutta, daß an ihrer Ehe einzig der Sex stabil sei.

– Nicht nur der Sex, widerspricht Jutta.

– Also gut, die Kinder sind natürlich ebenfalls ein Faktor, klar.

– Auch nicht nur die Kinder.

– Das glaub ich bestimmt. Ich wollte bloß sagen, Ihr habt Sex und die nicht.

– Aber darum geht es doch jetzt nicht. Ich meinte etwas ganz anderes.

Leider habe ich keine Ahnung mehr, was Jutta meinte und worüber wir vorhin sprachen, kann es auch in dem Roman nicht rekonstruieren, den ich schreiben werde, beziehungsweise könnte es natürlich, könnte alle Motive beliebig hin- und herwenden, das Erlebte nachträglich ausbessern und das Gesagte bis zur Unkenntlichkeit polieren, doch würde der Roman unwahr werden, wenn er nicht auch den Gedächtnislücken, unvermittelten Sprüngen und Abschweifungen einen Ausdruck gibt, wohlgemerkt einen Ausdruck, nicht notwendig die Lücken, Sprünge und Abschweifungen selbst. Erwähnte Jutta nicht, die *Erinnerungen zweier junger Ehefrauen* sei eines ihrer Lieblingsbücher? Ja, doch komme ich nicht darauf, in welchem Zusammenhang sie das Bonmot zitiert hat, das so originell nun auch wieder nicht ist. Gott, bald vier Uhr morgens. Bevor Jutta mir den ominösen Zusammenhang offenbart, frage ich, was mich noch tatsächlich interessiert:

– Wie kamst du denn auf Tantra?

Um dem Leser, der so unwissend ist wie ich, das Googeln zu ersparen, füge ich *copy & paste* Wikipedia in den Roman ein, den ich schreiben werde: »Tantra (Sanskrit ›Gewebe, Kontinuum, Zusammenhang‹) ist eine Strömung innerhalb der indischen Philosophie und Religion, entstanden als zunächst esoterische Form des Hinduismus und später des Buddhismus innerhalb der nördlichen Mahayana-Tradition. Die Ursprünge des Tantra beginnen im 2. Jahrhundert, in voller Ausprägung liegt die Lehre jedoch frühestens ab dem 7./8. Jahrhundert vor. Das Wort Tantra wird manchmal von der Sanskrit-Wurzel *tan* ›ausdehnen‹ abgeleitet. Tantrismus bedeutet somit auch allumfassendes Wissen oder Ausbreitung des Wissens. Der Tantrismus betont die Identität von absoluter und phänomenaler Welt. Das Ziel des Tantrismus ist die Einswerdung mit dem Absoluten und das Erkennen der höchsten Wirklichkeit. Da angenommen wird, dass diese Wirklichkeit energetischer Natur ist und Mikrokosmos und Makrokosmos verwoben sind, führt der Tantrismus äußere Handlungen als Spiegel innerpsychischer Zustände aus. Da Geist und Materie als nicht vollständig geschieden angesehen werden, ist der hinduistische Tantrismus diesseitsbejahend und benutzt psycho-experimentelle Techniken der Selbstverwirklichung und Erfahrung der Welt und des Lebens, deren Elemente als positive Dimensionen erfahren werden sollen, in denen sich das Absolute offenbart. In der westlichen Welt wird Tantra zunehmend seit dem beginnenden 20. Jahrhundert rezipiert, allerdings hauptsächlich verkürzt auf sexuelle Aspekte, die im klassischen Tantra durchaus nicht im Mittelpunkt stehen. Heute wird Tantra im Westen zumeist als Neotantra angeboten, bei dem die hinduistischen bzw. buddhistischen Inhalte zugunsten einer Optimierung der Orgasmusfähigkeit und einem Streben nach sexuell-spiritueller Wellness in den Hintergrund getreten sind.«

Wahrscheinlich ist es gut, werde ich denken, wenn ich den Roman schreibe, daß ich so wenig weiß und mich zu kultiviert dünke, um rasch in dem Smartphone zu googeln, das auf dem Sofatisch liegt. Denn so stelle ich die Identität von absoluter und phänomenaler Welt nicht in Frage, die Jutta in der sexuellen Erfüllung erfahren will, dieses vollkommene Einssein nicht nur mit dem Geliebten, das es in dieser Form gar nicht gibt, weil Liebe, wenn ich Jutta richtig verstehe, nicht im gewöhnlichen Sinne »gemacht« wird und ich mir das Ritual wohl mehr wie eine Massage vorstellen muß – dieses Einssein mit allem, was sie umgibt.

Es habe mit dem Atem zu tun, sagt Jutta, der Atem sei das Wichtigste, über einen sehr langen Zeitraum, in dem, angefangen mit dem Gehör, nach und nach deine Sinne stimuliert würden, der Geruchssinn, die Augen, die Nerven entlang der Haut – gleichmäßig und natürlich zu atmen, so daß die Luft bereits bis in die Finger, die Beine hinab bis in die Zehenspitze, tief in den Bauch und runter den Rücken ströme, auch den Schädel ausfülle, noch bevor dein Leib überhaupt berührt werde. Du liegest nur nackt da und achtetest mit geschlossenen Augen, die Licht- und Dunkelwechsel dennoch wahrnähmen, auf deine Umgebung, spürest jede Unebenheit der Matratze, auch jedes Unwohlsein an dieser oder jener Stelle des Rückens, das gehöre dazu und verschwinde von selbst, wenn du dich nach und nach in der Wahrnehmung auflöstest (wie der chinesische Maler, der ins eigene Bild tritt, so stelle ich's mir vor), Decke, Boden, Wände gleichsam verschwänden, so daß dich statt eines Zimmers schließlich das Universum umgebe, du statt schwer auf einer Matratze zu liegen wie schwerelos würdest (war da nicht auch was mit fliegenden Yogi?), hörtest die Musik (besser frage ich nicht, welche), röchest die Räucherstäbchen (dreißig Jahre später immer noch Räucherstäbchen!) und bald das Öl, das für dich erhitzt werde – und atmetest.

Du würdest merken, daß das Atemvolumen sich ohne dein Zutun kontinuierlich steigert, die Luft, die du als angenehm kühl wahrnähmst, dich beim Einatmen so viel mehr ausfüllt, als du je es für möglich hieltst, und deinen Körper beim Ausatmen unglaublich leer entläßt, immer dieser Wechsel von irritierender, kaum faßlicher und doch erregender Fülle und einer Leere, die so anziehend wie der Tod sei oder das Nichts. Wenn der oder die andere sich schließlich nur über dich beuge, genüge es bei ausreichender Übung, daß der fremde Atem dich gleich wo berührt, am Bauch oder an der Schulter oder deinem eigenen, halb geöffneten Mund, sich mit deinem eigenen Atem vermischt, damit dich der erste Schauer von Kopf bis Fuß durchfährt, du die Gliedmaßen wie in einem Anfall verrenkst und vor Genuß aufstöhnst. Und das sei erst der Anfang. Die einzelne Feder, die womöglich als nächstes wie ein etwas kräftigerer Windhauch deinen Körper entlangstreiche, oder Wasser, das in regelmäßigen Abständen auf dich tropfe, von der Stirn über die Brust am Geschlecht vorbei die Beine hinab bis zu den Zehen, versetze dich bereits in einen Taumel, in welchem du vergäßest, wo oben und wo unten ist. Überhaupt sei es so, daß man um so weniger berührt zu werden braucht, je größer die eigene Erfahrung, je fundierter das Wissen um die energetischen Bahnen des Körpers und je tiefer die religiöse Einsicht. So wach seist du, ohne freilich zu denken, so sehr bei dir, daß dein Geist auf bloße Zeichen reagiert. Am Ende sei alles ohnehin in einem selbst und wir brauchten den anderen nur, um uns in uns zu finden.

Der Leser wird annehmen, ich hätte wieder aus einem Fachbuch abgekupfert, um den Vorgang zu beschreiben, den Jutta zwar gemeint, aber in simpleren Worten ausgedrückt habe. Das stimmt nicht! Ich werde mir zwar tatsächlich einige der Titel besorgen, die bei Amazon Rangplätze haben, die keines meiner Bücher je erreicht, doch was man dort findet, liest sich ungleich mechanischer, als es bei Jutta klingt. Mögen sie sich auch als indische Religiosität ausgeben, geht es in den Handbüchern vor allem um Griffe und Stellungen, die reichlich bebildert sind, allenfalls noch um Atemkommandos unmittelbar vor dem Orgasmus. Jutta hingegen schildert das Ritual so eindringlich und ohne jede Bebilderung plastisch, daß ich vom bloßen Zuhören erregt bin, während das Nachlesen und erst recht die Betrachtung der Photos denn doch ernüchtern. Deshalb werde ich die Handbücher ins Regal stellen, wenn ich den Roman schreibe, und mich allein auf mein Gedächtnis stützen, das morgens um vier leider nicht mehr im Aufnahmemodus ist. Noch später, wenn sie die erste Fassung liest, wird Jutta mich darauf hinweisen, daß ich alles mögliche durcheinanderbringe und mich bestenfalls ungenau erinnere, wo ich nicht einfach nur phantasiere. Indes wird sie es nicht ärgerlich sagen, sondern genau in dem spöttischen Ton, der mich vor dreißig Jahren bereits entzückte und mir zugleich mißfiel – mißfiel, weil er etwas Rechthaberisches, gewollt Erwachsenes hatte, und entzückte, weil er ein Verzeihen und ein Lachen enthielt.

– Mach, was du willst, wird sie mir einen Freibrief erteilen: Hauptsache, du nennst mich nicht wieder Jutta.

– Vinteuil klingt auch nicht besser, werde ich auf das berühmteste Pseudonym in der *Recherche* verweisen, damit sie mir ihren Namen durchgehen läßt. Nur leider verfängt der Bildungsprotz bei ihr nicht.

Sowenig er sonst über die Erfüllung schreibt, weil die Sehnsucht übergangslos in Wehmut umschlägt, werde ich bei Proust auf eine Passage stoßen, die eher als jedes neotantrische Handbuch Juttas Schilderung erhellt, genau gesagt, ihren Hinweis, daß es um so weniger Berührungen bedürfe, je größer die Erfahrung und je tiefer die Einsicht. Richtig, dahinter steht immer noch die Sache mit den Haaren, die mir nicht aus dem Sinn geht, also daß der minimale Reiz der Kopfhaut genügen kann, damit dein Geist explodiert. Ich frage mich einfach, ob das sein kann: Erfüllung. Die Sehnsucht schlägt bei Proust ja nicht etwa *trotz*, sondern *aufgrund* ihrer Erfüllung in Wehmut um: Daß keine Wirklichkeit halten kann, was sich ein Liebender verspricht, war für mich nie ein Argument gegen die Wirklichkeit, sondern für die Liebe. Allein die Kunstschönheit vermehre sich mit der Erfahrung, sagt Proust. Die Schönheit einer Frau hingegen verdanke sich wesentlich der Einbildungskraft des Betrachters, die vor der Erfahrung, also dem zu genauen und wiederholten Blick, eher geschützt werden müsse, soll sie sich in vollem Umfang erhalten.

Kennen wir das nicht, daß die Blicke am lockendsten sind und das größte Geheimnis bergen, die am flüchtigsten sind? Proust beschwört diese ungenaue und ungenügende Ansicht geradezu: »Wenn es Nacht wird und der Wagen schnell übers Land oder durch die Stadt fährt, schießt an jeder Abzweigung, vor jedem Ladenlokal eine weibliche Gestalt – verstümmelt wie ein antiker Torso durch unser Vorübereilen und durch die Dämmerung, die sie umschlingt – mit den Pfeilen der Schönheit in unser Herz, jener Schönheit, von der man manchmal meint, sie sei auf dieser Welt nichts anderes als die Vervollständigung, die unsere sehnsuchtsvoll übersteigerte Phantasie an einer flüchtigen Passantin vornimmt.« Und Proust hat natürlich recht, daß wir besser nicht aussteigen, um die Frau anzusprechen, denn schon eine Unebenheit ihrer Haut oder auch nur ein kurioser Akzent beraubte uns aller Illusionen; und selbst wenn wir das Gesicht makellos finden würden, wäre es doch niemals mehr so rätselhaft und unfaßlich und übernatürlich, wie wir es uns vorgestellt haben. Die Schönheit träte in unsere eigene Realität über und begänne notwendigerweise – ja, im besten, günstigsten Falle, daß die Frau die Sympathie erwidert –, alltäglich zu werden. Wie anders mit der Kunstschönheit, etwa auch der Poesie oder der *Recherche* selbst!

Oft geschehe es, daß man bei einer etwas komplizierteren Musik, die man zum ersten Mal hört, zunächst nichts oder jedenfalls nicht das eigentlich Bemerkenswerte hört. Dabei höre man es sehr wohl, man behalte es nur nicht. Nach dem ersten Hören fehle nicht das Verständnis, sondern das Gedächtnis. Unsere Kraft des Erinnerns sei, verglichen mit der Vielheit der Dinge, mit denen sie es zu tun haben, so dürftig und so beschränkt wie das Gedächtnis eines kindischen Alten, der nach einer Minute nicht mehr weiß, was man ihm eben gesagt hat. Das Gedächtnis sei außerstande, von so vielfältigen Eindrücken uns auf der Stelle ein Erinnerungsbild zu liefern. Dies aber bilde sich nach und nach, und mit Werken, die man zwei- oder dreimal gehört hat, gehe es einem wie dem Schüler, der vor dem Einschlafen mehrmals eine Lektion durchliest, ohne sie zu behalten, und sie doch am Morgen auswendig hersagt. »Und nicht nur behält man ein wirklich bedeutendes Werk nicht beim ersten Mal – es sind innerhalb eines jeden solchen Werkes (so erging es mir mit der Sonate Vinteuils) gerade die weniger kostbaren Stellen, die man zuerst aufnimmt.«

Wenn ich Proust richtig verstehe – oder meinetwegen so, wie ich ihn verstehen will –, dann besteht die Lust in einem Wiedererkennen und ist die Erfüllung um so größer und nachdrücklicher, je feingliedriger, je subtiler das Erinnerte ist. Ein gewöhnlicher Geschlechtsverkehr verhielte sich im Vergleich zur Zelebration, die Jutta schildert, wohl wie ein Popsong zu einer Sonate oder, wenn man sich nach ein paar Ehejahren auch noch das Vorspiel wegdenkt, wie ein Gassenhauer zu einer Symphonie. Im stillen würde ich vielleicht denken, daß auch ein Gassenhauer mal seinen Reiz haben kann, erst recht in der Jugend, aber wer einmal wie Jutta gelernt hat, die Liebe als Kunstwerk zu begreifen, den muß das Gerammel auf jeder achten Internetseite abstoßen, die in Deutschland aufgerufen wird. Der Orgasmus, der durch das bloße Streicheln der Haare ausgelöst wird, findet doch, muß in der unendlichen Einbildungskraft stattfinden, allenfalls ausgelöst, aber nicht hervorgerufen durch den äußeren Reiz – ob tantrisch, weiß ich nicht so genau, aber jedenfalls mystisch gedacht, ist die Schönheit in uns selbst immer größer, weil Gott in uns selbst ist.

Dennoch frage ich mich, ob Proust nicht dennoch recht hat, wenn er zwischen Sehnsucht und Wehmut keinen Zwischenraum läßt. »Da ich all das, was mir diese Sonate schenkte, nur nach und nach zu lieben gelernt hatte, besaß ich sie niemals ganz: Darin glich sie dem Leben. Allerdings enttäuschen solche Meisterwerke nicht wie das Leben, da sie ihr Bestes nicht sogleich am Anfang geben. In Vinteuils Sonate etwa sind jene Schönheiten, die man zuerst entdeckt, auch die, die am schnellsten ermüden, und wohl aus demselben Grund: weil sie sich am wenigsten von dem unterscheiden, was man bereits kannte. Wenn jene anfänglichen Reize jedoch schon lange verflogen sind, dauert die Liebe zu einer Klangfolge fort, deren Ordnung so neu war, daß sie unseren Geist anfangs nur verwirrte, und die deshalb unerkannt blieb, aber auch unversehrt. Sie, an der wir täglich vorbeigingen, ohne sie zu sehen, und die sich für uns aufbewahrt hat, sie, die gerade kraft ihrer Schönheit unsichtbar geworden, unbekannt geblieben war, sie tritt als Letzte vor uns hin. Dafür werden wir sie auch als Letzte verlassen. Wir werden sie länger lieben als die anderen, weil wir länger gebraucht haben, sie lieben zu lernen.« Wie gesagt, Proust gibt hier der Kunst den Vorrang vor der menschlichen Schönheit, deren Erfahrung genau umgekehrt verlaufe. Er hat allerdings auch nicht Jutta zugehört.

Denn was Jutta schildert, ist eindeutig eine Erfüllung, eine lang anhaltende, subjektiv geradezu endlose und also wirklich schon paradiesische Seligkeit, etwas ganz Euphorisches, so schildert es Jutta, das an Intensität und physischer Durchdringung jede Erfahrung zu übertreffen scheint, die mir im Bett oder Konzertsaal jemals zuteil geworden ist. Sie selbst meint, das Gefühl sei am ehesten mit dem Glücksrausch vergleichbar, der sie nach der Geburt ihrer Kinder erfaßt habe, nur sei darin so viel Erschöpfung beigemischt gewesen, daß sie es gar nicht recht Glück nennen kann und es vielleicht tatsächlich mehr Erleichterung war, so stark habe noch die Angst um das Baby nachgewirkt und ebenso der Schmerz, der sie noch in jedem Kreißsaal zuverlässig habe ausrufen lassen, daß sie nicht mehr könne und dies mit Sicherheit, sie schwöre, ihre letzte Geburt sei. Auch danach habe sie sich erst langsam wieder an den Gedanken gewöhnt, noch einmal schwanger zu werden, habe sich richtig zwingen und die Erinnerung an die Tortur unterdrücken müssen, während die Seligkeit, die ihr Tantra verschaffe, bereits beim Ausklingen nach einem weiteren Mal rufe, einem Wieder-und-wieder und Immer-noch-mehr.

Nein, ich dürfe mir das nicht wie normalen Sex vorstellen, betont Jutta, der Unterschied sei schon ganz schlicht der, daß ich nicht zum Orgasmus im gewöhnlichen Sinne komme, also zu einer Art Höhepunkt oder bei Männern konkret zum Samenerguß; durch bestimmte, definitiv erlernbare und mit der Wiederholung immer ausgereiftere Atemtechniken, ein tiefes, stoßartiges Ein- und Ausatmen gerade in dem Augenblick, da ich die Lust nicht mehr an mich zu halten meine, werde der Orgasmus gewissermaßen gestoppt und zugleich bewahrt, aber viel mehr als nur bewahrt:

Eine mächtige, unübersehbare Welle angenehm kühler Luft scheine über mich hereinzubrechen und von oben, also nicht durch den Mund oder die Nase, sondern von der Schädeldecke her in mich einzudringen, zunächst in den Kopf, und zwar so massiv, daß ich im ersten Moment buchstäblich nicht wisse, wie mir geschieht, ich wie von einer Welle erfaßt und herumgeschleudert werde, so komme es mir vor – aber schön, ohne jede Furcht! Vom Kopf fließe der Luftstrom gerade so zügig, daß ich den Verlauf an jedem Punkt spüren könne, durch den gesamten Körper bis in die Finger und zu den Füßen, so daß meine Gliedmaßen – sie hat es als Lehrerin oft genug von außen beobachtet – wie in einem epileptischen Anfall hin und her zuckten und ich so laut, so durchdringend aufschreie wie eine gebärende Frau, aber eben vor Wonne, nicht vor Schmerz aufschreie, mag es auch für Außenstehende ununterscheidbar sein.

– Ein Kirchentag ist also vielleicht wirklich kein so geeigneter Ort, um Tantra zu praktizieren, fügt Jutta an.

– Immer noch erträglicher als die Gesänge dort, versuche ich's mit einem Witz.

Dann wird Jutta ernst: Wenn es geschehe – selbst ihr geschehe es nicht jedesmal, weshalb sie es jedesmal wieder als ein Wunder erlebe und verblüfft sei, daß es eine solche Freude im Leben überhaupt gibt –, wenn es geschehe, dann lasse es eine solche Zärtlichkeit, eine solche allgemeine, nicht auf einen einzelnen Menschen gerichtete, eher die ganze Welt umfassende Liebe in ihr zurück, daß sie sich, sobald sie überhaupt wieder über ihre Gliedmaßen verfüge, an den einen Menschen klammern möchte, der nun gerade neben ihr hockt, und ihn tatsächlich auch umarmt oder sogar vor Dankbarkeit an den Händen küßt, wenn sie ihn nur ein wenig besser kennt.

Ich bin mir nicht sicher, was ich von Juttas Göttersex halten soll, so ungeahnte Sensationen er auch verspricht. Aber – der Gedanke kommt mir in den Sinn, als Jutta eine Pause einlegt – daß eine Tantrikerin heutzutage Bürgermeisterin werden kann, das ist schon mal grandios. Als wir aufwuchsen, gab es weit und breit keine Frauen in der Politik, gut, mal eine Familienministerin vielleicht oder für Gesundheit, aber keine, die vorne steht, schon gar nicht in unsrer Provinz. Nur dreißig Jahre vergangen seitdem, und wenn Jutta lesbisch wäre, andersgläubig, behindert, farbig, zwischengeschlechtlich oder sadomasochistisch orientiert, dann würde es wohl ebenfalls toleriert. Und auch dies: Der Staat, den sie in Brokdorf bekämpfte – der ist sie heute selbst. Mag sein, daß sie nicht edler gesinnt ist oder Nützlicheres leistet als die Bürgermeister, Schulrektoren oder Bundeskanzler, die für sie per se Gegner waren, bestenfalls Verhandlungspartner, wohlmeinende oder unmögliche Verteter eines fremden, im Kern feindlichen, abzuschaffenden Systems; mit den heutigen Augen gesehen, würde sie den gleichen Bürgermeistern, Rektoren oder Kanzlern mehr Verständnis entgegenbringen und sogar manchen Anerkennung zollen, die sie als reaktionär beschimpfte. Ja, bestimmt hat sie selbst sich mehr verändert als das Land, daß sie es heute als das eigene akzeptiert oder sogar mehr als nur akzeptiert, auch wenn sie es so nicht sagen würde: es liebt, Deutschland liebt.

Allein diese zwei Worte beisammen klingen heute noch ungehörig, und vor dreißig Jahren wäre Liebe das letzte gewesen, was jemand wie Jutta mit Deutschland assoziiert. So schnell kann sich ein Land gar nicht ändern, wie sich ein Mensch in dreißig Jahren verändert; es geht nicht für immer aus dem Haus und wird nicht Mutter, richtet nicht zum ersten Mal eine Wohnung ein, heult nicht aus Liebeskummer und schreit nicht vor Glück auf, sorgt sich nicht um die Kinder und steht nicht am Grab der Eltern, wird nicht allmählich älter, als die Eltern in der kindlichen Erinnerung je waren. Was ich sagen will: Mich beeindruckt der Elan, mit dem Jutta von ihrer Arbeit spricht, ich schätze das Bemühen um die eigene, unmittelbare Umgebung grundsätzlich wert – aber ich verkläre den zweiten Rasenplatz und das gesunde, fair gehandelte Schulfrühstück hoffentlich nicht zu sehr. Sie selbst würde den Ehrgeiz nicht abstreiten, wiedergewählt zu werden, weil bis hin zur Dienstlimousine die Macht mehr stimuliert als sechs Patienten die Stunde. Es ist mehr die Befriedigung, daß eine von uns in der Dienstlimousine fährt, während diejenigen, die etwas gegen Lesben, Andersgläubige, Behinderte, Farbige, Zwischengeschlechtliche oder Sadomasochisten haben, die Ordnung ablehnen müssen, die inzwischen herrscht; besser sie fühlen sich an den Rand gedrängt, wittern überall Verschwörung und halten die Öffentlichkeit für gelenkt als immer noch wir.

– So eine apologetische Scheiße ist mir schon lange nicht mehr untergekommen, wird der Lektor stöhnen, der Jutta ohne mein liebendes Auge sieht.

– Apologetisch? werde ich fragen.

– Ja, apologetisch, wird der Lektor bekräftigen und mir den Link eines Aufsatzes mailen, der den Klassenkampf einer autoritär-ökologisch geprägten Mittel- und Oberschicht beschreibt. Alles, was es heute gesellschaftlich zu ächten gilt, werde dem Sub-Proletariat zugeschrieben: Sie rauchten und tränken zuviel, auf ihren Tellern liege zuviel Fleisch, sie seien zu dick und machten zu wenig Sport, himmelten Autos an, führen zuwenig Rad und arbeiteten auch noch in Industrien, die man am liebsten gar nicht mehr im Land hätte. Dazu bekämen sie noch viele Kinder, und die seien dann auch noch dumm. Und Urlaub machten sie an den falschen Orten, wo sie in zu großen Mengen aufträten und sich dann auch noch schlecht benähmen. Der Neoprotestantismus dulde keinen Widerspruch, seine schärfsten Waffen seien die brutale Abwertung aller anderen Lebensweisen und ein bislang nicht dagewesener Kulturkolonialismus.

Tantra habe ihre Ehe verlängert, sagt Jutta in die Pause, die ich nicht rechtzeitig beendet habe, bevor sie in Trübsal umschlägt, Tantra und Kinder, auf mehr gemeinsame Projekte komme ihre Ehe nicht. Offenbar ist sie mit ihren Gedanken in ihr Wohnzimmer zurückkehrt und hat wieder die Chipstüten entdeckt, angebrochen auf dem Sofatisch und über den Boden verteilt, die halb gefüllte Müslischale und die DVDs mit amerikanischen Filmen, über die sich ihr Mann immer aufregt, hat auch mich gesehen, entdeckt, praktisch einen Fremden, dem sie im Laufe von ein paar Stunden mehr von sich erzählt hat als ihrem Mann in den letzten zehn Jahren, hat an ihren Mann gedacht, der inzwischen schlafen gegangen sein dürfte, ohne wenigstens gute Nacht zu sagen – aber wäre er tatsächlich ins Wohnzimmer getreten, hätte sie die Versöhnung so kurz nach dem Streit, der nicht mal einer war, schon aus Verblüffung zurückgewiesen, nicht offen natürlich, nicht vor diesem Fremden, eine deutliche Kühle in der Erwiderung seines Grußes hätte genügt, um ihr einen kurzen Triumph zu bescheren. Dann hätte er ein resigniertes Achselzucken angedeutet und wäre mit dem guten Gefühl schlafen gegangen, daß es an ihm nun wirklich nicht liegt, während sie ihren Grimm mit der Wut auf sich selbst potenziert hätte. Tage, wenn nicht Wochen hätte es gedauert, bis sie genügend zermürbt gewesen wäre, ihn bei einer Begegnung in der Küche oder beim Zähneputzen anzulächeln oder ihre Hand auf seinen Unterarm zu legen, nur um sich für den größeren Triumph, den sie ihm damit verschafft hätte, bei unpassendster Gelegenheit zu rächen. Wie zwischen Völkern liegt es auch in der Liebe grundsätzlich am anderen, sonst könnten wir es uns nicht behaglich machen in unsrem verletzten Ich: Wenn der andere nur ein wenig verständnisvoller wäre, ein wenig zugewandter, zartfühlender oder zurückhaltender mit den Erwartungen, wenn er aufgemerkt hätte damals, als dir der Kummer, der Streß oder was auch immer anzusehen war – mein Gott, fünfzehn Jahre ist das schon her –, wenn du nicht brüsk abgewiesen worden wärest, als du vorhin einen Schritt auf ihn oder sie zugingst – fünf Minuten später war's leider zu spät. »Was man Erfahrung nennt, ist nur die unseren Augen zuteil werdende Offenbarung eines unserer Charakterzüge«, bemerkt Proust über die Fehler, aus denen man in der Liebe nie klug wird: »Das menschliche Plagiat, dem man am schwersten entgeht, ist für die Individuen (und sogar für die Völker, die in ihren Fehlern verharren und sie noch zunehmen lassen) immer das Plagiat ihrer selbst.«

Sicher spielt auch der Alkohol mit hinein, die zweite Flasche hat sie ebenfalls beinah allein getrunken, daß sie ein weiteres Mal aufzulisten beginnt, geradezu buchhalterisch, ich kann's schon nicht mehr hören, wieviel sie und ihr Mann einmal gemeinsam hatten und was sie heute alles trennt, angefangen mit ihrem politischen Pragmatismus, den er geradezu ächtet, und der Praxis für Allgemeinmedizin, von der sie von vornherein nicht überzeugt war, ohne daß ihr mit zwei kleinen Kindern eine Alternative eingefallen wäre, über seine Besessenheit vom Sport und ihren christlichen Glauben bis hin zu den Alpen, als ob die Alpen schuld an ihrer Ehekrise wären, würde lieber öfters in die Großstadt, in die Oper, ins Theater. Fleisch würde sie auch gern mal wieder zu Hause essen und nicht immer nur zu beruflichen Anlässen. Überhaupt ihr Amt, das er nicht ernst nehmen kann.

– Wir wollten immer auf Augenhöhe sein, klagt Jutta: auf gleicher Augenhöhe, darum ging es.

Wie gesagt, ich finde die Auflistung ziemlich ermüdend, allerdings nicht nur ermüdend, mir mißfällt sie plötzlich auch, mir mißfällt der Ausdruck, den ihr Gesicht annimmt, die Lippen, die sich in jeder Pause zwischen zwei Sätzen oder Satzteilen zusammenpressen, die Mundwinkel, die nach unten gerutscht sind. Würde jetzt jemand einen Schnappschuß machen, sähe sie nicht einmal für ein liebendes Auge mehr anziehend aus, vielmehr verdrossen, trübselig und älter, als sie nach Lebensjahren ist. Seltsam, daß sowohl die höchste Lust als auch der Ärger und wie erst die Wut und der Haß – den ich Jutta hier nicht attestieren will, ich meine nur das Prinzip – ein Gesicht so entstellen können, jedes Gesicht, während wir am schönsten dort wirken, wo wir teilnahmslos oder allenfalls mitfühlend wie die Gottesmutter sind. Schließlich sind Mitgefühl oder Mitleid, die uns auf Gemälden und Schnappschüssen so gut kleiden, auch nur sekundäre Regungen, jemand anders fühlt, jemand anders leidet, und man selbst fühlt und leidet lediglich mit. Sagt das nicht etwas Ungutes über unsere Sehnsucht aus, daß wir diejenigen anziehender finden, die nicht selbst erfüllt sind?

Der Lektor wird nicht nur die Auflistung der Gemeinsamkeiten streichen, die der Ehe über die Jahre abhanden gekommen sind, und das Trennende nur in kursorischer Form durchgehen lassen; er wird vor allem auch fast wörtlich die Einwände voraussagen, die nach ihm Jutta gegen die Streichung erhebt. Er ist ein guter, erfahrener Lektor, der beste, den ich kenne, sonst würde ich schließlich seine Gemeinheiten nicht ertragen; er kennt mein selbstverliebtes Beharren auf jedem einzelnen Wort. Als Honig, den er mir um den Mund schmiert, wird er zunächst behaupten, über eine Behauptung von mir nachgedacht zu haben …

– Welche Behauptung? werde ich fragen.

… irgendwo vorher in dem Roman, dessen ersten Entwurf ich dann schon geschrieben haben werde, die Behauptung: daß der erste Satz von *Anna Karenina* nicht stimmt.

– Daß alle glücklichen Ehen einander gleichen, aber jede unglückliche Ehe unglücklich auf ihre besondere Weise ist?

Mal abgesehen davon, wird der Lektor sagen, daß Tolstoi als russischer Autor konsequent gedacht nicht in einen Roman gehört, der die französische Literatur als Bezugsrahmen wählt …

– Na ja, werde ich seufzen und dabei das »ja« so lang

dehnen, bis selbst der Lektor es nicht mehr so ernst nimmt mit der Konsequenz.

... und Tolstoi außerdem nicht von »Ehen«, sondern von »Familien« spricht ...

– Ach so, werde ich stammeln und mich wie so oft vorm Lektor schämen, der mich noch bei jeder Schummelei erwischt.

... also abgesehen von meiner poetologischen wie philologischen Schludrigkeit, an die er sich nie gewöhnen werde, hätte ich tatsächlich recht: Die wenigen glücklichen Ehen, die er kenne, bärgen jede ein Geheimnis, so unerklärlich wirke ihr Glück von außen. Dagegen die unglücklichen seien unglücklich – er wolle nicht sagen: aus den gleichen, aber doch aus offenkundigen, mehr nach sozialen Umständen als charakterlichen Besonderheiten unterschiedenen Gründen. Juttas Ehekrise sei die gewöhnlichste überhaupt, vielfach beschrieben in Romanen, die in heutigen Wohlstandsgesellschaften spielen, ja, für das Milieu und Alter geradezu stereotyp, soll ich Jutta erklären und ihr freiheraus sagen, daß ich sie ebendeshalb zum Gegenstand meines Romans genommen hätte: weil ihr Fall verallgemeinerbar sei.

– So gewöhnlich find ich Jutta nun nicht, werde ich mit der Frau auch meine Sehnsucht und sei es unbewußt den Roman verteidigen, den ich schreibe: eine deutsche Bürgermeisterin, die zugleich indische Liebeskunst lehrt.

– Sonst wäre es halt Triathlon oder Tai-Chi, wird

sich der Lektor nicht beeindrucken lassen: Die Uniform des Individualismus ist seine Unkonformität.

Es sei austauschbar, was auf ihrer Liste steht, möge ich Jutta entgegnen, wenn sie auf irgendwelche besonderen Umstände pochen wird, austauschbar!, wird der Lektor so vehement rufen, daß ich mich fragen werde, wie es wohl um seine Ehe steht. Was hier der Sport sei, für den sie zu faul ist, seien dort die Städtetrips, zu denen er sich nicht aufraffen mag. Oder die Lektüren! oder das Essen! oder der Sex! oder die Erziehung! oder das Fernsehprogramm! oder der Bierbauch! oder die Migräne! Was solle das auch, wird der Lektor fragen, was erwarte Jutta denn, sei ihrem Mann durch welche Zufälle auch immer mit Mitte Zwanzig begegnet und habe sich in ihn verliebt, gut, aber hätten die beiden einfach stehenbleiben sollen, damit um Gottes willen ihre Gemeinsamkeiten nicht angetastet werden, könne man denn händchenhaltend durchs Leben spazieren? Natürlich entwickelten sich zwei Liebende weiter und damit voneinander auch wieder fort, und die Frage sei nur, ob sie in Sichtweite blieben.

– Sichtweite? werde ich fragen.

– Ja, Sichtweite, wird der Lektor bekräftigen und mich zu überzeugen versuchen, das abgelutschte Wort von der Augenhöhe zu streichen …

– Aber das sag nicht ich, das sagt Jutta.

… das, egal wer es sagt, gar nicht gehe in einem Roman.

– Na ja, werde ich wieder abwiegeln, na jaaa, und

mit dem »geht gar nicht« – alles, alles kann der Romanschreiber, auch kleine Gemeinheiten – ihm selbst einen Ausdruck in den Mund legen, über den er sich viel mehr ärgern wird.

Was stecke überhaupt für eine Vorstellung dahinter, wird sich der Lektor immer weiter erregen, gleiche Augenhöhe, gleiche Augenhöhe, da dürfe man sich doch niemals bücken oder schrumpfen oder wachsen oder springen oder knien oder sich ausruhen und sich hinlegen oder einfach mal umdrehen, wenn man immer nur auf gleicher Augenhöhe sein will, müsse stets wie angewurzelt stehenbleiben. Das sei doch Terror, Gleichheitsterror, weil in den seltensten Fällen zwei Partner gleich groß sind, körperlich schon selten, aber innerlich erst recht nicht, das wechsle im Laufe der Jahre ja auch, einer müsse sich dann idiotisch strecken oder der andere sich albern bücken, einer müsse sich verkrampfen oder der andere sich verbiegen. Oder umgekehrt, aber fast nie gleich! wird der Lektor nicht mehr zu stoppen sein und, weil ich ihn nun dezidiert danach frage, tatsächlich von seiner persönlichen Erfahrung berichten, allerdings nicht von der eigenen Ehe als vielmehr der Ehe seiner verstorbenen Eltern, die sich wechselseitig bestimmt keine sexuellen Sensationen verschafft hätten. Nicht einmal als junge Eheleute hätten sie viel miteinander geteilt, hätten sich kaum gekannt, als sie heirateten, wie das früher eben war, ein paarmal miteinander zusammen im Café Kuchen gegessen, zweimal tanzen, heimlich Händchenhalten und aufgeregte Küsse, da sei schon als Liebesheirat durchgegangen, was aus heutiger Sicht nur ein Flirt gewesen sein kann. Und ihre Ehe kam nicht einmal auf zwei Projekte, sondern von Anfang an mit den Kindern aus. Ansonsten arbeitete er in der Firma und kümmerte sie sich um den Haushalt, ging er nach dem Abendbrot in die Dorfschenke und machte sie es sich vor dem Fernseher bequem, kam er nach der letzten Runde nach Hause und schlief sie bereits um zehn.

Als die Kinder aus dem Haus waren, wollte sie sich von ihm scheiden lassen und er eigentlich auch von ihr, aber dann blieben sie womöglich nur aus steuerlichen Gründen doch verheiratet oder weil sie nicht wußten, was sie mit dem Haus anstellen sollten. Er richtete sich ziemlich provisorisch den ersten Stock ein, wo bis dahin die Schlafzimmer lagen, während sie sich das Erdgeschoß zu einer modernen, ja ausgesprochen geschmackvollen Wohnung umbaute und aus Sicht der Kinder erst zu leben anfing. An den Wohnungstüren brachten sie je eigene Schilder an. Und jedesmal wenn der Lektor nach Hause kam, klingelte er zunächst im Erdgeschoß, um die Mutter zu besuchen, und danach erst auf der oberen Etage. Lediglich an Festtagen, wenn alle Kinder anreisten, kochte die Mutter für die ganze Familie und stand der Vater wie ein freundlicher Nachbar mit Blumen vor ihrer Tür, zu Weihnachten auch mit einem hübsch verpackten Präsent.

Nach ein paar Jahren aßen die Eltern wieder zusammen, nicht täglich, aber doch regelmäßig und immer, wenn eines der Kinder zu Besuch war, lebten ansonsten jedoch weiter wie getrennt – allein, sie waren nicht getrennt, wird der Lektor betonen, nicht völlig getrennt. Sie blieben auf Sichtweite. Als sie einander brauchten, genau gesagt der Vater die Mutter – doch umgekehrt hätte sich der Vater mit der gleichen Selbstverständlichkeit und, ja, Liebe, das war Liebe, wird der Lektor rufen und feuchte Augen bekommen, um die Mutter gekümmert –, als sie einander brauchten, waren sie füreinander da. Erst kochte sie für ihn täglich und kaufte für ihn ein, dann blieben die Wohnungstüren durchgehend offen, und zum Ende, das noch fünf oder sechs Jahre dauerte – bei allen Schmerzen und Beschwernissen auch schöne Jahre, wird der Lektor beteuern, wenn nicht die schönsten –, zum Ende nahm die Mutter den Vater bei sich auf, der keine Treppen mehr steigen konnte, und sie lebten, wenn auch in weiter getrennten Zimmern, inniger zusammen als jemals mit gemeinsamem Bett. Der Vater, der keine Ausgaben mehr hatte, weil er kaum noch aus dem Haus ging, vermietete den ersten Stock und ließ die Miete auf ihr Konto überweisen, damit sie wenigstens finanziell einen Überschuß machte, wenn sie schon für ihn sorgte. Sie soll noch was vom Leben haben, sagte der Vater immer. Die Mutter, die alle für gesund hielten, starb bald nach seinem Tod.

Ich will das alles gar nicht wissen. Ich will nicht wissen, wann er das letzte Mal mitgefahren ist zu ihren Eltern und wie oft sie zu seinen, die zugegeben in der Nähe wohnen, nur deshalb hat er seinerzeit die Praxis so günstig gekauft. Ich will nicht wissen, mit welcher Arroganz er die schwierigeren Fälle an sich nahm, als sie noch gemeinsam arbeiteten, und sie sich regelmäßig vor den Patienten und erst recht dem Personal wie eine Idiotin vorkam, wie eine Krankenschwester. Ich will nicht wissen, warum er sie im Bett nicht in den Arm nimmt, wenn sie weint, sondern sich umdreht und einschläft. Ich will nicht wissen, daß er von allen emanzipatorischen Dogmen nur das eine aufgegeben hat, im Sitzen zu pinkeln. Ich will nicht wissen, daß er nach der Nachricht vom Tod ihres Vaters über eine Stunde brauchte, um bei ihr zu sein, weil er die Patienten nicht nach Hause schicken mochte, die bereits im Wartezimmer saßen, und die Nachmittagssprechstunde sagte er ebenfalls nicht ab. Ich will nicht wissen, ob er an dem Abend nur ein paar Minuten früher als üblich in der Tür stand oder eine ganze Stunde, wie er seither behauptet, will nicht wissen, ob er im normalen Ton erwähnte, heute nicht zum Tennis zu gehen, oder es so großkotzig annoncierte, daß sie, verheult wie sie ohnehin war, nur noch schreien konnte, er solle sich aus ihrem Leben verpissen, und es ihr auch egal war, ob die Kinder den Streit hören. Ich will nicht wissen, wie grausam er es ausspielt, wenn er eindeutig mal recht hat, wenn sie ihn, ja, auch mal aus nichtigeren Gründen vor den Kindern anbrüllt oder glatt den Elternsprechtag versäumt oder mein Gott etwas anderes Unsägliches verbricht, er selbst ist schließlich gottgleich in seiner

Makellosigkeit; und es ist ja nicht so, daß er sie dann zur Rede stellen würde, nein, nein, wenn er genau weiß, daß sie selbst weiß, daß sie Mist gebaut hat, erspart er sich wohlweislich die Vorwürfe, weil er genau weiß – seine Scheißwissenheit jedesmal, ein Besserwisser schon im Urwald, im nachhinein fällt es ihr auf –, weil er genau weiß, daß sie weiß, daß er weiß, daß sie weiß und sich die Vorwürfe viel härter macht, als wenn er sie ihr machte, weil sofort ihr Abwehrreflex einsetzen würde, wenn er die Vorwürfe machte, und sie ihre Gegenvorwürfe hervorholen würde, die es ja auch gibt, weil er so gottgleich nun auch wieder nicht ist, hingegen wenn er ihr keine Vorwürfe macht, dann kann sie sich auch nicht wehren, dann ist sie wehrlos und seine nicht ausgesprochenen Vorwürfe prasseln als Selbstvorwürfe nur so auf sie herein, so daß sie nachts im Bett in der nicht eingestandenen Hoffnung weint, daß er sie in den Arm nimmt, aber er nimmt sie nicht in den Arm, er nimmt sie niemals in den Arm, wenn sie im Bett weint, sondern setzt, wenn sie, weil sie wieder irgendwelche Gegenvorwürfe braucht, ihm Wochen später vorhält, daß er sich umgedreht und nach drei Minuten schon geschnarcht habe – überhaupt sein Schnarchen –, als sie im Bett weinte, dann setzt er den Vorwürfen noch einen drauf, indem er sie beschuldigt, seine Zärtlichkeit erpressen zu wollen, worauf er sich nicht einlasse, er könne sie nicht in den Arm nehmen, wenn er begründet oder seinetwegen auch unbegründet wütend auf sie sei, er habe schließlich auch seine Gefühle und nicht immer nur sie, und könne ebenfalls verletzt sein, ob sie's glaube oder nicht. Und so empört sie den Erpressungsvorwurf zurückweist, weiß sie doch, daß er nicht nur unrecht hat, und er weiß es, daß sie es weiß, und kann sich ein weiteres Mal umdrehen und zufrieden schnarchen. Schnarcht sie denn nicht? Ich will es nicht wissen und ebensowenig, daß er jedesmal das Geschirr umräumt, das sie in die Spülmaschine gestellt hat, damit noch mehr hineinpaßt, will nicht wissen, daß er mit dem Matetee, den er am Schreibtisch trinkt, jeden Abend die Spüle im Bad versifft, statt die Kanne im Klo auszuleeren oder besser noch in die Küche zu tragen. Ich will nicht wissen, daß er sie aus Prinzip nicht zu offiziellen Terminen begleitet und nicht einmal bei ihrer Amtseinführung dabei war, die Kinder schon, er nicht, obwohl die Leute inzwischen tuscheln und so gern sie ihn manchmal dabeihätte, ja, sosehr ihn braucht, bei irgendwelchen Abendessen, einfach nur zu wissen, daß er da ist, oder damit sie jemanden hat, mit dem sie sich unterhalten kann, tuscheln oder verschmitzt anlächeln, wenn ringsum die Leute nur fürchterlich sind, letzte Woche erst wieder, Lions Club, lauter satte, selbstherrliche, offen sexistische Männer, sie als einzige Frau, der Horror, der nackte Horror, durch den sie aber muß, damit der Verleger der Lokalzeitung ihr wohlgesinnt bleibt, braves Mädchen, hat er sie vor allen gelobt, das muß man sich vorstellen, sie, die Bürgermeisterin: braves Mädchen, das hätte sich der Verleger nicht erlaubt, wenn ihr Mann neben ihr gesessen hätte, doch ihr Mann sitzt nie neben ihr, er weigert sich, neben ihr zu sitzen, weil er den Lions Club eher in die Luft sprengen würde, als in den Lions Club zu gehen oder zum Schützenverein oder auf die Meisterfeier des Fußballvereins, wo man ihr eine Bierdusche nach der anderen verpaßte, er weigert sich, nicht weil er ihre Arbeit verachtet, sondern weil sie ihn einfach nicht interessiert, weil er nicht daran glaubt, mit der Mülltrennung die Welt zu retten, und die intelligente Verkehrsführung sogar für dezidiert falsch hält, für ein falsches Signal, die Leute sollen aufs Fahrrad umsteigen oder den öffentlichen Nahverkehr nutzen, nur sag das mal hier einem Pendler, daß er aufs Fahrrad umsteigen soll, sag ihm, daß ein Benzinpreis ab fünf oder acht Euro real wäre, damit die Kosten für die Umwelt und das Gemeinwesen gedeckt sind, aber dann sagt er, daß es eben unsere Abhängigkeit vom Öl sei, die uns in lauter neue Kriege zwingt und in unser Bündnis mit Saudi-Arabien, obwohl Saudi-Arabien den Dschihadismus in die Welt trage, den der Westen nicht bekämpfe, sondern mit seiner Nahostpolitik bewußt schüre, weil er nach dem Ende der Sowjetunion …

– Was denkst du eigentlich, woher der Terror kommt? fragt Jutta unvermittelt.

– Wie bitte?

– Der Terror, woher kommt er?

Bei einem wie mir bucht das Kulturamt mit der Literatur nicht nur die Integration mit. Praktischerweise macht mich die Herkunft außerdem zum Terrorexperten. Natürlich ist es nicht böse gemeint, sondern nimmt im Gegenteil Anteil, man will schließlich wissen, wie man von Albert Bloch wissen will, so wenig ihn eigentlich von den anderen unterscheidet, wie es denn so ist als Israelit. Und kein Salon, in dem er nicht zur Dreyfus-Affäre befragt wird. Am dunklen Teint sah man es einem wie Bloch ja auch an, da mochte er sich noch so sehr bemühen. Selbst der Romanschreiber muß eigens betonen, daß Bloch Franzose ist. »Ah!« entschuldigt sich Monsieur de Charlus arglos, »ich dachte, er sei Jude.« Im freundlichsten Ton erkundigt man sich, ob er in seine Heimat zurückgehen wolle. Dahinter muß kein Rassismus stecken, das Interesse entspringt »einfach ästhetischer Neugier und einem Faible für Lokalkolorit«, wie es in der *Recherche* heißt: »Rumänen, Ägypter oder Türken mögen die Juden verabscheuen. Doch in einem französischen Salon sind die Unterschiede zwischen den Völkern nicht derart ausgeprägt, und ein Israelit, der dort seinen Einzug hält, als käme er aus dem Innersten der Wüste, den Leib gekrümmt wie eine Hyäne, den Nacken schräg vorgebeugt und unaufhörlich ›Salaam‹ rufend, befriedigt vollkommen den Geschmack am Orientalischen.«

– Aber du mit deinen Mystikern rufst doch auch ständig Salaam Salaam, wird Jutta mich an den Roman erinnern, aus dem ich heute abend las.

– Stimmt schon, werde ich zugeben, aber was hätte ich denn machen sollen, wenn ich nun einmal über die

Mystik schreiben will – hätte ich Hildegard von Bingen nehmen sollen, nur um der Erwartung zu entgehen?

– Aber jetzt nimmst du dir doch den Proust?

– Nein, nicht deshalb, werde ich beteuern: Ich liebe Proust. Jemand wie ich kann doch auch einfach nur Proust lieben.

Irgendwo las ich, daß die größte Zuneigung Prousts ihm gelte, dem Juden Albert Bloch, und wunderte mich: »Schönere Freundschaften als die von Bloch – damit wäre im Grunde nicht viel gesagt«, heißt es schließlich abschätzig in der *Recherche*: »Er hatte all die Fehler, die mir mißfielen.« Als weinerlich, vulgär und großsprecherisch wird Bloch charakterisiert, als ein Tölpel, dem aus Übereifer in der Gesellschaft ein Fauxpas nach dem anderen unterläuft. In jedem Salon drängt er sich vor, paßt sich der gerade vorherrschenden Meinung an, will unbedingt dazugehören und spricht in seiner Gefallsucht sogar selbst wie ein Antisemit. Ja, er liebt die klassische Musik und Poesie, aber protzt mit seiner Bildung, weil er es besonders gut machen will, redet so hochgestochen, daß man ihn auslacht, und erregt sich zu schnell; wahrscheinlich fuchtelt er beim Reden auch wie alle Südländer mit den Händen.

Und doch stimmt, was ich las, nach und nach wurde es mir klar: Swann wird vom Romanschreiber eher bewundert und zum Vorbild erklärt, die Freundschaft mit Saint-Loup läppert aus, so daß sein Tod fast nur noch beiläufig erwähnt wird. Einzig Bloch bleibt bis zum Ende. »Für mich, der ich ihn an der Schwelle zum

Leben gekannt und niemals aus den Augen verloren hatte, war er mein Kamerad«, sagt der altgewordene Romanschreiber über ihn, obwohl man schon in jenen Kinderzeiten erfuhr, was ihn so anstrengend macht. »Bloch wurde tatsächlich kein zweites Mal zu uns eingeladen« – das hing nicht mit seinem Jüdischsein zusammen, sondern mit seinem exzentrischen Auftreten. »Er war zuerst freundlich empfangen worden. Mein Großvater, das stimmt schon, behauptete, jedesmal, wenn ich mich näher an einen Schulkameraden anschließe und ihn hierherbringe, sei es ein Jude, was ihn nicht grundsätzlich störe– selbst sein Freund Swann war ja jüdischer Herkunft –, müsse er nicht feststellen, daß ich meine Freunde für gewöhnlich nicht unter den besten Juden wähle. Und wenn ich einen neuen Freund mitbrachte, geschah es selten genug, daß Großvater nicht ›O Gott unserer Väter‹ aus der Oper *Die Jüdin* vor sich hinsummte oder auch ›Israel, brich deine Kette‹. Dabei sang er selbstverständlich nur die Melodie (di da da dadam dadim), doch fürchtete ich, mein Kamerad könne sie kennen und den Text ergänzen. / Ehe er sie sah, wenn er nur den Namen hörte, der im übrigen oft gar nichts besonders Israelitisches hatte, erriet er nicht nur die jüdische Herkunft meiner Freunde, sondern sogar das, was manchmal in ihrer Familie außerdem nicht stimmte. / ›Und wie heißt dein Freund, der heute abend kommt?‹ / ›Dumont, Großvater.‹ / ›Dumont! Oha! Aufgepaßt!‹ / Und er sang: ›Schützen, seid auf der Hut! / Wachet ständig, wachet leise.‹ / Und nachdem er uns durch geschickte Fragen einige Details entlockt hatte, rief er: ›Achtung! Gebt acht!‹. Wenn es indes das arme Opfer selbst war, das im Laufe eines freundlich getarnten Verhörs seine Herkunft preisgab, signalisierte uns Großvater durch einen bloßen Blick, daß die letzten Zweifel ausgeräumt waren, und murmelte kaum hörbar: ›Dieses scheuen Israeliten / Schritte habt ihr hergelenkt!‹«

Wenn Jutta den Roman liest, wird sie mir vorhalten, daß ich den Muslim zum neuen Juden mache. Ich werde erst nicht verstehen, was sie meint, weil ich doch gar keine Vergleiche anstelle, mich zur Islamkritik nicht einmal äußere und etwa den neuen Houellebecq, den sie mir aufdrängt, gerade nicht zum Gegenstand machen möchte. Aber dann werde ich eingestehen, daß die bloße Beschäftigung mit dem Antisemitismus, wie ihn die *Recherche* schildert, den Vergleich geradezu insinuiert.

– Jetzt reden Sie auch noch so gespreizt daher wie Bloch, wird der Lektor in die gleiche Kerbe schlagen.

– Laßt mich doch alle in Ruhe! werde ich den Lektor aus dem Absatz treiben, der allein Juttas Vorbehalt gehört.

Denn ja, es ist nun einmal so, daß ich viele Sätze, die in der *Recherche* über Juden gesagt werden, eins zu eins in der eigenen Gegenwart aufschnappen könnte, den Salons und Festivitäten selbst des literarischen Betriebs, etwa: »Sie wissen, daß ich persönlich keine Rassevorurteile habe, ich finde, das paßt nicht in unsere Zeit«, und dann kommt garantiert der größte Klopper, der Händedruck, der mir ebenfalls ganz offen verweigert wird, als mache man sich an mir schmutzig, der Gestus des Tabubruchs, mit dem man die gängigsten Meinungen ausspricht, der jüdische Kronzeuge, den der Antisemitismus für seine Anklage braucht, um den Rassismus zu kaschieren, die Triebhaftigkeit und damit Animalität des Orientalen, die Debatte, ob das Judentum zu Frankreich gehört, als gäbe es jüdische Franzosen nicht, schließlich die Angst vor der »Judeninvasion«, die statistisch belegt und bibelhermeneutisch bewiesen bereits Anfang des 20. Jahrhunderts auf den Untergang des Abendlands hinauslief: »Ich bin nicht prinzipiell gegen das Judentum, aber hier sind es einfach zu viele.« Und immer die Frage nach der Herkunft, immer das Land, das nach dem Bindestrich steht, deutsch-irgendwie, so gern ich die Nationalität auf Ankündigungen oder bei Wikipedia löschen würde, weil sie bei reinen Deutschen auch niemanden interessiert, immer die Religion, selbst wo sie nun wirklich nichts zu suchen hat, so daß der Leser auch noch meinen Tantrismus, wenn ich ihn im Laufe des Romans erlernte, als Ausdruck meines Glaubens deuten würde oder als Abkehr von ihm: »Wenn wir in der Gesellschaft Orientalen begegnen, mögen sie dieser oder jener Gruppe angehören, dann kommt es uns vor, als stünden wir vor übernatürlichen Geschöpfen, die durch die Macht des Spiritismus erschienen waren.«

Wie gesagt, das ist keineswegs zwingend Ausdruck

des Ressentiments, heute in Deutschland, in gebildeten Kreisen, vielleicht sogar in den selteneren Fällen; so wie damals auch von Dreyfus-Anhängern wird der Fetischismus um die Herkunft heute genauso oder noch mehr von denen betrieben, die sich bis hin zu Bauchtanz oder Flüchtlingshilfe dem Fremden öffnen. »Vielleicht könnten Sie Ihren Freund bitten, mir Zutritt zu irgendeinem schönen Fest im Tempel zu verschaffen, zu einer Beschneidung, zu jüdischen Gesängen«, gibt sich Monsieur de Charlus, der Dreyfus deshalb vom Vorwurf des Vaterlandsverrats freispricht, weil ein Jude nicht Frankreich zum Vaterland habe, ehrlich an der fremden Kultur interessiert: »Sie könnten das doch arrangieren, vielleicht sogar komische Nummern. Beispielsweise einen Kampf zwischen Ihrem Freund und seinem Vater, wo er ihn verwunden würde wie David den Goliath. Das gäbe eine recht köstliche Farce ab.«

– Sag mal, bist du jetzt völlig durchgeknallt? wird Jutta fragen, wenn sie den Roman liest, und auf die Anschläge in Paris verweisen, die Christenverfolgung im Nahen Osten und die Hemmnisse bei der Integration, auf die sie als Bürgermeisterin Tag für Tag stoße, die Frauen, die nach vierzig Jahren in Deutschland immer noch einen Meter hinter den Männern herliefen, die Schüler, die vor keiner Lehrerin Respekt hätten: Glaub mir, ich hab viel zu tun mit Muslimen, das sind oft wahnsinnig nette Leute. Aber der Islam ist doch, entschuldige, schon 'ne Scheißreligion, oder nicht?

– Puh, werde ich seufzen und gar nicht erst den Versuch einer Antwort machen, die mir spontan ohnehin nicht einfällt.

– Und du wirst hier gepampert und gehätschelt, wird sich Jutta gar nicht mehr einkriegen, du hast alle Rechte, Wahlrecht, Krankenversicherung, Arbeitslosengeld, du wirst eingeladen, gerade weil du Moslem bist, und dürftest auch in unserem Kacknest sehr gern zum Neujahrsempfang sprechen. Das kannst du doch nicht im Ernst mit der Lage der Juden vergleichen. Ich mein, ich bin hier diejenige, die sich für die Moschee einsetzt. Weißt du überhaupt, was du da sagst?

– Ich sag das doch überhaupt nicht.

– Wieso schreibst du es dann in deinen Roman?

Auch ohne den Vorbehalt Juttas zu kennen, den sie rasch relativieren wird, da sie die Differenzierungen aus dem Effeff beherrscht, möchte ich jetzt wirklich nicht über den Terror Auskunft geben, höre bereits bei dem bloßen Wort unsere Dissonanz heraus und besinne mich lieber auf den Aufnahmemodus, in dem ich die meiste Zeit des Abends war. Ich müßte nur endlich die Taste wiederfinden.

– Gerade hast du noch wunderschön vom Liebemachen erzählt, bringe ich das Gespräch zurück zu dem Thema, das einen wie mich am meisten interessiert, so sagt es wohl auch Houellebecq über den libidinösen Orientalen, wenn es stimmt, was ich über den Roman las, auf den Jutta mich als nächstes wieder angesprochen hätte.

– Ja, und? merkt Jutta nicht, worauf ich hinauswill.

– In welcher Ehe gibt's denn so etwas überhaupt? will ich auf die Stabilität hinaus, die es sexuell nach zwanzig Jahren immer noch in ihrer Ehe gibt.

– Aber wir haben auch daran gearbeitet, sagt Jutta in ebender Diktion, die sie vorhin noch ein einziges Elend fand.

Nicht sie hat Tantra aufgetan, sondern er, als sie nur noch im Dunkeln unter der Bettdecke und leise, mit der Zeit immer routinierter und schließlich so einfallslos Liebe machten, daß sich das Wort beinah verbot. Müde waren sie vom Bereitschaftsdienst genug, der praktisch eine achtundvierzigstündige Schicht war, und kam der eine endlich nach Hause, ging die andere gerade zur Arbeit oder umgekehrt, jemand mußte schließlich bei den Kindern sein, der Kindergarten erst ab drei Jahren und nur bis um zwölf. Zwar gab es den Feminismus, jedoch die Ganztagsbetreuung noch nicht. Immerhin hat er sich mindestens so sehr um die Erziehung gekümmert wie sie oder sogar noch mehr und tat alles, damit sie ihre Arbeit nicht vernachlässigt, die er zugleich immer weniger ernst nahm – behauptet sie und würde er bestreiten, mehr noch: Er würde sich über den Vorwurf empören und ihr vorwerfen, so was von ungerecht zu sein, da er stets hinter ihr gestanden habe, damit sie ihren eigenen Weg geht. Mag sein, würde sie denken, aber vielleicht gehörte es auch nur zu seinem emanzipatorischen Selbstbild, eine berufstätige Frau zu haben, oder wollte er sie einfach nur beschäftigen, denn daß die Männer endlich Vater sein dürfen, erleben sie als Geschenk, sofern fürs Klo, wenn nicht die Gattin, Geliebte oder Genossin, dann die Putzfrau zuständig ist; nicht nur zur Mülltrennung und gesunden Ernährung, auch zur Gleichberechtigung bedarf es des Einkommens ab der Mittelschicht.

– Der Anfang war hart, erinnert sich Jutta an ihren ersten tantrischen Workshop, alle Teilnehmer nackt auf Yogakissen im Kreis, und dann sollten sie Pärchen bilden, allerdings nicht mit dem eigenen Partner, um so lieber mit dem eigenen Geschlecht. Weil sich jedoch die Männer genierten, für die keine Frau übriggeblieben war, wurde Jutta von der Frau getrennt, die zu massieren ihr noch die geringere Sünde schien. Sünde? Hausbesetzerin hin oder her, letztlich kam sie aus dem pietistischen Dorf und folgte dem alternativen Lebensmodell mehr aus christlicher Gesinnung als aus dialektischer Erkenntnis.

Jutta murmelte Stoßgebete, als sie ausgestreckt vor einem fremden Mann lag, der sie auf Anweisung der Lehrerin einfallsreich erregen sollte, und dachte an ihren Mann, der bestimmt kein Problem damit hatte, mit einer Fremden zu kuscheln, und alle Leute schauten, ja, hörten! ihnen zu. Und umgekehrt erst, als sie mit einer Vogelfeder in der Hand neben dem Fremden kniete, einem Bärtigen noch dazu, der dick war wie ein Bär und dessen Behaarung einem Fell glich – nicht umsonst war er als letzter Mann übriggeblieben –, da hat sie nicht nur vor Scham, sondern mehr noch aus Zorn aufgeschluchzt. Zu allem Überfluß gehörte der Bär auch noch zu jenen Weltverbesserern, die lieber natürlich als nach Deodorant rochen.

– Was mach ich bloß hier? stellte sich Jutta die Frage, die zwanzig Jahre später auch mir als die naheliegende erscheint, da ich an den Lektor denken muß, der ebenfalls dick und bärtig ist.

Die Lehrerin kniete sich neben ihr hin und umarmte sie, als ob sie beste Freundinnen wären, fragte, ob etwas nicht in Ordnung sei, aber wie hätte sie vor allen Leuten erklären sollen, daß sie sich vor dem Bärtigen ekelte, der mit geschlossenen Augen darauf wartete, einfallsreich erregt zu werden, wie auch nur der Lehrerin ins Ohr flüstern, daß sie Gestöhne im Kreis abartig fand, diese erregten Schwänze und ausgebreiteten Schenkel der Frauen, abartig, welchen Grund anführen, daß sie auf ihren Mann wütend war – sei nicht so spießig, hatte er sie bedrängt, als sie zusammen die Broschüre lasen, und ihr von der indischen Religiosität vorgeschwärmt, die nicht prüde wie ihr Protestantismus sei. Nein, sie konnte nicht zugeben, damals noch nicht, daß sie eifersüchtig ist, weil Eifersucht das Spießigste überhaupt war in ihrer Generation, konnte niemandem den Alptraum erklären, wo doch zum Alptraum gehört, daß man nicht aufwachen und das Licht einschalten kann.

Sie hat Sex dann doch noch als Hochamt erlernt, später, anders und ohne ihren Mann, der sie gut genug kannte, um selbst mit geschlossenen Augen zu sehen, was sie von dem Workshop hielt. Fast noch mehr als sein Verständnis erleichterte es sie zu erfahren, daß er sich genauso unwohl fühlte. Mit einem Blick und zwei getuschelten Sätzen kamen sie überein, ihre Yogakissen einzusammeln und die Kinder vorzeitig bei den Großeltern abzuholen. Auf der Fahrt entschuldigte er sich ein ums andere Mal für die Pein, die er ihr zugemutet hatte, und versicherte, daß indische Liebeskunst sein erster und letzter Versuch war, besonders einfallsreich zu sein. Sie könnten sich die Freiräume genausogut selbst schaffen, sich zu zweit einen Wochenendtrip gönnen oder mal einen Vormittag frei nehmen, damit sie im Bett ungestört und ausgeschlafen sind. In der Autobahnraststätte brachen sie beide in ein solches Gelächter aus, daß ihnen fast das Zigeunerschnitzel aus dem Mund geflogen wäre, das sie sich nach der Spiritualität gönnten, damals aß er ja noch Fleisch. Minuten konnten sie nicht weiteressen, krümmten sich vor Lachen auf den gegenüberliegenden Sitzbänken und prusteten beim Aufrichten Wortfetzen oder bestenfalls Halbsätze über den Tisch, die nicht verständlich sein mußten, um das Desaster in einem weiteren Detail auszumalen. Selbst die beiden Fernfahrer am Nebentisch lachten irgendwann mit, so lustig muß der Anblick der frisch Verliebten gewesen sein, für die sie Jutta und ihren Mann hielten, und zu viert rauchten sie noch, tranken dazu Schnaps, den es ihrer Erinnerung nach in Autobahnraststätten damals ebenso wie die Aschenbecher gab.

Ohne zu fragen, bog er später von der Autobahn ab. Sie nahm an, daß er müde sei oder fürchte, in eine Alkoholkontrolle zu geraten. Tatsächlich suchte er ein Hotel, um den Freiraum zu nutzen, den der abgebrochene Workshop schuf. Die Kinder warteten erst am Sonntag auf sie.

Eine Frage geht mir nicht aus dem Kopf: Warum hat Jutta, die gegen sexuelle Verklemmung wettert und körperliche Lust mehr als nur heiligt, nämlich predigt, bis vor einiger Zeit sogar öffentlich gepredigt hat – warum hat sie das Geständnis des Mitschülers, der ihr auf dem Kirchentag wiederbegegnete, mit keinem Wort erwidert, obwohl sie über Wochen von ihm träumte.

– Weil ich treu bin, gibt Jutta zur Antwort.

– Häh? rufe ich nicht gerade mit der Gespreiztheit Albert Blochs aus, doch kann ich mir nun einmal keinen Reim auf eine Monogamie machen, die Sex im Stuhlkreis vorsieht.

Mit dem Gesicht einer Lehrerin, deren Schützling die Aufgabe schon wieder falsch beantwortet hat, weist Jutta darauf hin, daß bei einem Workshop erstens niemand auf Stühlen sitze und es zweitens zu keinem Geschlechtsverkehr komme, darauf achteten die Teamleiter auch. Selbst das Wort Liebemachen, das sie sonst so inflationär verwendet, sei auf Tantra bezogen mißverständlich, weil es nicht um Liebe im alltagssprachlichen Sinne gehe.

– Also macht Ihr nur Sex, versuche ich Jutta mit meinem sicherlich sehr verklemmten Verstand zu verstehen.

– Niemand macht Sex, weist mich Jutta zurecht.

– Häh?

Es ist für mich nicht so einfach nachzuvollziehen, warum eine orgiastische Angelegenheit wie Tantra aus Juttas sicherlich sehr offener Sicht nicht gegen das Gebot der Treue verstößt, das sie ebenfalls ernst nimmt. Es gehe um einen selbst, erklärt sie, um den Gott in dir. Tja, was soll ich darauf erwidern? Die Tantrikerin leiste lediglich eine Hilfestellung, fährt Jutta fort, da sie meinem Gesicht die nächste Frage abliest. Sie – die professionellen Tantriker seien meist Frauen – gleiche mehr einer Dienerin, sie erlebe das selbst nicht mit.

– Also ist es mehr eine Dienstleistung? frage ich, weil ich nicht zu fragen wage, ob es nicht praktisch auf Prostitution hinauslaufe, wenn dann noch Bezahlung im Spiel sei.

– Ich würde es eher als etwas Therapeutisches sehen.

Natürlich helfe es, wenn zwischen der Tantrikerin und ihrem Kunden …

– Kunden?

– Das ist natürlich schon auch ein Markt.

… Sympathie herrsche, aber lieben müsse sie ihn soviel oder sowenig wie ein Psychologe seinen Patienten oder ein Priester seine Gemeinde.

– Was für ein Markt?

– Du glaubst gar nicht, wieviel unseriöse Anbieter es gibt.

Die Tantrikerin müsse nicht einmal gut aussehen, ihr gutes Aussehen könne sogar hinderlich sein, weil es den Kunden von sich selbst ablenke. Umgekehrt habe sie kein Problem damit, jemandem eine Massage zu schenken, der häßlich sei oder verkrüppelt, im Gegenteil: Das sei sogar besonders schön, wenn sie einem Menschen helfe, seine Sexualität auszuleben, der noch nie mit einer Frau geschlafen hat, also zum Beispiel einem Behinderten, bei dem das vielleicht auch gar nicht im normalen Sinne möglich sei. Das sei dann auch für sie etwas ganz Besonderes, sie mache das wirklich gern. Das sei auf eine ganz eigene Weise auch erregend.

– Und du hast noch nie mit einem anderen Mann geschlafen?

– Seit ich verheiratet bin, nicht.

Ich bin mir nicht sicher, ob ich ihr das abnehmen soll. Als Abiturientin hatte sie noch keine Scheu, einen Fünfzehnjährigen mit ins WG-Zimmer zu nehmen; überhaupt war Treue in ihrer, unserer Generation mindestens so sehr ein Unwort wie Eifersucht. Andererseits ist sie streng pietistisch erzogen worden, und pietistisch klingt noch zu harmlos; das waren Sekten, diese Dörfer rund um unsere Stadt, richtige Sekten, abgeschottet von der Welt, alle Frauen und selbst die Mädchen in den gleichen filzgrauen Röcken und Blusen mit Rüschen, alle Männer in Bundfaltenhosen, das Hemd bis zum Kragen zugeknöpft. Sie selbst habe das schrecklich gefunden, erinnere ich Jutta daran, daß sie bereits als Schülerin ins Besetzte Haus geflohen war.

– Ich fand manches schrecklich, nicht alles. Irgendwann merkst du, daß ein paar Dinge auch gut waren, das Egalitäre, die Genügsamkeit, die Achtung vor dem Leben. Und die Lieder sind eigentlich auch total schön. Du merkst, du bist einfach auch geprägt. Und daß du die Prägung keineswegs zwingend ablegen mußt. Daß du einen eigenen Weg gehen kannst, ohne alles hinter dir abzureißen.

Noch schrecklicher als den Pietismus findet Jutta heute die Promiskuität, wenn es jeder mit jedem macht und Sexualität ihre Kostbarkeit verliert; sie sehe doch, wie das läuft, sehe es auch in ihrem Kacknest. Ohne die Ausbildung hätte sie sich vielleicht auch in einem Hotelbett wiedergefunden mit dem Geschäftsführer der Kreissparkasse neben ihr.

– In allen Religionen ist die Sexualität etwas Heiliges, verkündet Jutta in plötzlicher Feierlichkeit, die nachts im Wohnzimmer, zwischen Müslischalen und Fußballtrikot, noch sonderbarer als ihr Politikerton klingt: Gerade weil sie heilig ist, muß sie geschützt und eingegrenzt werden.

– Aber von dem Bischof hast du nachts geträumt.

Wenn ich richtig verstanden habe, hat Jutta das Begehren nachgerade zum höchsten der Gefühle erklärt, das so raffiniert stimuliert würde, daß selbst die Haare zur erogenen Zone werden, während der Vorgang, den unsereiner als Erfüllung betrachtet, nicht besonders wichtig genommen oder gar nicht erst angestrebt wird.

– Du hättest dem Bischof doch auch nur sagen können, was du fühlst. Es hätte überhaupt nichts passieren müssen.

– Ich wollte das aber nicht fühlen.

Jetzt kommt sie schon wieder mit Paulus, der nach wie vor im Weg steht, wenn sie das Christentum mit Tantra und Tantra wiederum mit Treue, jedoch nicht nur mit Treue, sondern sogar mit Entsagung in Verbindung bringen will – was für ein Zirkel! Die Argumente und Bibelstellen, die sie anführt, erscheinen mir so willkürlich gewählt, die Zusammenstellung abstrus, daß ich nun selbst anfange, ihr das Christentum zu erklären. Vor Trunkenheit oder Müdigkeit vermutlich schon lallend, formulieren wir jedoch keinen Satz, der am nächsten Morgen noch Bestand haben wird. Dafür wird mir der Lektor das *Tagebuch eines Landpfarrers* von Georges Bernanos schicken, das in Deutschland seit Jahrzehnten vergriffen ist: »Die Keuschheit«, heißt es dort – und das würde Jutta wahrscheinlich auf die Treue übertragen, da Liebe für sie eine religiöse Angelegenheit ist –, »die Keuschheit ist einem nicht als Züchtigung vorgeschrieben, sie ist vielmehr – die Erfahrung bezeugt es – eine der geheimnisvollen, aber offensichtlichen Vorbedingungen eben jener übernatürlichen Selbsterkenntnis, der Erkenntnis unser selbst in Gott, die Glaube heißt. Die Unkeuschheit zerstört diese Erkenntnis nicht, sondern sie hebt das Bedürfnis nach ihr auf. Man glaubt nicht mehr, weil man eben nicht mehr zu glauben wünscht. Man wünscht nicht mehr, sich zu erkennen. Die tiefere Wahrheit, unsere Wahrheit – sie rührt einen nicht mehr. Es ist nur eine Ausflucht, wenn man sagt, daß die Glaubenssätze, an denen man gestern noch hing, unserem Denken immer noch gegenwärtig seien, bloß der Verstand weise sie ab. Was will das schon besagen? Wirklich besitzen kann man nur, was man wünscht.«

Ich werde mich richtig in Bernanos festlesen, dessen religiöses Pathos nur als Gegenstück zum radikal Säkularen des französischen Gesellschaftsromans zu verstehen sei, wie der Lektor in seinem Begleitbrief schreibt; die deutsche Literatur, von metaphysischen Bezügen durchdrungen, die sich indes vom Christentum lösen, und auffallend häufig von Pfarrerssöhnen verfaßt, hätte ein *Tagebuch eines Landpfarrers* allenfalls als eine Groteske hervorgebracht. Bernanos jedoch nimmt es mit dem Christentum ganz streng. Ehrlich gesagt werde ich gar nicht so genau wissen, ob sein Roman in meinen hineinpaßt, der vielleicht auch gar nicht so sehr der Grund als vielmehr die Gestalt meiner Lektüren ist; der Anteil des Erlebten an der Literatur wird im Verhältnis zum Erlesenen ohnehin maßlos überschätzt, und so zitiere ich jetzt einfach fröhlich weiter …

– Das können Sie nicht machen! wird der Lektor rot an den Rand schreiben, weil der Roman bereits jetzt zu viele Abschweifungen enthält.

… weil das *Tagebuch eines Landpfarrers* soviel überzeugender als Jutta das Lustvolle des Christentums erklärt.

– Sie haben mir den Bernanos doch selbst geschickt, werde ich den Lektor in der redigierten Fassung abwimmeln.

»Das Gegenteil von einem Christenvolk ist ein trübseliges Volk«, formuliert der geistige Mentor des Romanschreibers, der alte Pfarrer von Torcy, einen ähnlichen Gedanken wie Jutta, der bereits vor achtzig Jahren auf Verwunderung stieß: »Du wirst mir sagen, das sei eine zu wenig theologische Begriffsbestimmung. Meinetwegen!« Und genau wie Jutta verweist der Pfarrer von Torcy auf die Ödnis gewöhnlicher Gottesdienste, die nur Gähnen hervorriefen, und den Katechismus, der die Lust an der Religion erst recht austreibe. Dabei müsse sich die Kirche nur der ersten Kindheit erinnern, die wir als so süß und so strahlend erlebt haben, ob wir auch wehrlos gegen Schmerz, Kummer und Krankheiten, auch ganz abhängig gewesen sind: »Eben aus dem Gefühl seiner Ohnmacht deckt sich das Kind in aller Einfalt den Urgrund seiner Freude auf. Es hält sich an die Mutter, du verstehst?«

Außerhalb der Kirche bleibe ein Volk immer ein Volk von Enterbten, ein Volk von Findelkindern. In der Kirche hingegen erfahre der Mensch – könnte er es erfahren, wenn die Messen nur nicht so langweilig, der Katechismus nicht so trocken wäre! –, daß er ein Kind Gottes ist. Er könnte mit diesem Wissen im Schädel leben, mit dieser Beruhigung sterben – und das wäre nicht etwas Erlerntes, das würde sich als Grundvertrauen durch die alltäglichen Verrichtungen, die Zerstreuungen und die Vergnügungen, ja die allergewöhnlichsten Bedürfnisse ziehen und sie beleben. Der Bauer würde weiter in der Erde scharren, der Gelehrte sich über seine Tafeln beugen, der Ingenieur seine Apparate herstellen, jeder trüge trotzdem weiter sein Teil an Scherereien, Hunger und Durst, Elend und Eifersucht – aber eine andere Kirche als die bestehende nähme den Menschen das Gefühl der Verlorenheit. Wer nicht an den lebendigen Gott glaubt, möge sein Stiefelchen vor den Kamin stellen in der Hoffnung auf Erfüllung; der Teufel habe es schon über, einen Haufen mechanisches Spielzeug hineinzulegen, das ebenso rasch aus der Mode komme, wie es erfunden worden sei, zuletzt nur noch winzige Päckchen Kokain, Heroin oder Morphium, das ihn nicht viel koste. »Die armen Kerle! Sie werden sogar an der Sünde keinen Spaß mehr haben! Spaß haben ist nämlich gar nicht so einfach. Während das schäbigste Ding zu zehn Centimes einen Jungen ein ganzes Jahr lang entzückt, wird ein Wackelgreis vor einem Spielzeug zu fünfhundert Franken zu gähnen anfangen. Warum? Weil er den Kindersinn verloren hat. Nun ja! Die Kirche hat von Gott den Auftrag erhalten, der Welt diesen Kindersinn, diese Unbefangenheit und unberührte Frische zu bewahren.«

Der Lektor hat ja recht, daß die Bücher allmählich überhandnehmen. Aber was hilft's, wenn mich die Literatur am Ende doch mehr interessieren wird als das, was wirklich geschieht? Und bei Bernanos wird hinzukommen, daß ich ihn vorher nicht kannte und erst einmal zu Ende lesen will.

– Lesen Sie ihn zu Ende, wird der Lektor schimpfen, legen Sie Jutta beiseite, solange Sie wollen, aber behelligen Sie uns nicht mit allem, was Ihnen wichtig ist.

Doch, werde ich denken, während der Lektor mit seiner üblichen Standpauke fortfährt, genau das soll der Roman sein, den ich schreibe, alle Romane, das ganze Leben: was mir jetzt wichtig ist.

Nun denn: Das Heidentum sei kein Feind der Natur, räumt Bernanos ein, aber nur das Christentum verleihe der Natur Größe, setze sie in das richtige Verhältnis zum Menschen, zu dem, was sich der Mensch erträumt. Nur die Kirche – eine andere Kirche, eine, die Jutta auf anderen Plätzen, aber ähnlichen Worten predigt –, nur die Kirche verfüge über die Freude, über den ganzen Anteil von Freude, der dieser traurigen Welt beschieden sei. Was man gegen die Kirche tue, habe man gegen die Freude getan. »Hindere ich euch etwa daran, die Verschiebung der Tag- und Nachtgleichen zu berechnen oder Atome zu zertrümmern? Aber was würde es euch helfen, wenn ihr sogar das Leben künstlich herstellen könntet und hättet den Sinn für das Leben verloren? Es bliebe euch gar nichts übrig, als euch vor euern Retorten eine Kugel durch den Kopf zu jagen. Ihr könnt so viel Leben herstellen, wie ihr nur wollt – das Bild, das ihr vom Tod bietet, vergiftet nach und nach das Denken der armseligen Menschen, verdüstert es und läßt allmählich ihre letzten Freuden verbleichen.

Es geht noch so lange gut, wie eure Industrie und euer Kapital euch gestatten, aus der Welt einen Jahrmarkt zu machen, mit Maschinen, die sich mit schwindelerregender Geschwindigkeit drehn, unter Blechmusikgetöse und Feuerwerksgeknatter. Aber wartet nur, wartet nur auf die erste Viertelstunde Schweigen! Dann werden die Menschen das Wort hören. Nicht das Wort, gegen das sie sich gesträubt haben, das Wort, das da ruhig sprach: ›Ich bin der Weg, die Wahrheit und das Leben‹, sondern jenes Wort, das aus dem Abgrund heraufsteigt: ›Ich bin die auf ewig verschlossene Pforte, die Straße ohne Ziel, die Lüge und die Verdammnis.‹«

– Ich find das spannend, wird Jutta dem Lektor widersprechen, der behauptet, daß Bernanos nichts mit christlichem Tantra zu tun hat, sofern es so etwas überhaupt gibt: Nein, ich find's richtig gut.

Die Konsumkritik gefiele ihrem Mann auch.

Ihrem Mann zuliebe, weil sie sah, daß die Wochenendtrips immer wieder aus einem anderen Grund verlegt wurden und sich nach dem ersten Vormittag, den sie sich immerhin frei nahmen, kein zweiter ergab, weil sie sah, daß er sich abzufinden begann mit dem, was er an ihr hatte, und mit dem, was die Ehe offenbar nicht mehr bot, weil sie ihn glücklich sehen wollte, glücklich mit ihr, las sie sich selbst in die indische Religiosität ein, von welcher der Workshop nur einen ungenügenden oder ganz falschen Eindruck vermittelt hatte. Aber nicht nur ihm zuliebe: Sie selbst sehnte sich nach den

Ekstasen zurück, die sie sich früher regelmäßig bereiteten, und nicht allein den Ekstasen, genauso den anderen Auszeiten, daß sie mal wieder zu zweit tanzen gehen würden, in ein Konzert und dergleichen, mal im Café frühstücken und sich in den Zeitungen festlesen oder auch nur mal mit Blumen begrüßt zu werden, davon waren nur noch Reminiszenzen geblieben, hier ein Spaziergang zu zweit, dort eine Kinovorstellung um sieben, weil die Babysitterin am nächsten Morgen zur Schule mußte, alle paar Monate ein Abendessen mit Kollegen, um die Illusion eines Privatlebens aufrechtzuerhalten, und dann gab es als Gesprächsstoff doch nur die Krankenkassen oder allenfalls noch die Kinder, wenn es keine Kollegen, sondern zur Abwechslung andere Eltern waren, die als Freunde herhielten. Von dem politischen Einsatz war schon gar nicht mehr die Rede, seit die Tage nur noch aus Arbeit, Haushalt und seinem Sport bestanden, mit dem er die verbliebene Zeit totschlug. Sie kämpfte gegen ihre ständige Müdigkeit, das Schlafengehen schon vor den *Tagesthemen*, was er fast so spießig wie Eifersucht fand, egal wie früh er am nächsten Morgen aufstehen mußte, und war nicht länger bereit, die Wochenenden allein mit den Kindern zu akzeptieren, weil der andere Dienst hatte, oder die Wochenenden im Dienst, wenn der andere mit den Kindern war. Und was sie im Bett taten, wenn sie sich so lang wach gehalten hatte oder er nach den *Tagesthemen* ausnahmsweise kein Buch zur Hand nahm, war beim besten Willen nicht mehr Liebemachen zu nennen.

Daß sie zustimmte, die Praxis zu kaufen, die seine Eltern aufgetan hatten, hing auch mit der Aussicht auf Großeltern zusammen, bei denen die Kinder übers Wochenende blieben. Ihn dagegen lockte vor allem die Aussicht, im Grünen zu wohnen, mochte es auch nur das deutsche Mittelgebirge sein. Heute denkt sie, daß es vielleicht besser gewesen wäre, sie hätte den Dingen ihren Lauf gelassen, den so viele Ehen in ihrer Bekanntschaft nahmen; jung, wie sie waren, in der Großstadt, in der sie noch wohnten, hätten beide einen anderen, passenderen Partner finden können. Aber wenn sie sich bei dreißig Terminen am Tag wieder so scheißeinsam fühlt, ungeliebt, unverstanden, ungesehen, fallen ihr jedesmal die Kinder ein, die ihr schon damals einfielen, jedesmal, wenn sie sich die Trennung konkret ausmalte, und nie fällt ihr das Unverzeihliche ein, das ihr schon damals nie einfiel, weil er bei ruhiger Betrachtung nicht das Monster ist, zu dem sie ihn in ihren Wutausbrüchen macht, und heute kommt das Wissen hinzu, was aus den Scheidungen in ihrem Bekanntenkreis folgte: ein anderes, passenderes Leben nicht. Allerdings könnte Juttas Ehe genausogut den Geschiedenen als Beleg dienen, daß sie trotz allem richtig entschieden haben.

Wenn ihr Mann die Spülmaschine einräumt, ein nagelneues Gerät mit eigener, horizontaler Ablage für das Besteck, damit unten mehr Teller hineinpassen, räumt er zunächst alles aus, was Jutta falsch eingeräumt hat. Er spricht es nicht an, aber sie bemerkt natürlich, wenn sie das saubere Geschirr ins Regal stellt, daß jeder Teller entsprechend seiner Größe und seinem Volumen, ob tief oder gerade, jedes hohe Glas und jede niedrige Tasse, alles Besteck und die langen Holzlöffel, Schneidemesser oder Suppenkellen exakt an dem Platz stehen, den der Hersteller vorgesehen hat, auch jeder Zwischenraum in der unteren Ablage für ein weiteres Glas oder sei es einen Eierbecher genutzt worden ist, wobei der Eierbecher nicht an einem beliebigen Ort der unteren Ablage eingerückt werden kann, weil er sonst zwischen den Stäben des Ablagenbodens hindurchrutscht, und Juttas Mann die Teller, wenn jemand Eier gegessen hat, so anordnet, daß die Lücke für den Becher exakt über einem der Stäbe frei wird. Wenn es sein muß, räumt er sogar das schmutzige Geschirr wieder aus, das er selbst eingeräumt hat, um noch die Eierbecher zu plazieren. Und klar, die die Eier liebt, ist Jutta, ihr Mann lebt praktisch ja vegan.

Sie gibt zu, daß mindestens ein Viertel mehr Geschirr in die Spülmaschine paßt, wenn ihr Mann es einräumt, oder doppelt so viel. Töpfe, obwohl der Hersteller sie ausdrücklich vorgesehen hat, stellt Jutta schon gar nicht mehr hinein, weil sie weiß, daß ihr Mann sie schmutzig herausholen würde, um sie mit der Hand zu spülen, die Platzverschwendung sieht er einfach nicht ein; auch müßte die Spültemperatur auf fündundsechzig Grad gestellt werden statt auf fünfundfünfzig oder bei leichteren Verschmutzungen sogar nur fünfundvierzig, damit die Töpfe in der Maschine sauber werden, der höhere Stromverbrauch käme also hinzu. Wenn sie daran denkt, daß der Streit im Besetzten Haus darum ging, daß niemand gespült hat, und jetzt regt sie sich über den Spülfimmel ihres Mannes auf, muß sie selbst lachen. Ihr Mann hat nicht ganz unrecht, daß sie das Geschirr nach dem Vorbild ihrer Schuhe in die Maschine schmeißen würde, wenn sie allein wäre, jetzt nicht die Gläser natürlich, aber das Besteck schon. Man müsse die Löffel, Gabeln und Messer auch gar nicht einzeln zwischen die Stäbe schieben, sagt sie so, als müsse ich es genauso wichtig finden wie sie. Lose auf der Besteckablage ausgelegt, würden sie genauso sauber werden, sie habe es heimlich schon probiert.

– Heimlich? frage ich: Du räumst allen Ernstes heimlich die Spülmaschine ein aus Angst vor deinem Mann?

Heimlich sei das falsche Wort, beruhigt Jutta mich, sie meine einfach: als ihr Mann nicht da war, und nicht, weil er mit ihr geschimpft, sondern weil er das Besteck in die dafür vorgesehenen Fächer gesteckt hätte, ohne etwas zu sagen.

»Sie wissen nichts vom Leben«, bellt die Gräfin den Landpfarrer an: »Ach Gott, ihr Priester macht euch vom Familienleben eine kindliche und widersinnige Vorstellung. Es genügt schon«, sie lacht bitter auf, »euch bei Beerdigungen zuzuhören. Familieneintracht, geachteter Vater, unvergleichliche Mutter, trostreicher Anblick, Zelle der Gesellschaft, unser liebes Vaterland und so weiteres Papperlapapp ... Nicht das ist seltsam, daß Sie derlei sagen, sondern daß Sie denken, Sie rührten damit die Herzen, und daß Sie es mit Vergnügen sagen. Die Familie, Herr ...« Abrupt hält die Dame inne, als schlinge sie buchstäblich ihre Worte hinunter.

Wie? wundert sich der Pfarrer, ist das dieselbe zurückhaltende sanfte Gattin, die bei seinem ersten Besuch auf dem Schloß mit ihrem nachdenklichen Gesicht unter dem schwarzen Spitzentuch im großen Sessel gelehnt hat? Selbst ihre Stimme scheint eine andere zu sein, sie beginnt zu kreischen und zieht die letzten Silben in die Länge, als ihr bewußt wird, daß sie ihre Beherrschung verloren hat. Der Pfarrer ist ratlos, wie er auf den furiosen Ausbruch einer Frau reagieren soll, die ihm bisher die Dezenz in Person zu sein schien; ja, der Zwiespalt zwischen dem friedlichen Haus und den heillosen Tiraden versetzt ihn in solchen Aufruhr, daß er selbst zu stammeln beginnt.

Beim Abschied fragt er die Gräfin, ob ihr Mann recht hat. Es wird in dem Roman, den ich schreibe, nicht darauf ankommen, um welche Angelegenheit es geht, wichtig ist die Frage: Findet sie, daß ihr Mann recht hat? Die Gräfin wirft ihren Kopf zurück, und das Geständnis steigt blitzartig aus ihrer unversöhnlichen Seele auf: Ihr Blick, der bei der Lüge ertappt wird, sagt »Ja«, während die unwiderstehliche Regung ihres Inneren aus dem halbgeöffneten Mund ein »Nein« hinausschleudert. Allein, hier vertut sich Bernanos, oder gut, er vertut sich nicht, meinetwegen, er schildert etwas anderes, etwas, das leichter zu verstehen ist: Bei ihm will die Frau »Ja« sagen, merkt aber, daß sie bei der Lüge ertappt wird, und schreit ungewollt »Nein«, ihr Mann hat nicht recht, hat nie recht, schreit »Nein« zu ihrer Ehe, zu ihrem Leben, wie es geworden ist. Andersherum wäre es komplizierter, undurchschaubar und damit näher an unsrer, jedenfalls meiner Erfahrung: Die Gräfin müßte »Nein« lügen wollen, aber ein »Ja« herausschleudern, blitzartig aus unversöhnlicher Seele »Ja« zu ihrer Ehe, zu ihrem Leben, wie es geworden ist. Auch dann, gerade dann könnte der Landpfarrer richtig fortfahren: »Haß innerhalb einer Familie ist der allergefährlichste, weil er sich nicht auf einmal befrieden läßt, sondern in einem ständigen Zusammenleben sich auswirkt. Er ähnelt offenen Geschwüren, die allmählich und ohne Fieber vergiften.«

Er war einmal so verwegen – Jutta findet spontan kein anderes Wort.

Ich sage nichts, damit sie von allein fortfährt.

So voller Überraschungen, so witzig auch, wirklich zum Schießen, albern, verblüffte sie anfangs Tag für Tag. Er war nicht so schroff, war diszipliniert, ja, aber schlief auch mal aus. Er war unsicher, richtig schüchtern, besonders am Anfang. Die Leute im Gemeindehaus und auch die Kollegen liebten ihn, alle liebten ihn, er konnte so gewandt sein, nicht wie ein trockener Deutscher, und dabei hatte er diesen sehr deutschen Akzent, mit dem er ungerührt Paco de Lucía sang, dieses *ay*, das er immer wie das deutsche Ei aussprach, also ohne den Konsonanten am Ende, den die Flamencosänger zelebrieren, *ayyy*, sondern *ei* kurz wie das Ei, zum Schießen wie gesagt, vor allem abends auf der Veranda, wenn die Kollegen sein Ei hörten, *Ei gran Amor, Ei tus ojos cerrados,* er spielte damit auch. Einmal sprang er auf, legte die Gitarre beiseite und tanzte mit schnippenden Fingern und klappernden Sohlen, nur eben mit dünnem *Ei Ei Ei* wie eine Hausfrau am Ofen statt tremoliertem *ayyyyayyyayyy*, da lagen alle am Boden vor Lachen. Er war auch zärtlich. Sie hatten Spaß, wirklichen Spaß, das war nicht nur der Sex. Heute findet sie ihn oft so verbittert, so hart auch gegen sich selbst. Regelrecht unausstehlich findet sie ihn manchmal, mit seiner ewigen Besserwisserei. So war er doch nicht. Und sie fragt sich, wenn das die Entfernung ist, die ein Charakter in fünfundzwanzig Jahren zurücklegt, vom Ende der Jugend bis zum Beginn des Alters, dem er, dem sie beide schnellen Schritts sich nähern, wenn das der Mensch ist, zu dem er geworden ist, an ihrer Seite, zu dem auch sie ihn dann wohl gemacht hat, wenn man in fünfundzwanzig Jahren so wird, so verbissen und selbstgerecht, dogmatisch und humorlos, daß er nicht einmal über die Müslischale lächeln kann, die zum fünfundachtzigsten Mal halbvoll auf dem Sofatisch stehengeblieben ist, mein Gott, sondern einen Streit anzettelt wegen einer Müslischale, das muß man sich vorstellen, oder waren es heute die Chipstüten?, stimmt, heute waren es die drei offenen Chipstüten, über die er sich aufregte, wo er sich vor fünfundzwanzig Jahren über den Imperialismus aufregte und die Ausbeutung der Dritten Welt, oh, jetzt wird sie ungerecht, sie merkt es, aber war es nicht so?, hatten sie nicht über wichtigere Themen gestritten?, über Gott, stundenlang über Gott, den er nicht einsah und den sie fühlte, über gemeinsam gelesene Bücher und vor allem über Politik, weil er ihr immer schon zu links war und er sie für naiv hielt, versöhnlich auch gegenüber ihren und seinen Eltern, die ihn für einen Verfassungsfeind hielten und dennoch stolz waren auf seine Selbstlosigkeit, daß er die Indios behandelte, statt Karriere zu machen, sich mit einem Zimmer zufriedengab, das in Deutschland kaum als Gefängniszelle durchginge, auch die Streitereien mit ihr, damals hatten sie noch Themen, er war auch da unbeirrbar, hatte immer schon eine Mission, während er heute Sonnenkollektoren aufs Dach stellt oder mit seinem Elektroauto angibt, obwohl es ihn nicht einmal in die nächste Großstadt bringt, aber dort will er sowieso nicht mehr hin, nein, will sowieso nirgends mehr hin, sondern wird die Menschheit von Jahr zu Jahr noch mehr verachten, die sich nicht um seine Einsichten schert, o Gott, jetzt wird sie wieder ungerecht, nein, er bemüht sich immer noch, nahm sich erst letztes Jahr zwei Wochen frei, um in der Türkei Flüchtlinge zu behandeln, wer macht denn schon so was?, aber könnte sich doch auch mal für sie frei nehmen, die Kinder groß genug, daß sie mal wegfahren, muß kein Romantikhotel sein, es geht ihr nicht um Komfort, es geht um die Gemeinsamkeit, die ihnen abhanden gekommen ist, wieder zu zweit was entdecken, anstatt jeden Urlaub in die Berge, wo sie ihn nur von hinten sieht, weil er zu schnell marschiert, aber auf die Idee kommt er gar nicht mehr, zu zweit, müßte sie nur mal in den Arm nehmen, sie einfach nur beachten, obwohl, jetzt wird sie wieder ungerecht, es ist wie eine Krankheit, daß sie an ihm zwanghaft das Negative sieht, obwohl sie weiß, daß er recht hat, ja, er hat ihr den Rücken freigehalten, als sie die Doktorarbeit schrieb, war aufopferungsvoll, als sie Krebs hatte, ja, Krebs, Gott sei Dank früh erkannt, stand ihr zur Seite über Monate, und sie sieht immer nur den einen Nachmittag, an dem er die Sprechstunde nicht abgesagt hat, obwohl ihr Vater gestorben war, sieht seine zwei Affären und nicht, wie schnell sie beendet waren, innerhalb von Tagen, von Stunden, eigentlich nur zwei Flirts, sagt sie sich selbst, lächerlich, und sie sagt, daß er voller Wärme eigentlich ist, daß er gut ist, nur halt nicht mehr so oft zu ihr, oder zeigt es ihr nicht so oft, scheint eher mit seinen Kindern verheiratet zu sein, hielt die Ehe immer schon für überholt und Zweisamkeit für so reaktionär, daß ihm das Händchenhalten selbst im Urlaub schwerfällt, aber wann zeigt sie's ihm?, aber warum sollte sie's ihm auch zeigen und wann, wo er sie nicht einmal zu einem Essen begleiten mag, das für ihre Wiederwahl wirklich wichtig ist, ihm offenbar auch egal ist, wenn die Männer sie anstarren, diese feisten, satten Männer, zwischen denen sie als einzige Frau im Lions Club saß, mit ihren anzüglichen Witzen, die natürlich ganz ohne Bezug zur Frau Bürgermeisterin waren, die Frau Bürgermeisterin versteht schließlich Spaß, gut, wenn sie die sieht, die nicht älter sein müssen als ihr Mann, wenn sie diese fetten Säcke mit ihren vergoldeten Ärschen sieht und dem neuen SUV auf dem Kundenparkplatz des Feinschmeckerrestaurants, die sich beim vierten Gang mit der Verteilung von zweitausend Euro befassen, damit der Abend steuerlich absetzbar wird, oder dem weißen Cabriolet, in dem sie ewig jung tun, die sich mit wer weiß was für Beschwörungen darauf einlassen, mal nach einem Ausbildungsplatz für die neuen Afghanen zu schauen, und wenn sie von der Bürgermeisterin selbst ordentlich bekniet werden, mit was für blöden Bemerkungen auch, Deutschland kann nun einmal nicht alle Mühseligen und Beladenen aufnehmen, und wie läßt sich ausschließen, daß Terroristen unter ihnen sind?, auf was für Argumente sie sich da einlassen muß, auf welchem Niveau, damit die Säcke ein paar Münzen für gebrauchte Fahrräder hinwerfen, die der Hilfsverein, den es im Städtchen immerhin auch gibt, anschaffen will, und für die Schulhefte und Turnschuhe und Arztrechnungen und Spielzeuge, die das Sozialamt trotz aller Anträge auf Bundesebene immer noch nicht übernimmt, wobei ihr Mann das stets kostenlos macht, illegal, wenn es sein muß, aber wenn selbst die Frau Bürgermeisterin ein Auge zudrückt, weil sie sieht, daß es anders nicht geht, nein, das macht er noch alles, das macht er für andere, auch mit den Kindern, da ist er immer noch lustig und auf seine Weise immer noch verwegen, traut ihnen was zu, viel mehr als sie, die Kinder lieben ihn ja, sind stolz, einen solchen Papa zu haben, gehen mit ihm auf Fahrradtour oder in die Berge zum Wandern, worauf sie meistens keine Lust oder gerade keine Zeit hat, weil noch jedes verlängerte Wochenende durch mindestens einen Termin zerstört wird, den sie nicht absagen kann, nein, die Kinder würden ihn nicht dogmatisch, verbissen, humorlos finden, die Patienten sind ebenfalls voll des Lobs, aber wieso ist er dann zu ihr so geworden, etwa nur zu ihr?, so wie sie buchhalterisch geworden ist, aber genau betrachtet auch nur ihm gegenüber, so schnell aufbrausend und aus nichtigen Gründen beleidigt, schreibt ihm, ohne es je ausgesprochen zu haben, ohne es als Medizinerin selbst glauben zu können, dennoch eine Mitschuld für ihre Krankheit zu, nein, von der nichts übriggeblieben ist, alles okay, bloß noch Kontrollen, während das ganze Städtchen sie für ihren Charme lobt und bei der nächsten Wahl die absolute Mehrheit drin ist. Sie tun sich nicht gut, nein, sie beide tun sich nicht gut, sie nicht ihm und er auch nicht ihr.

Da gehe ich um den Sofatisch herum und nehme Jutta endlich in den Arm.

Neben ihrem Sessel kniend, streiche ich Jutta sanft über den Kopf, den sie auf meine Schulter gelegt hat. Obschon ich mich sorge, daß ihr Mann ins Wohnzimmer tritt, kann ich die Umarmung unmöglich selbst auflösen; ich muß warten, bis Jutta sich beruhigt hat und ihren Kopf wieder hebt. Es geht schon wieder, wird sie vermutlich sagen, sich bedanken oder beteuern, daß sie froh über unser Wiedersehen sei, sie wird ein Taschentuch hervorholen oder ihren Ärmel oder ihren Handballen nehmen, um sich notdürftig die Augen zu trocknen und die Wimperntusche wegzuwischen, die sicher verschmiert ist. Dann wird sie die Lippen zu einem möglichst tapferen Lächeln ausbreiten, und aus zwei kleinen Schlitzen werden ihre Augen ein wenig leuchten trotz allem. Sie hat mich noch nie so angesehen, angelächelt natürlich schon, aber nicht mit diesem tränenfeuchten Blick, und doch kenne ich diesen Ausdruck ihres Gesichts, habe ihn wie ein Photo vor Augen, während ich spüre, daß auf der rechten Schulter mein Hemd benetzt wird. Ich kenne ihn von meiner geschiedenen Frau, exakt denselben Blick, der zugleich Wehmut und das Bemühen signalisiert, sich nicht unterkriegen zu lassen, für den Trost dankt und zugleich die Gefühle entschuldigt, die ungewollt hervorgebrochen sind, kenne den Blick von anderen Gesichtern, aus dem Fernsehen, dem Kino. Plötzlich denke ich an die Bewegung mit dem Schuh, als sie ihren Unterschenkel in Richtung des Pos hob und den Oberkörper gleichzeitig drehte und beugte, wie sie mit zwei Fingern den Stöckel hielt, die Ferse aus dem ebenso eleganten Schuh hob, leicht wie eine Tänzerin den Unterschenkel nach vorn warf und der Schuh vom Fuß flog. So kennzeichnend die Bewegung mir für Jutta schien, so gültig sich darin ihre souveräne Weiblichkeit ausdrückte, die mich als Fünfzehnjährigen aus der Bahn geworfen hat, aber mir trotz oder wegen ihres unübersehbar begonnenen Alterns erst heute abend vollkommen vorkam – ich kannte die Bewegung irgendwoher und werde glauben, daß der Leser sie ebenfalls vor Augen hat, nicht weil er sie im Roman so gut dargestellt findet, nein: Er kennt die Bewegung ebenfalls irgendwoher. Die Bewegung gehört nicht Jutta, nicht Jutta allein.

Milan Kundera, der als Ausländer die französische Tradition der Liebeskunde am überzeugendsten weiterführt, entwickelt einen ganzen Roman aus einer weiblichen Geste, die, so charakteristisch, singulär und auch zauberhaft sie zunächst anmutet, dem Romanschreiber mehrfach begegnet ist: »Sie drehte ihm im Gehen den Kopf zu, lächelte und warf den rechten Arm fröhlich in die Luft, leicht und fließend, als würfe sie einen bunten Ball in die Höhe.« Dem Romanschreiber krampft sich das Herz zusammen, als er die Geste, die zu einer jungen Frau gehört, identisch bei einer älteren Dame wiederentdeckt, die nach der Schwimmstunde im Zurückschauen dem Bademeister zuwinkt, während sie zu den Umkleidekabinen geht, denn er fragt sich, ob der Mensch etwa kein einzigartiges, unwiederholbares Wesen sei, wenn eine Geste, die er mit einem bestimmten Menschen identifiziert, die diesen Menschen charakterisiert und seinen persönlichen Charme ausmacht, zugleich zum Wesen eines anderen Menschen gehören kann. Das bringt ihn auf eine Überlegung: »Wenn von dem Moment an, da der erste Mensch auf der Erdkugel erschienen ist, ungefähr achtzig Milliarden Menschen über die Erde gegangen sind, ist es wenig wahrscheinlich, daß jeder einzelne über ein eigenes Repertoire an Gesten verfügt. Das ist arithmetisch unmöglich. Zweifellos gibt es auf der Welt viel weniger Gesten als Individuen. Diese Feststellung führt uns zu einem schockierenden Schluß: die Geste ist individueller als ein Individuum.«

Ich knie neben einer etwa fünfzigjährigen Frau, die den Kopf auf meine Schulter gelegt hat, einer Frau, die einmal meine große Liebe war, jedoch mit einem anderen Mann verheiratet ist, unglücklich verheiratet, muß ich dem Gesagten nach schließen, und trotzdem liebt sie ihn zweifellos, mag sie selbst oft das Gegenteil fühlen, sie liebt ihn, das ist für mich keine Frage, und er liebt sie erst recht, es ist eine der seltsamsten, verblüffendsten, aufwühlendsten Situationen meines Lebens, und doch müssen vor mir andere Männer in exakt der gleichen Körperhaltung eine Geliebte getröstet haben, die einen anderen Mann unglücklich liebt, und ihnen werden dieselben schmerzlichen und zugleich so unsinnigen Hypothesen durch den Kopf geschossen sein, das Was-wäre-gewesen-wenn, das unsere Erinnerung verdirbt, und Ob-nicht-vielleicht-doch, das uns von der Gegenwart fernhält; genausowenig gehört das tränenverhangene Lächeln, das Jutta mir bestimmt gleich zuwerfen wird, oder der Stöckelschuh, den sie vom Fuß geworfen hat, ihr allein. »Denn eine Geste läßt sich weder als Ausdruck des Individuums noch als dessen Schöpfung betrachten (kein Mensch kann eine vollkommen originelle und nur zu ihm gehörende Geste kreieren), ja nicht einmal als dessen Instrument; im Gegenteil: es sind die Gesten, die uns als ihre Instrumente, ihre Träger, ihre Verkörperungen benutzen.«

Gilt das nicht für unsere Gefühle und Erlebnisse ebenso? Daß wir sie in Romanen wiederfinden, die vor hundert oder zweihundert Jahren geschrieben worden sind, wäre anders nicht zu erklären. Es ist nicht allein tröstlich, es berührt uns nicht bloß, nein, mindestens unbewußt schmeichelt es uns auch, wenn wir bei Balzac oder Proust auf einen Satz oder eine Seelenschilderung stoßen, die nur uns zu meinen scheint, mit der Genauigkeit eines O-Tons unsere eigene Empfindung und Sicht ausdrückt. Die kleinen persönlichen Belange steigen gleichsam zu etwas Universalem auf. Abziehbilder derselben Gefühle und Erlebnisse finden wir freilich in den Illustrierten wieder, und das kränkt unsere Eitelkeit sehr. Was uns so besonders vorkommt, unser innerstes Wesen und aufwühlendstes Erleben, wird nicht zu etwas Allgemeinem veredelt, sondern erweist sich als ziemlich gewöhnlich. Erschreckend an der Ehetherapie, der meine Frau und ich uns vergeblich unterzogen – ich wette, Jutta und ihr Mann haben ebenfalls eine Therapie oder mindestens eine Beratung oder eine Mediation hinter sich, das ist bei Ehen ab der Mittelschicht fast eine Norm –, erschreckend war nicht das Resultat. Daß unsere Ehe nicht zu retten war, damit hatten wir beide gerechnet (und das war womöglich selbst ein Grund für das Scheitern, das die Therapeutin uns als Lösung verkaufte). Erschreckender noch war, daß selbst die heimlichen Begehren und intimsten Erfahrungen, das Thema unserer Erwartungen und Enttäuschungen, unsere sexuellen Versuche, die dauernden Mißverständnisse, weil wir ein und denselben Satz komplett gegensätzlich verstanden, und überhaupt die fatale Verlaufsform unserer Kommunikation, die Gewohnheiten, die meine Frau an mir störten, genauso wie ihre Eigenschaften, über die ich mich aufregte, ihr Selbstmitleid und meine Rechthaberei, ihre Gefühlsduselei und mein ständiges Bemühen um Rationalität, wo es nun einmal nicht um den Verstand geht, unser Trotz und vor allem die Gemeinheiten, zu denen wir uns hinreißen ließen, obwohl wir sonst halbwegs anständige Mensch zu sein glauben, unsere Lieblosigkeit, die wir jeweils mit der Lieblosigkeit des anderen erklärten – daß beinah alles, was unsere Ehe ausmachte, für die Therapeutin alltäglich war und in den Büchern, die sie uns zu lesen aufgab, in Form von Fallbeispielen auftauchte. Selbst die Litanei, die Jutta den ganzen Abend vorbringt, und wie sie sich bei ihrer eigenen Ungerechtigkeit ertappt oder ihren Mann zum Alleinschuldigen macht, der ihre reinen Gefühle bloß nicht zu würdigen wußte, kein Wunder, daß sie sich durch Kälte geschützt hat, all die Vorwürfe, die sie erhob, daß er nicht mehr zärtlich zu ihr sei, sie keine Gemeinsamkeiten mehr hätten, dieser ganze Einfallsreichtum, den sie an den Tag gelegt haben, um das Begehren noch irgendwie zu bewahren, und daß er sich liebevoll ausschließlich den Kindern noch zeige, so dogmatisch und besserwisserisch geworden sei und nicht mehr, sag bloß, ihr jugendlicher Held, das hätte ähnlich meine Frau über mich sagen, in manchen Sätzen gar ein O-Ton von ihr sein können. Und dann läßt sie, die ihren Individualismus bis hin zum christlichen Tantrismus und damit zu einer Spielart der Sexualität treibt, die weit erlesener ist als Feeden, Objektophilie oder Kultursodomie, dann läßt Jutta ausgerechnet ihre Zahnlücke schließen, die sie unter achtzig Milliarden Menschen besonders gemacht hat.

Die Hand, die sanft über den Kopf streicht, könnte ihre Haare kraulen. Das wäre ein Signal und doch so unverfänglich, daß die Umarmung eine bloß freundschaftliche oder geschwisterliche bliebe, wenn sie ihren Kopf höbe und sagte, daß es schon wieder geht. Als hätte sie die Ankündigung nicht bemerkt, die sehr wohl in meiner Geste läge, könnte sie sich immer noch für meinen Trost bedanken oder beteuern, daß sie froh über unser Wiedersehen sei. Verharrte jedoch ihr Kopf auf der Schulter, dann glitte meine Hand nach Ablauf ihrer Bedenkzeit hinab und bürstete den Haaransatz gegen den Strich; das Kribbeln, das sie fühlte, wäre um so angenehmer, als der Nacken unter dem kinnlangen Deckhaar beinah ausrasiert ist. Besonders sorgsam lotete ich die Kuhle oberhalb des obersten Halswirbels aus, wo sich die Sehnenstränge entzweien, erkundete von dort ihren übrigen Hals.

Auch jetzt noch könnte sie sich zurücklehnen, ohne daß mehr als eine Irritation zurückbliebe, zu geringfügig, als daß man sie ansprechen müßte, zumal ich die Bewegung anfangs kräftig genug ausführte, damit sie als wohltuend durchginge, immerhin wird ihr Genick von der Aufregung und dem langen Sitzen tatsächlich verspannt sein. Ich verstehe auch ein bißchen was von Massage, würde ich behaupten, obschon nur der konventionellen Art, und wenn sie dann wieder ihr überlegenes Schmunzeln aufsetzte, würde ich verschmitzt lächeln wie ein Bub.

Bliebe ihr Kopf jedoch liegen, dann begännen die fünf Finger der anderen Hand, der linken, die bisher regungslos ihren Rücken hielt, hin und her über ihr Kleid zu streichen. Meine Rechte berührte ihren Hals nun eindeutig zärtlich und dränge bereits zu Stellen vor, am seitlichen Hals etwa oder sanft mit dem Daumen bis fast unter den Wangenknochen, die orthopädisch nun nicht so relevant sind. Die linke Hand gesellte sich dazu, damit ihr Kopf sich nicht verlassen fühlte, während die Rechte, die erprobtere, auf ihren Rücken hinabglitte, sodann unter ... nein, die Hand bereits unter ihr Kleid zu führen, müßte sie eindeutig als übergriffig verstehen; es könnte den Ablauf beschleunigen, ihr jedoch ebenso den Anlaß liefern, so spät noch den

Kopf zu heben, daß die Umarmung sich nicht mehr in Wohlgefallen auflösen ließe. Auf ihr Kleid also, auf ihr Kleid – die rechte Hand landete auf ihrem Kleid und streichelte durch den Stoff hindurch ihren Rücken und beide Seiten, ja, würde bereits nach vorn übergriffig in die Achselhöhle, in die leider keine Öffnung führt, weil das Kleid nicht ärmellos ist, während die zweite Hand, die linke, nun ebenfalls nach unten rutschte, um ihren Körper enger an meinen zu drücken. Eine der beiden Hände würde sich schließlich noch weiter hinabtasten, die zweite Hand wahrscheinlich, die linke, damit die Rechte die Stellung seitlich an der Brust behauptete; die Linke machte auf der Hüfte einen Halt, um noch eine letzte Bedenkzeit zu geben, und landete dann ausgebreitet auf ihrem Po.

Spätestens jetzt müßte sie reagieren, müßte entweder ihre Hände um mich schlingen, so daß kurz darauf unsere Münder nacheinander suchten, oder den Oberkörper zurückziehen und dann vermutlich aufstehen. Nicht zu reagieren wäre eindeutig die Zustimmung, daß ich ungeniert ihren Busen berühren, ihren Po stürmisch ergreifen und bald in den Spalt zwischen dem Sessel und ihrem Gesäß greifen darf, um mit der Hand noch weiter nach vorn zu dringen. Aber so passiv würde sie vermutlich gar nicht verharren, es paßte nicht zu ihr. Sie würde sich entscheiden, während die beiden Hypothesen spätestens jetzt ebenfalls durch ihren Kopf schwirrten.

Ob wir sie gelesen haben oder nicht, sind wir, genau gesagt die Männer unter uns, alle mit Thérèse Raquin aufgewachsen (und mit Anna Karenina, Werthers Lotte und so weiter in anderen Literaturen), also dem Traum einer Frau, die wir aus dem Gefängnis ihrer Ehe befreien, um mit ihr wild und gefährlich zu leben, wie es zu unserer Schulzeit auf den Postkarten immer hieß: »Ihr unbefriedigter Körper stürzte sich besinnungslos in die Wollust«, schreibt Zola über seine Thérèse: »Sie erwachte aus einem Traum, sie wurde zur Leidenschaft erweckt.« Und die Frauen – Leserinnen oder nicht, auch die Vorabendserien beruhen auf der literarischen Tradition, und ihre Trivialität besteht nicht in den Motiven, vielmehr darin, daß sie diese bis zur Besinnungslosigkeit wiederholen –, die Frauen tragen selbst im Alter noch das Bild eines Mannes mit sich, der sie nicht geregelt, sondern vorbehaltlos liebt. Es macht keinen Unterschied, daß Marguerite die vom Luxus verwöhnte Mätresse ist, Armand der junge Mann aus gutem Haus; die Verkehrung der sozialen Rollen verleiht Dumas' *Kameliendame* lediglich noch mehr Hautgout. Wichtig ist, daß der Liebhaber endlich ins Zimmer der Gebundenen stürmt, um sich ihr zu Füßen zu werfen, ihre Hände mit Tränen der Leidenschaft bedeckt und ruft: »Mein Leben gehört dir, Marguerite, was brauchst du diesen Menschen noch, du hast doch mich! Wie könnte ich dich je verlassen, und wie kann ich dir das Glück vergelten, das du mir schenkst? Nichts zwingt uns mehr, meine Marguerite, wir lieben uns! Was kümmert uns der Rest?«

Richtig, alle diese Romane enden tragisch: Bei Goethe bringt sich der Liebhaber um, bei Tolstoi die Ehefrau und bei Zola beide zusammen den Gatten. Vor der sexuellen Revolution hat die Literatur bestimmt nicht für den Ehebruch geworben. Gleichwohl hat sie nicht einfach gewarnt; Zola, Tolstoi, Goethe und so weiter haben zugleich einer Sehnsucht Ausdruck verliehen und uns damit eine Erwartung eingepflanzt, die, berechtigt oder nicht, die bürgerliche Ehe bis heute zersetzt. Ausgerechnet die Kameliendame sieht es ein, die außerhalb der bürgerlichen Gesellschaft steht: Stumm erträgt sie den Trennungsschmerz und noch die verzweifelte Verachtung des Geliebten, der das selbstlose Motiv ihres Rückzugs nicht kennt.

Dreißig Jahre habe ich mir die Zärtlichkeit vorgestellt, die jetzt zum Greifen nah ist, müßte die Finger der rechten Hand, die über ihren Kopf streichen, nur ein wenig krümmen, damit die freundschaftliche Geste in eine Liebkosung überginge, die sie entweder abwehren oder geschehen lassen würde. So oder so hätte sie dreißig Jahre später die Entscheidung noch einmal getroffen. Warum versuche ich es nicht? Daß sie sich nicht rasch aufgerichtet hat, als ich mich neben sie kniete und ihren Kopf zu meiner Schulter führte, ist vermutlich selbst ein Signal, daß sie die Zärtlichkeit bejaht, sie sogar erwartet. Nein, ich bin nicht mehr der unsichere Junge, sie nicht mehr die beinah erwachsene Frau. Das war ich anfangs, als Jutta mich am Büchertisch ansprach, und mehr aus Verblüffung als Überforderung. Jutta hat mir ihr Herz ausgeschüttet, ich ihr meins nicht, sie hat zuviel getrunken, nicht ich, hat bereits den zweiten Joint geraucht, über ihren Mann gelästert und von ihren sexuellen Praktiken erzählt, hat geweint, sich wiederholt und mich zu beeindrucken versucht, als sie über den Lions Club hergezogen ist, hat nicht bemerkt, wie hemmungslos ihr Selbstmitleid ist. Von mir weiß sie kaum mehr, als im Roman steht, und womöglich nur die Passagen, die ich gestern abend las; fragen werde ich sie nun nicht mehr, wenn sie partout nicht über ihre Lektüre spricht. Bestimmt hat sie nicht nur der Name gestört, den ich ihr im Roman gab; auch daß ich unsere Liebe größer gemacht habe, als sie aus ihrer Sicht wohl war. Aber wer sagt denn auch, daß ich es bin, der im Roman ich sagt – in dem, den ich geschrieben habe und den ich schreiben werde. Heute nacht hat sie von mir kaum mehr erfahren, als daß ich gut zuhören kann, und das gehört zu meinem Beruf, während Politiker offenbar mehr zu reden gewohnt sind.

Was hält mich ab, die Finger meiner rechten Hand zu krümmen und durch ihr Haar zu führen? Es ist nicht das berühmte Dilemma Swanns, der Odette in dem Augenblick gewann, als er sie zu lieben aufhörte – gewann, weil er sie zu lieben aufhörte, oder zu lieben aufhörte, weil er sie gewann. Trotz des unschönen Ausdrucks, den also auch Juttas Gesicht annehmen kann, halte ich sie weiter für eine hinreißende Frau und male mir aus, wie ein Leben mit ihr verlaufen wäre, ja: noch verlaufen könnte. Daß sie sich selbst bemitleidet, nun gut, das kennt jeder von sich. So wie sie sich den Verleger der Lokalzeitung warmhält, mache ich der Literaturkritikerin ein Kompliment. Überhaupt sehen wir dem oder der Geliebten alles nach, während das Nachlassen der Liebe eben dadurch definiert werden könnte, daß uns immer mehr Eigenschaften stören. Als ob ich sie lieben würde! Das Wort zeigt schon das nächste Hirngespinst an. Als ob Liebe sein könnte, was man als Fünfzehnjähriger eine Woche für ein Mädchen empfand. Aber sie gefällt mir, und mag das Begehren allein dadurch so groß sein, daß der Erfüllung eine dreißigjährige Erwartung vorausging. Und dann hat sie auch noch verheißungsvoll vom Sex gesprochen, hält jeden Menschen, dann also auch mich, zu einer Ekstase befähigt, die ich bislang nur in mittelalterlichen Traktaten angedeutet fand. Klar doch, am liebsten würde ich ihr die Kleider vom Leib reißen. Es ist nicht aus Angst, daß ich mich nicht einmal in ihr Haar vortaste. Wie gesagt, ich riskierte kaum etwas oder höchstens, daß ihr Mann ins Zimmer tritt oder, schlimmer, eines der Kinder, und diese Gefahr würde sie im Blick haben, nehme ich an, würde bei aller Leidenschaft, die ich mir ausmale, auf die Treppe achten, ob jemand herunterkommt, auf den Lichtschalter, dessen Klicken man im Wohnzimmer hört, weil er eine energiesparende Ausschaltfunktion hat. Ebensowenig ist es die Sorge, daß die Sehnsucht mit ihrer Befriedigung in Wehmut umschlagen würde.

So etwas weiß man, weil man es gelesen hat, aber man lernt daraus nichts.

Eher ist es etwas anderes: Während ich sie begehre oder jedenfalls ihren Körper, denke ich zugleich an den Roman, der, das weiß ich inzwischen, nicht von unserer Liebe handeln wird. Ergäbe sich jetzt noch ein Affäre oder gar mehr als ein Affäre, so unwahrscheinlich auch immer: ein Verhältnis, wäre ich nicht mehr unbeteiligt genug, um über ihre Ehe zu schreiben – schreiben zu wollen, zu können, zu dürfen. Bei aller Berechnung bin ich nicht das Arschloch, das man sein muß, damit sich Literatur alles erlaubt. Oder anders: Ich bin es, ich könnte es sein, wäre Jutta nicht. Wie immer sie heißt – sie hat einen Namen, der auf ihrem Grab stehen wird. Was der Romanschreiber wie Selbstmitleid aussehen lassen wird, zeigt mir nur, wie verzweifelt sie ist – oder betrunken? –, wenn selbst sie, die so stark und so selbstbewußt auftritt, sich zur Wehleidigkeit hinreißen läßt. Es wird ihr selbst peinlich sein oder ist es bereits, da sie sich in meinem Arm beruhigt zu haben scheint. Vielleicht wäre sie tatsächlich glücklicher mit mir; allein schon, daß wir keine zwanzigjährige Ehe mit uns herumtragen würden, zwanzig Jahre Alltag, zwanzig Jahre, in denen sich selbst die wahrhaftigste Liebe abgenutzt hätte, zwanzig Jahre voller Vorwürfe, von denen keiner, kein einziger je vergessen ist, während die guten Eigenschaften des anderen, seine Treue, seine Loyalität, ins Unterbewußte sickern, wenn sie nicht einfach in Luft aufgelöst sind, zwanzig Jahre voller Mißverständnisse, immer wieder erneuerter Versöhnungen, nicht erfüllter, nicht erfüllbarer Sehnsüchte und der Ernüchterung, die wir, obwohl die Ernüchterung sich auf alles erstreckt außer vielleicht die Kinder, unserem Mann, unserer Frau anlasten, weil das Leben selbst keine Antwort gibt.

Neben ihrem Sessel kniend, streiche ich Jutta unschlüssig über den Kopf, den sie auf meine Schulter gelegt hat. Mein Blick schweift durch das Zimmerdrittel, das ich aus meinem Winkel sehe, am linken Blickrand noch ein Teil des Bücherregals, mir gegenüber die dunkle Glasfront, die zur Terrasse hinausgeht, davor der Lesesessel, drehbar, um gleichzeitig die Aussicht zu genießen, in der Ecke die Hantel, die also von Juttas Mann gestemmt wird, keine Bilder an den Wänden, das gefällt mir eigentlich, überhaupt die Einrichtung spärlich und fast so unpersönlich wie in einem möblierten Appartement, das freilich auch von Kindern bewohnt wird; über den Steinboden und den Teppich verteilt DVD-Hüllen, offene Chipstüten, ein Gesellschaftsspiel, das Fußballtrikot und an die Verstärkerbox gelehnt die elektrische Gitarre. Oder wird die auch vom Vater gespielt, statt Paco de Lucía wieder mehr eine jugendliche Musik?

»Asyl für Obdachlose« heißt der Abschnitt, in dem der berühmteste Satz der *Minima Moralia* steht. Darin verwirft Adorno nicht nur die traditionellen Wohnstuben der bürgerlichen Familie als unerträglich, in deren muffiger Behaglichkeit Juttas und meine Generation als letzte großgeworden ist; bereits 1948 wettert er zugleich gegen die neusachlichen Einrichtungen: Bedingt durch die kostensenkende Selbstmontage, auf der das Verkaufsprinzip der Möbelketten beruht, haben sie seither bis in die hinterste Provinz Tabula rasa gemacht. »Von Sachverständigen für Banausen angefertigte Etuis, oder Fabrikstätten, die sich in die Konsumsphäre verirrt haben«, schimpft Adorno sie, »ohne alle Beziehung zum Bewohner: noch der Sehnsucht nach unabhängiger Existenz, die es ohnehin nicht mehr gibt, schlagen sie ins Gesicht.« Eigentlich könne man überhaupt nicht mehr wohnen. Wer sich Stilwohnungen zusammenkaufe, balsamiere sich bei lebendigem Leibe ein. Am ärgsten gehe es wie immer denen, die nicht zu wählen haben: »Sie wohnen wenn nicht in Slums so in Bungalows, die morgen schon Laubenhütten, Trailers, Autos oder Camps, Bleiben unter freiem Himmel sein mögen.« Kein einzelner vermöge etwas gegen das Ende bürgerlicher Lebensform. Schon wer sich mit Möbelentwürfen und Innendekoration beschäftigte, geriete in die Nähe des kunstgewerblichen Feinsinns vom Schlag der Bibliophilen. Lebensklug wirke es da bereits, der Verantwortung fürs Wohnen auszuweichen, indem man wie ein Exilant ins Hotel oder möblierte Appartement zieht – mag derjenige denken, dem nicht die Bedingungen des Exils aufgezwungen sind. »Das beste Verhalten all dem gegenüber scheint noch ein unverbindliches, suspendiertes: das Privatleben führen, solange die Gesellschaftsordnung und die eigenen Bedürfnisse es nicht anders dulden, aber es nicht so belasten, als wäre es noch gesellschaftlich substantiell und individuell angemessen.«

Es ist interessant, daß Adorno von der Wohnzimmereinrichtung ohne Übergang zum Privatleben überhaupt kommt. Vielleicht läge darin ein aufmunternder oder sogar hoffnungsvoller Hinweis für Jutta und ihren Mann. Jedenfalls ist es gerade das geborgt Aussehende, eilig Zusammengestellte der Einrichtung, was mir eigentlich gut gefällt. Selten genug für Juttas bürgerliche Schicht, seltener wohl als ihr Werdegang, Wohnort und Beruf, ihre Ansichten, sexuellen Vorlieben und Eheprobleme, versucht das Wohnzimmer nicht krampfhaft eine ästhetische Selbstbestimmung, die sich ohnehin nur auf die Auswahl zwischen verschiedenen Einrichtungskatalogen beschränken würde. Nicht aus Formsinn scheinen die Wände weiß geblieben zu sein, vielmehr aus Indifferenz. »Aber die Thesis dieser Paradoxie führt zur Destruktion, einer lieblosen Nichtachtung für die Dinge, die notwendig auch gegen die Menschen sich kehrt, und die Antithesis ist schon in dem Augenblick, in dem man sie ausspricht, eine Ideologie für die, welche mit schlechtem Gewissen das Ihre behalten wollen. Es gibt kein richtiges Leben im falschen.«

Und wenn sich ihre Finger regten, die an meine Brust gedrückt sind? Ich sollte mir vorher überlegen, wie ich reagieren würde, damit ich sie, so unwahrscheinlich der Fall auch sein mag, dann gar nicht erst im ungewissen ließe. Wenn sie einmal ihren Arm um meinen Hals geschlungen hat, wäre es demütigend, sie noch abzuweisen, soviel erniedrigender als umgekehrt. Würde ich sie jetzt streicheln, die Zärtlichkeit beginnen, täte ich nur, was für einen Mann naheliegt und von einem Liebenden kaum anders erwartet wird, der die Schönste endlich im Arm hält. Sie hingegen – und das wäre uns beiden offensichtlich –, sie gäbe sich mir nicht hin, weil ich ihr viel bedeute. Sie gäbe sich mir hin, weil ihre Ehe nichts mehr bedeutet, nichts mehr bedeuten soll. Mag sein, daß ein Begehren hineinspielte, ein Begehren, das durch die rasche, beiden wohltuende und für Jutta offenbar so selten gewordene Vertrautheit hervorgerufen würde, durch das Verständnis, auf das sie bei mir gestoßen ist, außerdem vielleicht durch ihr Bild von mir als Dichter und damit irgendwie als Anti-Bürger, Großstädter, Weltreisender, so denkt sie sich mich vielleicht tatsächlich, ohne zu ahnen – ahnen zu können, weil ich bisher kein Wort darüber verlor –, wie mein Alltag in Wirklichkeit aussieht, ein Begehren, das auch durch den Taumel aus Übermüdung und leichten Drogen begünstigt worden wäre und durch das bloße Faktum mehrerer, einschneidend erlebter Stunden, die zwei sexuell kompatible Menschen allein in einem Raum verbracht haben, ein Begehren, das ihr vor ein paar Minuten noch gar nicht bewußt gewesen sein müßte, um durch die unmittelbare körperliche Nähe, die nun schon über Sekunden geht, um so überraschender an den Tag zu treten. Und doch: Das Begehren allein bezwänge niemals ihre Moral und trotz des energiesparenden Lichtschalters ebensowenig ihre Angst, im eigenen Wohnzimmer mit einem Fremden zu knutschen, wenn jeden Augenblick ihr Mann oder gar eines ihrer Kinder in der Tür stehen könnten. Nicht einmal dem Bischof, der sich beim Wiedersehen sogar noch offenbarte, hat sie ein Wort von ihrer eigenen Verliebtheit gesagt.

Nein, wegen einer flüchtigen Neigung würde jemand wie Jutta nicht ihre Ehe oder nein, nicht nur ihre Ehe, eine Familie aufs Spiel setzen. Es wäre genau andersherum, sie gäbe der Neigung nach, damit sie die Ehe und sogar ihre Familie aufs Spiel setzt. Sie würde alles weggegeben haben, wenn ihr Mund einen Kuß suchte, und ich würde sie nicht nehmen. Um so viel mehr ginge es, wenn sich ihre Finger jetzt regten, um so viel mehr als für mich: nicht um ein einzelnes Leben, sondern um ein Gefüge verschiedener Leben. Vielleicht wäre es richtig, es aufzulösen, vielleicht wäre es falsch. In jedem Fall müßte ich mich entscheiden, bevor sie den Arm um meinen Hals schlänge, müßte die Zärtlichkeit erwidern oder wie zufällig meine Stellung verändern, als ob das Knien anstrengend geworden sei, sie freundschaftlich, betont freundschaftlich und aufmunternd anlächeln. Entweder müßte ich sie lieben oder so tun, als hätte ich ihre Geste nicht wahrgenommen, sonst wäre unweigerlich das Verhältnis zerstört, das nicht nur ein berufliches für mich ist.

Wenn ich den Roman schreibe, werde ich nicht nur in der französischen Literatur blättern. Ich werde auch Musik hören, die gar nichts mit Jutta zu tun hat, bestimmt nicht ihre Musik ist, die ich deshalb gar nicht erst in den Plot einflechte wie die Bücher, die in ihrem Regal stehen. Der Leser könnte meinen, daß ich mich immer noch für Neil Young begeistere, den ich sicher nicht umsonst bereits zweimal erwähnt hätte, dabei ist das Buch über Neil Young doch eine halbe Ewigkeit her und übertrumpfe ich inzwischen gleich Bloch in der *Recherche* jeden Eingeborenen mit meiner Liebe zur klassischen Tradition, puh. Ja, auch Debussy, der in der *Recherche* Vinteuil genannt wird, weil bereits Proust sich scheut, die richtigen Namen zu nennen, ja, auch Debussy kenne ich gut genug, um ihn mir in dem CD-Ständer vorzustellen, der wie eine Topfpflanze neben Juttas Bücherregal steht. Mein Gott, ist der CD-Ständer häßlich, erst jetzt fällt es mir auf, und daß Debussy aber perfekt zu ihren Lektüren paßt, die ich mir womöglich auch nur vorstellen werde, wenn ich den Roman schreibe, weil die französische Literatur des 19. und frühen 20. Jahrhunderts bis heute gültig die Psychologie der bürgerlichen Liebe ausleuchtet. Und dennoch hätte der Leser wie immer recht: Infolge einer Fügung, die zu konstruiert wirkt, als daß ein Romanschreiber sie sich erlauben würde, werde ich wirklich zu Neil Young zurückkehren, immer wieder zum selben langen Stück, wenn ich am Schreibtisch sitze beziehungsweise dann oft nicht mehr sitze, sondern aufstehe, um es in den

Körper aufzunehmen, nicht tanzend, lediglich den Oberkörper vor und zurück wiegend, um in den Rhythmus zu geraten, der nicht schnell ist, nie schnell, nur manchmal anzieht wie bei einem Streit oder mal beim kurzen Sex, doch dann wieder in den alten Trott zurückfällt, müde, zugleich stetig wie auf langer Fahrt, Autobahnfahrt, und den Baß zu spüren, den dicken, fetten, unfaßbar mächtigen Baß, der mir ein Grundton ist, ein Grundton überhaupt des Lebens, zugleich beängstigend, weil so mächtig, in keiner Sekunde überhörbar, dam damdam, dam damdam, immer wieder die gleichen drei dumpfen Töne über dem Schlagzeug, das stur vorantreibt, und dazwischen die beiden Gitarren, die auch wie ein Ehepaar sind, ein Ehepaar, das miteinander redet oder nicht redet, die meiste Zeit schweigend sich verständigt, dessen Gedanken miteinander reden, während es auf langer Fahrt ist, nur daß im wirklichen Leben die Leadgitarre nicht durchgehend dieselbe bleibt, in Juttas Ehe jedenfalls nicht und in meiner ebensowenig, vielleicht in keiner Liebe, wenn es Liebe ist. So schöne, so schmerzliche Musik.

Zwanzig Jahre Treue. Zwanzig Jahre, und noch immer regen sie sich übereinander auf. Zwanzig Jahre, in denen zwei füreinander da waren, als es mehr drauf ankam als bei einem Abendessen, mehr sogar als bei Tränen im Bett. Der eine lag mit 40,5 Grad Fieber im Urwald, und die andere stand neben ihm und nahm ihm die Angst. Die eine überwarf sich mit dem Chefarzt, und der andere sagte: *fuck him*. Ich verdien das Geld solang. Schreib deine Doktorarbeit zu Ende. Ich geh überall hin mit dir. Zwanzig Jahre, in denen sie gemeinsam drei Existenzen aufbauten. Zwanzig Jahre, von denen der eine drei Jahre depressiv war, klinisch, und die andere seine Gleichgültigkeit, seinen Pessimismus, seine Müdigkeit klaglos ertrug, ihm für jede Kur und jede Behandlung den Rücken freihielt. Zwanzig Jahre, aber die Sommerferien waren meistens schön und fast ohne Streit. Zwanzig Jahre, in denen die eine an Krebs erkrankte und der andere Tage, Wochen damit verbrachte, die richtige Therapie zu ermitteln, die beste Klinik zu finden, praktisch die gesamte deutsche Onkologie zu alarmieren, obwohl der Befund so dramatisch gar nicht war. Zwanzig Jahre, in denen der eine das Erbrochene des anderen aufmunternd, lächelnd wegwischte, wenn während der Chemotherapie plötzlich alles aus ihr herausbrach, den Urin, lächelnd selbst den Kot. Nicht zu fassen: Malaria, Depression, Krebs, alles in zwanzig Jahren, und wie schnell man die Krankheiten auch wieder vergißt. Zwanzig Jahre, und ihr Vater ist nicht mehr da. Zwanzig Jahre, in denen die eine dem anderen zwei Affären zu verzeihen versuchte. Zwanzig Jahre, in denen drei Kinder gezeugt, geboren, in den Armen gewiegt, großgezogen wurden. Zwanzig Jahre mit zwei Pubertäten, und der Jüngste ist praktisch schon drin. Zwanzig Jahre, in denen zwei voneinander alles, alles Peinliche sahen. In einen Stuhlkreis mit nackten Fremden hat der eine die beiden geführt, in einen Schreikampf ist die andere auf einer Fete ausgebrochen und hat mit Nudelsalat um sich geworfen aus Eifersucht. Zwanzig Jahre, in denen er ihr vertraute, als sie ernsthaft mit Tantra anfing. Zwanzig Jahre, und Liebe machen sie immer noch gern. Zwanzig Jahre mit ihrer Hysterie, in die sie sich stets aus den nichtigsten Gründen steigert, zwanzig Jahre mit seinen blöden Witzen, über die kein andrer lacht. Zwanzig Jahre, in denen der eine einsehen mußte, daß er nun deutscher Hausarzt in der Provinz ist, und die andere, daß sie keinen Filmhelden geheiratet hat. Zwanzig Jahre, in denen sie im Spiegel des anderen verfolgten, wie Linie um Linie, Furche um Furche der eigene Körper sich verbraucht, und nicht einmal ihm hilft wirklich der Sport. Zwanzig Jahre seinen und ihren Geruch. Zwanzig Jahre Schnarchen, oder wann genau ging das Schnarchen los? Zwanzig Jahre, in denen sie sich ständig über Erziehung stritten, obwohl sie wußten, daß er ein guter Vater, sie eine gute Mutter ist. Zwanzig Jahre, in denen keiner je an der Güte des anderen zweifelte, an vielem anderen schon, an der Liebe, am Verständnis, an seiner Treue und ihrer Ehrlichkeit, aber nicht am Gutsein. Zwanzig Jahre, in denen der eine immer noch nicht das spanische *Ay* zu sprechen gelernt hat und die andere keinen schöneren Gesang kennt. Zwanzig Jahre, in denen ihre Bücher nach und nach die Wohnzimmerwand gefüllt haben.

– Dreiundzwanzig Jahre, wird Jutta mich korrigieren.

Ein Leben in ein paar Minuten, einer Nacht, einem Roman nacherzählt, ist wie der Film, der bekanntlich vor dem inneren Auge abläuft, wenn man Todesangst hat. Es dauert meist nur zwei Sekunden, höchstens drei oder vier, aber es kommt dir endlos vor, so viele Bilder siehst du nacheinander, Szenen, Gespräche oder jedenfalls Gesprächsfetzen, aus der Kindheit und von gestern. Eine Geliebte wiederzutreffen, die dreißig Jahre nachzuerzählen versucht, ist wie so ein Flug. Das Leben scheint dann nur aus Ereignissen zu bestehen und wird so trügerisch wie ein Roman. Denn die Ereignisse sind vielleicht das Unwichtigste überhaupt. Selbst die Geburt des Kindes ist nur an einem Tag, aber du lebst mit dem Kind Tag für Tag. Es ist das gleiche Kind, das gleiche Wunder, das gleiche Zittern, das dich vor Dank und Glück und Sorge überfiele, wenn deine Aufmerksamkeit nicht notgedrungen abgestumpft wäre. Selbst die Liebe: soviel schwieriger, sie im Alltag zu bemerken als nach einem Rendezvous. »Theoretisch weiß man, daß die Erde sich dreht, tatsächlich aber merkt man es nicht«, schreibt Proust, »der Boden, auf dem man schreitet, scheint sich nicht zu bewegen, und so lebt man ruhig dahin. Genauso aber ist es im Leben mit der Zeit. Um ihren Flug uns bewußtzumachen, müssen die Romanschreiber das Kreisen des Uhrzeigers rasend beschleunigen, so daß der Leser zehn, zwanzig, dreißig Jahre in zwei Minuten durchmißt. Oben auf der Seite hat man sich gerade von einem hoffnungsfrohen Liebhaber verabschiedet, unten auf der nächsten begegnet man ihm bereits als Achtzigjährigen wieder, der mühsam im Hof eines Altersheims seinen täglichen Spaziergang absolviert und kaum dem antwortet, was man zu ihm sagt, weil er die Vergangenheit vergessen hat.« Ich hatte keine Furcht, als die Reifen die Haftung verloren und der Wagen über die vereiste Straße in den Wald flog, quer über die entgegenkommende Fahrbahn zwischen zwei Autos hindurch in den Wald frontal gegen einen Baum. Danach erst, glaube ich, erst nach dem Aufprall raste mein Herz. Die Endlosigkeit habe ich als äußerste Ruhe erlebt. Auch den nackten Sound des Rock 'n' Roll, der im Autoradio lief, hörte ich erst wieder, als ich merkte, daß uns nichts geschehen war. Er war glücklich, der Flug, wirklich glücklich, wenn man durchs eigene und wie erst, wenn man durch ein anderes Leben fliegt.

Der Zweifel beschleicht mich, ob sie überhaupt Jutta ist. Gern würde ich jetzt noch mal in ihrem Gesicht nachschauen. Sie hat kaum von den alten Zeiten gesprochen, kaum mehr, als sie aus dem Roman erfahren haben könnte, aus dem ich heute abend las, hat überhaupt keinen Wert darauf gelegt, etwas richtigzustellen, gut, ihren Namen, aber sonst nichts. Gewöhnlich vergeht bei Klassentreffen oder ähnlichen Begegnungen mindestens die erste Stunde damit, die gemeinsamen Erinnerungen abzugleichen und zu vervollständigen, nehme ich an. Sie jedoch hat zu der Woche, in der wir uns liebten, so wenig gesagt oder gefragt, daß ich schon sehr viel Willenskraft aufbringen müßte, um fürder zu glauben, daß es für sie Liebe war. Unsere Stadt kennt sie, das ist klar, ihr pietistisches Dorf, ihre Eltern, das stimmt alles und ist zu speziell, um ausgedacht zu sein. Obwohl: So viel hat sie nun auch nicht zu ihrer Herkunft gesagt, wenn ich es mir recht überlege, und das wenige könnte sie im Roman gelesen haben, der immerhin in ihrem Regal steht. Allein, wozu sollte sie mich gefoppt haben? Sie würde auch nicht ihren Namen kennen, wenn sie nicht Jutta wäre, die nicht Jutta heißt. Da fällt mir ein: Ich habe sie mit ihrem Namen angesprochen, als sie sagte, ich solle die Widmung bloß nicht für Jutta schreiben. Theoretisch könnte sie das Spiel spontan begonnen haben, als sie merkte, daß ich sie für Jutta hielt, und dann hat es sich entwickelt, wie es sich entwickelt hat, und sie kam nur nicht raus, wollte es vielleicht auch nicht, als sie merkte, wie gut ich sie verstehe. Oder sie meinte – das erscheint mir im nachhinein plausibler –, daß ich bewußt auf den kleinen Scherz eingegangen sei, und sie hat das Spiel überhaupt nicht ernst genommen und keine Sekunde an eine, unsere Jugendliebe gedacht, während ich alles, was sie von sich erzählte, mit dem Mädchen in der Raucherecke in eins setzte. Aber ist das nicht um zu viele Ecken gedacht?

Ich gehe unsere Gespräche noch einmal durch, ohne mir schlüssig zu werden, ob eine solch absurde Verwechslung möglich sein könnte. Dafür fällt mir etwas anderes auf: die Bücher – es müssen keineswegs ihre Bücher sein, die im Regal stehen. Sie könnten genausogut oder eher ihrem Mann gehören, so kenntnisreich waren ihre Bemerkungen zur französischen Literatur nun nicht. Als Bürgermeisterin hat sie wahrscheinlich kaum Zeit zum Lesen, sondern auch abends meist einen Termin, und hebt sich einen Schmöker wie *Rot und Schwarz* für den Urlaub auf. Richtig geschwärmt hat sie, wenn ich recht sehe, nur von den *Erinnerungen zweier junger Ehefrauen*, die eher Bettlektüre sind. Von den Dichtern, die sie auf dem Gymnasium las, stehen nur García Márquez, Neruda und Vargas Llosa im Regal, und nur die Allerweltstitel. Aber ihr Gesicht, ihr Gesicht, das ist doch ganz eindeutig ihr Gesicht, die Augenfarbe, die Nase, überhaupt die eher runde als längliche Gesichtsform, obwohl sie gleichzeitig so zierlich ist, zierlich immer war. Mehr als die Veränderungen in ihrem Gesicht, die ich auf das Alter und meine ungenaue Erinnerung zurückführen kann, irritiert mich, daß sie so klein ist, einen ganzen Kopf kleiner als ich. Ich hatte sie fast gleich groß vor Augen, wenn ich ihr in meiner Vorstellung gegenüberstand, selbst wenn das auch nach dreißig Jahren immer noch die Vorstellung des Fünfzehnjährigen war. Gar nicht glauben will ich indes, obwohl ich damit gerechnet habe, gerechnet haben mußte, daß die Zahnlücke nicht mehr existiert.

Der Lektor wird beanstanden, daß ich die zentralen Spannungselemente, die ich durchaus geschickt angeordnet hätte, ungenutzt lasse. Statt so spät auch noch

Neil Young einzuführen, was ja doch ein bißchen pubertär sei, hätte längst Juttas Mann auftreten müssen – was für Verwicklungen sich allein daraus ergäben! Ihr Mann hätte seine Sicht darlegen können, als spräche er von einer anderen Ehe. Er hätte Streit anfangen können mit mir oder ich mit ihm, und Jutta hätte sich psychologisch ganz unwahrscheinlich – aber welcher Mann sagt denn die Ausschläge der weiblichen Psyche richtig voraus – ostentativ auf seine Seite stellen können, so daß ich, wenn schon nicht die Ehe gerettet, wenigstens einen seltenen Moment der Eintracht erzeugt hätte, der die Aussöhnung denkbar und sogar wünschenswert macht (daß Jutta sich bei dem Streit auch auf meine Seite stellen könnte, wird dem Lektor nicht einfallen). Oder Jutta selbst würde sich mit ihrem Mann streiten, wenn er ins Zimmer tritt, ja, würde ihn anbrüllen, würde wieder mit Chipstüten oder der halbvollen Müslischale nach ihm schmeißen; dann würde ich entweder zum Schlichter einer Liebe, die so viel größer als meine ist, oder Jutta dazu bringen, endlich ein neues Leben zu beginnen, weil man so lieblos nicht fortfahren soll. Ich könnte sie an der Hand nehmen und vor dem Mann retten, der tobt und schlägt, so daß wir doch in meinem Hotelzimmer landeten, aber ganz ohne Sex. Oder doch mit Sex? Tausend Möglichkeiten! wird der Lektor rufen, aber statt dessen verharrt Juttas Kopf endlos auf meiner Schulter. Spätestens jetzt müßte doch auch eines der Kinder ins Wohnzimmer platzen – welches Drama das zur Folge haben könnte,

Tränen, Erklärungen, Bekenntnisse oder auch nur ein Blick, ein stummer, trauriger oder ratloser Kinderblick, schon würde sich die Tür wieder schließen und der Leser das Kind die Treppe hochrennen hören, welches Drama sich in Jutta abspielen würde, ihre ganze Zerrissenheit, die zutage träte, soll sie hinterherlaufen, soll sie bleiben, soll man der Kinder wegen eine Ehe weiterführen.

– Es sind keine Kinder mehr, werde ich den Lektor erinnern, der Jüngste wird bald fünfzehn.

– Um so besser, wird der Lektor sagen: Dann können sie ihren Standpunkt selbst vertreten.

Ganz vergessen wird der Lektor das Smartphone, das seit Stunden auf dem Tisch liegt: Die unwahrscheinlichsten Nachrichten könnte es ins Wohnzimmer bringen, eine SMS, eine Mail, breaking news, die bestimmt über den Bildschirm einer Politikerin flirren. Mit einem Tastendruck träte das Weltgeschehen in den Roman, den ich schreiben werde. Schließlich habe ich das zeitgeschichtliche Element bereits durch den Verweis auf Houellebecq vorbereitet – irgendeine Meldung: Afghanistan, Irak, Somalia, prompt würde Jutta wieder nach dem Islam fragen und wäre ich zurück bei Albert Bloch, dem keine Assimilation hilft. Aber was soll ich denn machen? Es kommt keine Nachricht, Jutta schaut jedenfalls nicht nach, nicht jetzt und nicht den ganzen bisherigen Abend, scheint nicht süchtig nach News, wie es das Klischee von Politikern will. Ein paarmal hat ihr Blick das Smartphone gestreift, wenn etwas auf dem Bildschirm aufleuchtete, es jedoch nicht in die Hand genommen oder allenfalls, wenn ich auf dem Klo war. Auch ihr Mann schläft wahrscheinlich längst, falls er nicht noch immer an seinen Abrechnungen sitzt, und ihre Kinder liefern uns kein Drama, haben in dem Alter ohnehin andere Dinge im Kopf als den Eheroman ihrer Eltern. Ich knie neben Jutta, die ihren Kopf auf meine Schulter gelegt hat, ohne daß es passiert.

Im schlimmsten Fall würde ich ihre Vorurteile bestätigen, wenn sich die Finger meiner rechten Hand jetzt krümmten, um ihr Haar zu kraulen. Sie sähe nicht mehr mich, mich allein, sondern ausgelöst durch die Bewegung der acht kleinsten Gelenke überhaupt des Menschen plötzlich eine Herkunft, die ihr Unbehagen bereitet. Und wie könnte ich ihrem Gefühl das Recht absprechen, nur ein paar Wochen nach den Anschlägen von Paris, die anders als die »Judeninvasion« Anfang des 20. Jahrhunderts vollkommen real sind – und sie selbst auch noch diejenige ist, die sich für die Moschee einsetzt. Gut, die Moschee wird sie erst erwähnen, wenn sie den Roman liest, den ich schreibe; davon weiß ich jetzt noch genausowenig wie von den 130 Menschen, die ein halbes Jahr später wieder in Paris umkommen werden, ausgerechnet in Paris. Aber ihre, unsere westdeutsche Generation ist aufgewachsen mit der Emanzipation der Geschlechter, dem Kampf für Paragraph 218 und gegen die Vergewaltigung in der Ehe, die noch straffrei war, für Frauenhäuser, Frauenbuchläden, Frauenbeauftragte; da brauche ich nicht zu fragen, was sie davon hält, halten muß, wenn Frauen hinter ihren Männern herlaufen oder Schüler keinen Respekt vor dem Lehrer haben, weil es eine Lehrerin ist. Und dann ist sie auch noch eine Christin, eine von den dezidiert aufgeklärten Protestanten, die im Islam das eigene Mittelalter wiederkehren sehen. Es genügt schon, daß sie mich nach dem Terror befragt, damit ich all das hinzufüge, was sie außerdem denkt. Im schlimmsten Fall würde sie glauben, daß ich, dem sie unerhörtes Vertrauen geschenkt hat, der um die Fragilität ihrer Ehe und damit des gesamten Gefüges weiß, in dem ihre Familie noch existiert, daß ich mit der Situation nicht umzugehen, meine Triebhaftigkeit nicht im Zaum zu halten vermag, daß ich ihr Bedürfnis nach Trost und Anlehnung ausnutze für eine sexuell konnotierte Berührung, an die sie nicht einmal gedacht hat, als sie ihren Kopf auf meine Schulter oder zuvor auf der Terrasse ihre Schulter an meinen Arm gelehnt hat.

Mag sein, daß dem Leser – wohl nicht der Leserin – meine Sorge übertrieben vorkommt; aber man wird ja neurotisch bei all dem, was über den Orient gesagt wird, dem auch Jutta mich zuschlägt, selbst wenn sie glaubt oder ausdrücklich gesagt hätte, daß nicht ich gemeint sei. Selbst im Privaten spielen die Projektionen mit, die sich ein anderer womöglich gar nicht macht, weil man ihnen, so unbewußt auch immer, möglichst wenig entsprechen will; man strengt sich an mit seiner

Liberalität und reagiert um so gereizter auf das Ressentiment, das man unterstellt, obschon es mit keinem Wort ausgesprochen worden ist. Nichts anderes beschreibt Proust, das, das allein wäre der Vergleich, nicht die Wirklichkeit, nicht eine reale oder nur behauptete Invasion: was in Albert Blochs und meinem Kopf vorgeht. Mich stört, mir geht es total gegen den Strich, daß Jutta mir ein ums andere Mal Houellebecq ans Herz legt, weil ihre Empfehlung keine literarische, sondern eine pädagogische ist.

– Du hast sein Buch immer noch nicht gelesen, wird Jutta mir mein eigenes Ressentiment vorhalten.

– Ich schon, werde ich mich herausreden, nur der Romanschreiber nicht.

Vor dreißig Jahren hat sie nicht nach der Herkunft gefragt. Sicher, die dunklen Haare, das Fremdländische, die südländische Euphorie gefielen ihr, das muß irgendwie exotisch gewesen sein. Aber es ging nie darum, was das für eine Kultur ist. Wenn überhaupt ging es um den Bonus, daß ich nicht wie alle anderen aussah. Und die Religion hat uns schon gar nicht interessiert.

Um den Lektor noch ein wenig mehr zu ärgern, der endlich wissen will, wohin die Umarmung führt, werde ich noch einmal auf Neil Young zu sprechen kommen, obwohl der in den Roman, den ich schreibe, mindestens sowenig paßt wie der CD-Ständer in Juttas Wohnzimmer. Überhaupt dieser CD-Ständer! Der Leser, der ungefähr in meinem Alter ist, kennt die Teile bestimmt, drehbar wie ein Ladenmobiliar für Broschüren oder Taschenbücher mit einem, Hilfe!, afrobraunen, überschlanken Frauenkopf obendrauf, mit dem man vor zwanzig Jahren seine Vorliebe für Weltmusik demonstrierte, und so etwas, ein solcher Marterpfahl der Weltoffenheit, steht neben Stendhal, Proust, Balzac, Zola, Flaubert, neben Baudelaire und Céline auch – ich meine, das ist viel unpassender noch als Neil Young und als Houellebecq erst. Aber Neil Young: Es ist nicht nur der dröhnende Baßlauf, das unentwegte Schlagzeug, das mit Tempolimit treibt, die beiden Gitarren, die reden und reden und reden wie Mann und Frau im Auto, ohne mehr zu sagen als zwischendurch das Praktische, wo halten wir an?, muß mal pinkeln, wann kehren wir ein?, mehr als zwanzig Minuten lang –, ewig für einen Rocksong und in Live-Aufnahmen noch länger – eine Ewigkeit lang nur Gedanken, die im Kopf kreisen, widerstreitende Gefühle, die gleich elektrischen Schwingungen auf die Gedanken und Gefühle des anderen reagieren, sie erspüren wie den Baßlauf von Billy Talbot, der mit jedem seiner drei Töne im Körper vibriert, dam damdam, so daß man auch nichts zu sagen braucht, um zu wissen, daß der andere ähnlichen Gedanken nachhängt, daß seine Gefühle genauso widerstreiten, ist das gut, was wir zusammen haben, oder ist es nicht viel zuwenig, soll ich dankbar sein, oder macht meine Geduld mich krank, und bin ich nicht so oder so einsam, mit oder ohne den anderen, und kommt es sich dann nicht gleich, beziehungsweise soll man nicht bewahren, was es immerhin gemeinsam gibt – es ist nicht nur das Zusammenspiel der vier Instrumente, der nackte Sound des Rock 'n' Roll, daß ich mir beim Hören immer ein älteres Ehepaar auf der Fahrt in oder aus dem Urlaub denke – nein, der Text sagt es selbst, die paar Zeilen, die ich verstehe, ein ganzer Eheroman, den Neil Young mit Schlagzeug, Baß und zwei Gitarren erzählt: So viele Jahre zusammen, heißt es da, all die guten Zeiten, Hochs und Tiefs, *so many joys raisin' up those kids,* sind jetzt ausgezogen, wohnen anderswo – da allein ist schon, auf vier Zeilen, eine ganze Existenz, eine gewöhnlich wirkende, auch glückliche Existenz. Doch am Ende der ersten Strophe, so beiläufig, daß es mir erst beim zweiten oder dritten Hören auffallen wird, singt Neil Young, daß sie es, die Frau, so oft versucht, so oft geweint hat. Durch eine lapidare Ergänzung, einen einzigen banalen Reim, *tried, cried,* verwandelt sich diese Ehe, so unscheinbar auch immer, unspektakulär, von außen harmonisch, in ein Drama, wie es die meisten Ehen subjektiv sind. Genau hier setzt der Refrain ein: Jeden Morgen geht die Sonne auf, und sie erwachen nebeneinander, fahren fort mit dem, was sie getan – und dann, völlig überraschend: *She loves him so*, dreimal hintereinander, und danach: *She does what she has to*, was sie also tun muß, was ihr auferlegt ist, und nochmals, halb entschlossen, halb verzweifelt, *She loves him, she loves him so, she loves him so*, aber diesmal *She does what she needs to*, was sie braucht, was sie benötigt.

In der zweiten Strophe scheinen die beiden an

einem Hotel anzuhalten, einem *Ramada Inn*, wie der Song auch heißt, und allein mit dem Namen hat der Hörer mehr als nur ein sehr amerikanisches Hotel vor Augen, nämlich das Einkommen ab der Mittelschicht, das es dafür braucht. Sie bestellen etwas, *some restaurant food and a bottle*, und allein mit dem Begriff *restaurant food* wird klar, daß sie es nicht gewöhnt sind, auswärts zu essen, wird die Generation klar, die von *restaurant food* sprach, weil die Frauen noch am Herd standen, *some restaurant food*, also nicht Italienisch, Chinesisch oder Steak, wird klar, weil *restaurant food* nichts Rechtes sein kann, daß es mehr darum geht, *feels right*, mal auszubrechen aus dem Alltag, deshalb auch der Wein, gleich eine Flasche: *Had a few drinks and now they're feeling fine*. Sie sind auf dem Weg in den Süden, um alte Freunde zu treffen, Schulfreunde, *people they haven't seen forever*, Zeit haben sie ja nun genug, und man weiß wirklich selbst nicht, ist das gut, was sie zusammen haben, oder ist es nicht viel zuwenig, sollen sie dankbar sein, oder macht ihre Geduld sie krank, und sind sie nicht so oder so einsam, mit oder ohne den anderen, und kommt es sich dann nicht gleich, beziehungsweise sollen sie nicht bewahren, was es immerhin gemeinsam gibt. Dann wieder der Refrain, nur daß *he loves her so* und tut, was er tun muß, dreimal *he loves her so* und tut, was er braucht, was er benötigt, was immer genau Neil Young mit *does what he needs to* meint.

Am Ende löst es sich irgendwie auf, verstehe den Text wegen des amerikanischen Akzents und des Gesangs nicht mehr genau, haben wohl ein bißchen zu lang voreinander gesessen, zu viel getrunken, nerven und schweigen sich im Restaurant an, er ist kaum wiederzuerkennen, schaut einfach weg und *checks out*, keine Ahnung, was *checks out* hier heißt, jedenfalls nicht auschecken, also abreisen, weil er am Tisch sitzen bleibt und sie endlich sagt, daß sie etwas tun müssen – eine Therapie, eine Ehetherapie als Norm auch in Amerika? –, außerdem die alten Freunde erwähnt – die sie besuchen wollen oder jetzt nicht mehr? –, aber *He just pours another tall one / Closes his eyes and says »that's enough«*, worauf der Refrain einsetzt, daß jeden Morgen die Sonne aufgeht und sie nebeneinander erwachen: *And she loves him so*, tut, was sie tun muß, *and he loves her so*, tut, was es für ihn braucht. Ich werde mich fragen, jedesmal fragen, während die Gitarren auf die Autobahn einscheren und der dicke, fette, unfaßbar mächtige Baß über dem Schlagzeug zu spüren ist, das stur vorantreibt, was genau »genug« ist oder was jetzt »reicht«, *that's enough*, wenn sie sich doch im Refrain lieben und fortfahren mit dem, was sie getan.

– Wie spät ist es eigentlich? fragt Jutta, die ihren Kopf gehoben hat.

Auf ihrem Gesicht, ihrem dreißig Jahre unverändert vorgestellten Mädchengesicht, liegt das Alter wie eine Maske, die sie zusammen mit den Tränen, der bröckligen Schicht Make-up und der Wimperntusche gleich wieder abstreifen wird.

– Keine Ahnung, erwidere ich und lasse die Arme sinken: Mein Handy müßte noch in meinem Mantel liegen. Soll ich's holen?

– Brauchst du nicht, antwortet Jutta und beugt sich zum kniehohen Tisch, um auf das Smartphone zu schauen: Nach fünf schon.

Unschlüssig, ob ich mich wieder aufs Sofa setze oder mich verabschiede, stehe ich auf. So oder so sollte ich vorher noch aufs Klo.

– Ich glaub, ich geh dann mal ins Hotel, sage ich, weil Jutta nichts weiter sagt: Kannst du mir ein Taxi rufen?

– Du, das wird um die Zeit schwer.

– Ach so.

– Wir sind hier nicht in der Stadt. Aber ich kann dich rasch fahren.

– Ach Quatsch, die frische Luft tut bestimmt gut.

– Ist ehrlich gesagt auch nicht so weit, Viertelstündchen vielleicht.

– Ja, dann. Find ich den Weg?

– Kann ich dir erklären, ist kein Problem.

Ich bin mir nicht sicher, wie ich den Ausdruck ihres Gesichts deuten soll, der ihr freundliches Angebot, mich zum Hotel zu fahren, wenn auch fast unmerklich kontrastiert. Geschäftsmäßig – das Wort kommt mir in den Sinn, ja, geschäftsmäßig sieht sie mit den fest aufeinandergedrückten Lippen aus, geschäftsmäßig klingt die feste Stimme, die betont klare Artikulation, geschäftsmäßig wirkt selbst ihre Sitzhaltung mit dem fast überstreckten Rückgrat, als halte sie sich für alle Anfragen bereit, nur ist die betonte Sachlichkeit zugleich schon komisch, weil die Augen noch verheult sind und die Wimperntusche tatsächlich wie die Ausläufer eines Flusses ihre Wangen bedeckt. Ich muß an die Politiker denken, die mit einer Torte im Gesicht ihre Wahlkampfrede fortsetzen.

– Ich hol dir ein Taschentuch, sage ich und gehe in die Küche, wo ich eine Zewarolle gesehen habe, als Jutta den Tee zubereitete.

Als ich mit der Rolle in der Hand ins Wohnzimmer zurückkehre, sitzt Jutta immer noch aufrecht auf dem Sessel. Ich trete zu ihr und will zwei, drei Tücher abreißen, da greift sie nach meinem Handgelenk.

– Wann mußt du denn morgen früh raus? frage ich, weil sie wieder nichts sagt.

Sie schaut mich so entgeistert an, daß ich nicht sicher bin, ob sie die Frage verstanden hat. Zwei, drei Sekunden vergehen so, vielleicht mehr, in denen ich mich auf einen Ausbruch gefaßt mache, mindestens einen zweiten Heulkrampf oder eine Beichte. Oder einen Entschluß? Aber als sei sie mit den Gedanken nur kurz spazieren gewesen, kehrt sie ins Wohnzimmer zurück und schaltet in eine freundliche Beiläufigkeit, die ihr Arbeitsmodus sein könnte. Ihrer Sekretärin wird sie womöglich den gleichen Blick zuwerfen, wenn die sie etwas Nebensächliches fragt.

– Ach, eigentlich um acht, sagt sie und greift wieder nach ihrem Smartphone: Aber ich glaub, ich kann auch ein bißchen später, ich schau mal eben nach.

Während ihr Zeigefinger über den Bildschirm streift, fragt sie, was ich eigentlich über die Balkanflüchtlinge denke, womit sie nicht die Syrer und Afghanen meint, die ein halbes Jahr später über den Balkan ziehen werden, vielmehr Kosovaren, Albaner oder Serben selbst. Offenbar hat sie irgendeine Schlagzeile oder das Betreff einer Mail aufgeschnappt. Ich gestehe, daß ich keine rechte Meinung habe, und setze, obwohl mir der Sinn gerade nun wirklich nicht nach Politik steht, zu dem Einerseits und Andererseits an.

– Hier vor Ort sehen wir die Dinge schon ein bißchen anders, entgegnet Jutta, allerdings klingt es nicht eben engagiert. Ihr Wahlkampfmodus wird noch mal ein anderer sein.

Allmählich habe ich den Verdacht, daß sie bewußt oder unbewußt meinen Abschied hinauszögert. Jetzt gerade ist es offensichtlich: Ich habe bereits angekündigt zu gehen, da fängt sie ein neues Thema an, das sie nicht einmal sonderlich interessiert. Ich überlege, ob das die ganze Nacht so ging, war selbst so froh, sie wiederzusehen, und wie der Fünfzehnjährige darauf disponiert, daß sie mich von sich weist und ich sie niemals von mir aus verlasse – vielleicht hielt ich es für gottgegeben, mich um sie zu bemühen, und merkte deshalb nicht, daß Jutta das Wiedersehen ebenfalls in die Länge zog. Wie auch immer, anders als die Filmhelden müßte ich jetzt wirklich mal aufs Klo, nur hält Jutta, als hätte sie's vergessen, noch immer mein Handgelenk fest, so daß ich wie ein Schulbub neben ihr stehe, der die Lektion lernt. Wenn's wenigstens eine wäre, aber sie referiert nur einen Leserbrief, den sie an die FAZ geschrieben hat. Mit der grotesk zerlaufenen Wimperntusche sieht sie jetzt wirklich ein bißchen wie die Politiker aus mit der Torte im Gesicht, nur daß ihr alle Verve fehlt, es ist, als brabbele sie halt irgendwas. Es ist, als halte sie mich egal wie fest.

– Aber darum geht's doch jetzt gar nicht! rufe ich zu meiner eigenen Überraschung und schüttele meine Hand unsanft los.

– Was meinst du?

– Es geht nicht darum!

– Worum?

– Es geht darum, daß du nicht einfach die Pros und Kontras gegeneinanderhalten kannst, daß das nicht geht. Es geht darum, daß du nicht sagen kannst, hier sind die guten Seiten, und dort sind die schlechten Seiten, und dann ziehen wir mal Bilanz.

– Ich versteh immer noch nicht, was du meinst.

– Ich mein euch, euch beide, ich mein, daß Ihr nicht durch schöne Erfahrungen verbunden seid und durch die schlimmen Erfahrungen getrennt seid, sondern daß das viel komplizierter ist.

– Ja, sicher.

– Was dich an deinen Mann kettet, ist der Haß gegen ihn.

– Der Haß?

– Ja, der Haß.

– Aber ich hasse ihn doch gar nicht.

– Doch du haßt, du haßt ihn genauso, wie meine Frau mich gehaßt hat und wie ich meine Frau gehaßt habe und wie dein Mann dich vielleicht auch haßt, und dieser Haß, der ist zugleich die Liebe, das kann man gar nicht mehr voneinander trennen, wenn man so lang zusammenlebt und so eng, denn indem du ihn so sehr haßt, liebst du ihn zugleich, sonst wärt Ihr schon längst getrennt, wenn es nur Haß wäre, aber wenn es nur Liebe wäre, reine hübsche Liebe, wenn es die überhaupt gibt, dann hättest du nicht diese Wut auf ihn, diesen Grimm, du liebst ihn auch, weil du deinen Haß auf ihn werfen kannst, weil er das mit sich machen läßt und er genauso mit dir. Jeder andere würde dir den Vogel zeigen und du ihm. Aber Ihr, Ihr liebt euch, und deshalb haßt Ihr euch auch.

– Puh. Also Haß finde ich jetzt ein zu starkes Wort.

– Dann nenn's halt Aggression oder so.

– Ich weiß nicht. Kann es sein, daß du zu sehr von deinen eigenen Erfahrungen ausgehst?

– Kann sein.

Bevor ich aufs Klo verschwinde, fragt Jutta, ob sie mich wirklich nicht fahren soll. Ich soll's ganz ehrlich sagen.

Daß du mir über so viele Seiten hinweg deine Aufmerksamkeit schenkst, kann ich mir ohne – ich will nicht sagen: ohne Liebe –, aber ohne alle Narrheit auch nicht erklären. Immer frage ich mich, wer du bist, ob alt, ob jung, Mann oder Frau, verheiratet oder nicht, sogar ob du dick oder dünn bist, belesen oder nicht und am meisten: wie es mit deiner Liebe steht, frage mich manchmal im Zug oder im Café, ob du mich zufällig kennst, und schrecke zugleich vor der Antwort zurück, weil ich nur stammeln oder mir nur ein Allgemeinplatz einfallen würde, wenn du mich tatsächlich ansprächest.

Ich nehme an, du meintest, ich würde mir keine Gedanken über dich machen, so will es wohl das Klischee des Dichters als Steppenwolf, der sich nicht um die Meinungen andrer schert, würde deine warmen oder kränkenden Briefe unbeteiligt lesen und Rezensionen nur daraufhin prüfen, ob sie Zitate enthalten, die der Verlag für die Taschenbuchausgabe verwerten kann. Aber das ist Quatsch, und ich glaube, daß ich hier ausnahmsweise für andere Romanschreiber sprechen kann: Natürlich achte ich darauf, ob etwas aus dem Nichts zurückkehrt, in das ich rufe, und bin glücklich, wenn das, was mir wichtig ist, über das positive oder negative Urteil hinaus dir ebenfalls etwas bedeutet, für dein eigenes Leben, meine ich. Der Vergleich mit Stendhal zum Beispiel, den ein Kritiker gezogen hat, gleich zu Beginn des Romans habe ich's erwähnt – er hat mich nicht gefreut wegen Stendhal, sondern weil das Wort des Kritikers, ebendieses Kritikers, *mir* viel gilt. Immer lese ich seine langen, kenntnisreichen Rezensionen, die inzwischen nur noch online stehen, weil die Feuilletons nicht mehr genügend Platz haben und wohl auch nicht damit rechnen, daß ihre Leser etwas mit Verweisen auf Stendhal, Proust, Balzac, Zola, Flaubert anfangen können, der Literatur überhaupt des 19. und frühen 20. Jahrhunderts, die mir näher als die Gegenwart ist – immer lese ich Ihre Rezensionen, Herr Schütte, lerne jedesmal etwas Neues, bewundere Ihre Akribie, vertraue Ihrem Urteil, meine auch stets eine politische Haltung zu bemerken, die bei aller Treue zum europäischen Erbe das Gegenteil von reaktionär ist, und nehme an, daß Sie das nur aus Begeisterung machen, ja, aus einer schon komischen Besessenheit, denn Geld verdienen Sie doch online damit nicht. Und Sie glauben nicht, was für ein Fest es für mich war zu entdecken, daß Sie auch meine Literatur – ich wage wieder nicht zu sagen: lieben –, aber mit Aufmerksamkeit verfolgen – das ist viel wichtiger – und darauf reagieren.

Sicher freut sich ein Romanschreiber über hohe Auflagen und viele Sterne unter den Buchtips, aber wenn es nur um den Erfolg ginge, könnte er's sich, könnte sich's wahrscheinlich jeder so viel einfacher machen, egal in welchem Beruf, selbst der Bäcker, der möglichst viele Brötchen verkaufen wollte, der Politiker, dem es ausschließlich um Wählerstimmen ginge, der Lektor, der meine Manuskripte durchwinken könnte, und selbst in den menschlichen Beziehungen, wenn man nur für sympathisch gehalten werden möchte. Einen Roman schreiben, ernsthaft schreiben, meine ich, Wochen, Monate mit eigenen Lektüren beschäftigt zu sein und tagein, tagaus aufs leere Papier oder ins schwarze Loch seines Bildschirms zu starren, so etwas macht ein Romanschreiber – wie gesagt, ich glaube hier auch für andere sprechen zu dürfen – nur in der Hoffnung auf dich. Daß ich in dem Roman, den ich schreiben werde, so oft beiseite spreche, ist nicht nur ein literarisches Spiel. Es ist jedesmal eine Gelegenheit, mir den Leser vorzustellen, der den Roman in Händen hält: Ich kenne dich gar nicht.

In der Diele bleibe ich stehen und betrachte den Boden des Gefüges, in dem Jutta existiert: die Schuhe verschiedener Größe, die Fahrradhelme, das Skateboard und den Basketball, der gegen den Arztkoffer gerollt ist, auf der Kommode die signalfarbene Regenbekleidung, dazwischen Fahrradleuchten und die DVDs mit amerikanischen Filmen. Zum Glück hat sie mich während der ganzen Nacht nicht einmal gefragt, wozu ich ihr rate; ob es reicht, was sie mit ihrem Mann hat, oder viel zuwenig ist, ob sie dankbar sein soll oder ihre Geduld sie krankmacht, womöglich krebskrank gemacht hat. Dennoch habe ich in dem begrenzten Maße, in dem das überhaupt möglich war, Einfluß genommen auf sie, ja. Selbst wo ich nichts gesagt habe, war das eine Reaktion. Und wenn ich jetzt darüber nachdenke, dann habe ich sie bei allen Schwankungen, die mich ebenfalls erfaßten, aufs Ganze gesehen eher bestärkt, die Ehe zu bewahren, und sei es nur, weil sie so oder so einsam ist, mit oder ohne ihn, aber es sich für die Kinder keineswegs gleichkommt. Auch der Roman, den ich schreiben werde, sucht eher, was es zwischen den beiden Liebenden immerhin gemeinsam gibt, als daß er Genug! ruft, laßt es doch endlich sein.

Oder wird das nur mein eigener Eindruck sein, und liest du den Roman ganz anders? Nein, ich glaube nicht. Ein anderer Romanschreiber, dem Jutta exakt das gleiche gesagt, den sie mit den gleichen Tränen angesehen und an dem sie sich genauso festgehalten hätte, würde das bißchen Verzweiflung viel länger zelebrieren, ihr noch galligere Sätze in den Mund legen, das Komische nicht ins Versöhnliche wenden und dergestalt eine viel bösere Geschichte erzählen, die als Ausweg nur die Scheidung übrigläßt. Allein, daß ich an der Liebe festhalte bis zum Schluß, deutet auf ihre Möglichkeit hin. Wer nicht, noch nicht lange genug oder gar glücklich verheiratet ist, wird womöglich den Kopf schütteln, daß Jutta in ihrem Unglück verharren soll. Er wird fragen, warum sie nicht von vorne anfängt – wenn schon nicht mit mir, weil das abgesehen von allem anderen auch als Plot lächerlich wäre, dann mit dem Bischof, der sonst ganz umsonst eingeführt worden ist. Er wird annehmen, die Scheu vor einer Trennung hat mit meinem eigenen Trauma zu tun.

Mag sein, daß ich befangen bin. Aber der Roman, den ich schreiben werde, folgt auch einer Literatur, die bestimmt nicht für den Ehebruch geworben hat, so gültig sie bis heute eine Sehnsucht ausdrückt. Es ist nur der Boden, wie gesagt, und er mutet chaotisch an, achtlos dahingeworfen auch die Schuhe, wie Jutta es vorgemacht hat. Und doch erzählt jeder Gegenstand eine Geschichte, die zur anderen gehört, der Ball, der gegen den Arztkoffer gerollt ist, die Laufschuhe verschiedener Größe, die von dem gleichen Schlamm bedeckt sind, Juttas eleganter Mantel, der wie in einer Umarmung über der roten Allwetterjacke ihres Mannes hängt.

Der Spruch hat mir gerade noch gefehlt: »Der Herr, der sich zum Pinkeln setzt, wird von der Hausfrau sehr geschätzt«, steht in Frakturschrift über dem Klo. Vermutlich hat Jutta das Emailleschild eigens anfertigen lassen, weil sie die altmodische Diktion originell fand für das emanzipatorische Gebot. Der Reim wird ihrem literarischen Niveau jedenfalls mehr entsprechen als Proust. Und als könne ich den Spruch für einen Witz halten, klärt zusätzlich ein Piktogramm über die Haltung auf, die von mir erwartet wird: rot durchgestrichen ein stehendes Männchen, aus dessen Geschlecht eine punktierte Linie ins Klo und von dort kreuz und quer in den Raum spritzt; mit grünem Haken versehen ein sitzendes Männchen, dessen Strahl in der Schüssel verbleibt. Im Zweifel hat Jutta außerdem eine Überwachungskamera angebracht, stöhne ich innerlich und schaue mich tatsächlich um. Und wenn nur ein Tropfen den Boden berührt, werde ich durch Elektroschocks aufgeklärt.

Gott, wie geht mir das Gleichheitsdiktat auf die Nerven, schon in Brokdorf, als die Männer sich sogar auf dem freien Feld hinhockten, um solidarisch mit den Frauen zu sein. Zugleich sehe ich im doppelt gemoppelten Appell ans eigene Gewissen, wo einen definitiv niemand sieht, ganz unangenehm die Art von Religion wiederkehren, die rund um meine Geburtsstadt geherrscht hat. Es ist doch genau diese Ethik, würde ich am liebsten ins Wohnzimmer brüllen, die den Kapitalismus hervorgebracht hat, ja, genau dein Scheißprotestantismus, weil er den Menschen zum Sklaven macht, der ohne Herrschaft funktioniert. Selbst im Sex bist du auf Selbstoptimierung getrimmt, Jutta. Das, genau das ist die Verbindung, nichts anderes, die zu deiner Arbeitsgemeinschaft führt. Arbeitsgemeinschaft – das sagt doch schon alles. Soviel subversiver als Elektroautos und Sonnenkollektoren wäre es in einem durchökonomisierten System, fünfe gerade sein zu lassen.

Wie immer fällt mir sofort das Andrerseits ein, muß gar nicht erst an den Klimawandel denken, der objektiv zur Selbstbeschränkung und Eigenverantwortung anhält, sondern mir lediglich die Putzfrau vor Augen führen – bestimmt eine mit Kopftuch, weil Jutta keine Scheuklappen hat –, die meinen Urin vom Boden wischen muß. Auch will ich den Abend ordentlich zu Ende bringen; nicht daß Jutta nachher irgendwelche Tropfen neben dem Klo oder auf dem Schüsselrand entdeckt. Das mit der Videoübertragung ist natürlich übertrieben, das wäre ja totalitär, Gleichheitstotalitarismus, aber daß Jutta die Brille hochheben wird, um nachzusehen, das traue ich ihr allerdings zu. Das Gute hatte sie schon im Besetzten Haus für sich gepachtet und Leidenschaft viel zuviel. Außerdem schwanke ich, während ich die Hose aufknöpfe, vor Müdigkeit fast. Ja, und so setze ich mich zum ersten Mal seit dreißig Jahren zum Pinkeln wieder hin.

Der Lektor wird bemäkeln, daß ich den Klospruch unmöglich erst um fünf Uhr morgens entdecken kann: bei all dem Tee, den ich getrunken hätte, und der Blasenschwäche, die bei Männern meines Alters notorisch sei.

– Vielleicht hat das Haus mehrere Toiletten, werde ich mich wieder herauszureden versuchen.

Er wird sich über den Schreibtisch beugen, auf dem das Manuskript liegt, und mit einem verdächtigen Lächeln zugeben, daß ein so großes Haus gewiß mehr als eine Toilette habe.

– Na, dann ist doch alles gut, werde ich murmeln und rasch den Zeigefinger zum nächsten Absatz hinunterführen.

Da wird er alle fünf Wurstfinger in den vorigen Absatz drücken und streng fragen, wo sich denn meiner Ansicht nach die zweite Toilette befindet.

– Was weiß ich, werde ich stöhnen: Im ersten Stock?

Ebendort, wo also die Kinder schlafen und Juttas Mann womöglich noch immer arbeitet – der Lektor wird gar nicht weiterreden müssen, damit er mir ein weiteres Mal klarmacht, welches Herzklopfen des Romanschreibers mir entgeht, wenn ich während der ganzen Nacht nicht nach oben steige, um an geheimnisvollen Türen vorbei zum Klo zu schleichen, barfüßig zwar, aber dann stoße ich in meiner Tölpelei gegen einen Stuhl, so daß jemand wach wird, eines der Kinder, ihr Mann?, und sich eine der Türen …

– Sie haben schon wieder einen Fettfleck hinterlassen! werde ich schimpfen: fünf Fettflecken! und erklären, daß der ganze Reiz darin bestehe, die Möglichkeiten, die offenbar sind, ungenutzt verstreichen zu lassen.

Da wird der Lektor zurück in seine bewegliche Rükkenlehne wippen und seufzen, daß ich ja doch tue, was ich wolle; zum Glück seien nur noch wenige Seiten übrig, und von den Reizen habe er noch nicht viel gemerkt.

– Das sagen Sie seit meinem ersten Buch! erinnere ich den Lektor und mache ihm zu meiner eigenen Überraschung das dickste Kompliment: Ich hab keinen besseren Leser als Sie.

– Ist nur mein Beruf.

Während ich mit dem Geschlecht tief in die Schüssel ziele, frage ich mich, woher meine plötzliche Wut rührte, als ich vorhin gegen die Bilanzierung der Vor- und Nachteile anschimpfte: War ich wütend, weil Jutta stundenlang geredet hatte, ohne zu einem Ergebnis zu kommen, oder weil sie mich nur als Zuhörer brauchte, als guten Freund, wie Frauen dann sagen, wenn sie von einem Mann partout nichts wissen wollen? Eher war ich wütend auf mich selbst, weil ich schon beim Reden merkte, daß Jutta nichts von dem verstehen konnte, was ich sagen wollte. Nicht einmal im Roman, den ich schreiben werde, vermag ich den Gedanken, der auch vielleicht mehr ein Gefühl ist, ein Erfahrungswert, präzise zu fassen. Es ist kein Trost, daß Romanschreiber seit jeher meinen, nicht an die Romane heranzureichen, die vor Generationen geschrieben worden sind, oder auch nur an andere Künste ihrer Gegenwart. Selbst Proust hat das empfunden, als er Racine und *Tausendundeine Nacht* in die *Recherche* flocht, Debussy und Monet die Reverenz erwies, aber erst nach ihm hat sich keiner mehr getäuscht. »Hart und hinterhältig dem gegenüber sein, was man liebt, ist ja so natürlich«, wußte er und daß nicht Gleichgültigkeit Bosheit wachruft. Selten genug nach der ersten Verliebtheit, daß Liebe sich über Jahre auf die gleiche Weise, nicht zuviel oder zuwenig erwidert fühlt. »Der geliebte Mensch ist nacheinander das Übel und das Heilmittel, welches das Übel aufhält und damit nur verschlimmert.« Eben das Schwanken zwischen Liebesbekenntnis und Trennungswunsch, wie Jutta es den Abend über exerziert hat, beschreibt Proust als das sicherste Mittel, um durch die rhythmische Folge entgegengesetzter Bewegungen einen Knoten zu binden, der unauflöslich wird. Es ist ja auch logisch, bemerkt er auf dem Höhepunkt der Krise mit Albertine, daß man sich kaum je im guten trennt, denn wenn man »im guten« wäre, brauche man sich nicht zu trennen.

Es muß Scheidungen geben, erst recht ohne Kinder,

aber angeblich auch mit Kindern, die einvernehmlich sind; in den Illustrierten liest man ständig davon, genau gesagt den Pressemitteilungen irgendeines Managements, gemeinsam kümmern, tiefen Respekt, Freunde bleiben et cetera. Gut, denke ich dann jedesmal, vielleicht waren sie nicht lange zusammen oder führten mehr eine öffentliche Beziehung, wie früher in den Pariser Salons die Eltern von Luise, nur heute eben im Jetset. Aber solche mondänen Verhältnisse meint Proust nicht; er meint das klaustrophobische Beieinander, das die Liebe erst seit der Moderne schafft, also wenn zwei alles teilen, Abende, Bett, Wochenenden, Reisen, Freunde, Interessen, inzwischen auch Erziehung und Haushalt, und es auch keine Untreue geben darf. Schließlich heißt der Band über Albertine *Die Gefangene* und der ohne sie *Die Entflohene*. »Was uns an andere Menschen heftet, das sind die tausend Wurzeln, die unzähligen Fäden, welche die Erinnerungen vom Vorabend und die Hoffnungen auf den nächsten Morgen knüpfen, es ist dieses lückenlose Gewebe von Gewohnheiten, aus dem wir uns nicht zu befreien vermögen. So, wie es Geizhälse gibt, die aus Großzügigkeit Schätze anhäufen, sind wir Verschwender, die aus Geiz verschleudern, und wir opfern unser Leben weniger einem bestimmten Menschen als all dem, was dieser Mensch von unseren Stunden, unseren Tagen bei sich hält; verglichen damit erscheint uns das noch nicht gelebte Leben, das zukünftige Leben, ferner, abgelöster, weniger intim, weniger uns zugehörig. Wir müßten uns von diesen Fesseln befreien, die so viel weniger wichtig sind als jener Mensch selbst, aber sie verpflichten uns ihm gegenüber auch, so daß wir es nicht wagen, ihn zu verlassen, weil er uns verurteilen könnte; später freilich würden wir zu diesem Wagnis bereit sein, denn losgelöst von uns wäre er nicht mehr wir, und wir schaffen uns in Wahrheit Pflichten (und sollten diese auch scheinbar widersinnig zum Selbstmord führen) allein uns selbst gegenüber.«

Dem Leser mag es immer noch nicht einleuchten, daß der Roman, den ich schreiben werde, zu einem guten Teil aus Zitaten besteht. Es ist das Bekenntnis, werde ich eine weitere Erklärung versuchen, wie sehr ich die Bücher brauche, die in meinem Regal stehen. Vielleicht geht es mir gar nicht so sehr um Jutta als um die Literatur, die ich liebe.

– Mir ist immer noch nicht ganz klar, worauf du mit den Vor- und Nachteilen hinauswolltest, wird Jutta seufzen, wenn sie den Roman liest, und mir vorhalten, daß ich ihre Ehe nur nehme, um zu schreiben, was ich über die Ehe ohnehin schreiben will: Und auch wenn du mein literarisches Niveau bei Klosprüchen ansiedelst, vielen Dank übrigens – das mit Albertine ist doch nun wirklich ein anderer Fall.

– Mag sein, werde ich zugeben, daß Romanschreiber keine Berichterstatter sind; am Ende sprechen sie immer durch die Menschen, die sie auftreten lassen, und geben ihnen die komischen Namen nicht, damit ihre Vorbilder unerkannt bleiben, sondern weil es wirklich andere Menschen sind, auch wenn kein Leser es glaubt.

– Aber warum mußt du mich dann überhaupt benutzen?

– Ich benutz dich doch nicht.

– Doch, du benutzt mich.

Vielleicht wird sich die, ich wage nicht mehr zu sagen: Liebe, aber die Freundschaft, die uns trotz oder besser: mitsamt den Irritationen und Mißverständnissen unseres Wiedersehens künftig verbindet – vielleicht wird sich ihre Freundschaft genau darin erweisen, daß sie erlaubt, den Roman zu veröffentlichen, obwohl er nur ein paar Verfremdungen und die notwendigsten Auslassungen enthält. Oder ist es eine Wiedergutmachung für den Schmerz, den sie mir vor dreißig Jahren bereitet hat?

– Ich glaube, es ist mehr so ein Gefühl der Dankbarkeit, wird Jutta auf die Treue verweisen, die ich ihr über dreißig lange Jahre hinweg gezeigt habe: Du hast mich im Arm gehalten … das tat gut. Du ahnst gar nicht, wie gut mir das in der Situation getan hat.

Sofort wird sie wieder ihren betont erwachsenen, ironisch lehrerhaften Ton annehmen, der allein mich dreißig Jahre zurückversetzt:

– Ein Freund würde das ja nicht machen.

– Was?

– So einen Roman.

Denn mindestens in ihrem eigenen Städtchen wird

man sie nach der nächsten Lesung sicher erkennen, obwohl sie wirklich nicht Jutta ist.

Als ich ins Wohnzimmer zurückkehre, hält Jutta den gebeugten Kopf zwischen den Händen. Ihr Oberkörper geht kaum merklich vor und zurück, als würde sie in sich hineinwimmern. Ich frage, ob alles in Ordnung ist, und trete, weil sie nicht reagiert, an den Sessel. Sie schaut zu mir auf, lächelnd, und erst jetzt bemerke ich das Smartphone auf ihrem Schoß und die beiden Kabel, die über ihr Dekolleté laufen. Sie nimmt einen der beiden Stöpsel aus dem Ohr, streckt ihn mir wortlos entgegen und rückt etwas zur Seite. Ohne auf den Song zu kommen, erkenne ich den Sound, der mir so vertraut ist, den nackten Sound des Rock 'n' Roll. Rasch quetsche ich mich neben sie auf den Sessel, der genau einen Po breiter geworden zu sein scheint, und stecke den Stöpsel ins Ohr. Das kann nicht sein, sage ich mir ein ums andere Mal, ich träume, ich träume ganz bestimmt, aber da ist sie, da ist Jutta, und mit ihr höre ich *Ramada Inn*, so schöne, so schmerzliche Musik. Seltsam auch, daß alle vier Instrumente, obwohl ich nur mit einem Ohr höre, gut abgemischt sind. Ich verstehe das nicht, hebe schon die Hand, um an mein anderes Ohr zu greifen, aber dort lehnt Juttas Kopf, den ich keinesfalls vertreiben will. Meinen Oberkörper gleichzeitig mit ihrem vor und zurück wiegend, gerate ich in den Rhythmus, der nicht schnell ist, nie schnell, und spüre den Grundton überhaupt des Lebens, dazwischen die beiden Gitarren wie ein Ehepaar auf langer Fahrt. Wie gern wüßte ich, ob Jutta jetzt das gleiche empfindet, diesen Moment des Einverständnisses, ja, der Bejahung von allem, trotz allem, was geworden ist, exakt genauso empfindet wie ich – ob es solche Gleichzeitigkeit, gleichsam elektrische Gefühlsverbindung überhaupt gibt. Da steht Juttas Mann in der Tür.

Ich werde den Roman fast zu Ende geschrieben haben, als ich das Booklet aufschlage, um die Zeilen nachzulesen, die ich nicht verstehe. Als erstes werde ich mich wundern, daß der Text noch kürzer ist, als man beim Hören meint, drei karge Strophen und ein Refrain, hintereinander gelesen keine Minute bei einem mehr als zwanzigminütigen Song – daß man eine ganze Ehe in so wenigen Worten erzählen kann, wenn man die Musik dazu hat. Dann geht mir auf, daß es nicht irgendeine Ehe ist: Der Mann ist Alkoholiker. *Had a few drinks and now they're feeling fine,* hieß es doch bereits in der zweiten Strophe, aber nun erst begreife ich, weshalb seine Frau ihn in der dritten Strophe nicht wiedererkennt: weil er sturzbetrunken ist. *He just looks away and checks out*, was immer *checks out* hier bedeutet. Und erst jetzt, also nachdem er weggeschaut hat, nicht davor, erst jetzt sagt sie, fleht sie ihn zum wer weiß wievielten Mal an, *it's time to do something*, erwähnt deshalb die Freunde, endlich verstehe ich es trotz des amerikanischen Akzents und des Gesangs: *Maybe talk to his old friends who gave it up*. Aber er schenkt sich nur einen *tall one* ein, schließt die Augen und sagt, daß es genug ist. Auch dem Hörer, der Englisch besser versteht als ich, geht erst am Ende auf, was die Frau so oft versucht, weshalb sie so oft geweint hat.

Mit dem Ende, eigentlich nur zwei, drei Andeutungen der dritten Strophe, die aus dem gewöhnlichen Ehekrach ein Trinkerdrama machen, überführt Neil Young den Song vom Allgemeinen ins Spezifische und gibt Tolstoi recht, daß alle unglücklichen Ehen unglücklich sind auf ihre Weise. Wer wäre ich, das noch zu bestreiten, auch wenn ich trotzdem nicht überzeugt bin, daß alle glücklichen Ehen einander ähneln, aber von den glücklichen muß ohnehin niemand erzählen, wenn es sie überhaupt gibt. Ich werde mich weiterhin fragen, jedesmal fragen, während Neil Young zum letzten Mal den Refrain singt und danach der Rhythmus wieder einsetzt, die Gitarren auf die Autobahn einscheren, was mit *that's enough* gemeint ist, wenn die Eheleute im Refrain doch fortfahren mit dem, was sie tun müssen, was es für sie braucht. Daß es jetzt *enough* ist mit dem Alkohol, daß er sich einen letzten *tall one* einschenkt und zum wer weiß wievielten Mal vornimmt aufzuhören? Oder *enough* von ihren Mahnungen, *enough* von wo halten wir an?, muß mal pinkeln, wann kehren wir ein?, von der Stille beim Abendessen, vom Weinen auch gleich im Hotelbett, *enough* von dieser Ehe, die ihn in die Sucht und sie zur Verzweiflung getrieben hat? Dabei lieben sie sich so sehr.

Ich weiß schon nicht mehr, wie wir darauf gekommen sind, aber plötzlich diskutiere ich mit Jutta über die Klangverarmung durch MP3 und andere digitale Formate, das heißt, genaugenommen diskutieren wir nicht, vielmehr rede ich auf Jutta ein, brülle sie beinah an, daß sie Neil Young und *Crazy Horse* unmöglich auf dem iPhone hören könne, weil die üblich gewordenen, aufgrund der Komprimierung zugegeben praktischen Formate nur fünf Prozent der originalen Daten enthielten. Das könne sie sich wie ein digitales Photo in viel zu niedriger Auflösung vorstellen, versuche ich es mit einem Vergleich, weil Jutta offenbar nicht begreift oder nicht begreifen will, sie schüttelt nur den Kopf – ein Photo auf dem Bildschirm, bei dem die einzelnen Pixel zu erkennen sind, würde sie sich doch auch nicht anschauen wollen, bei der Musik hingegen sei ihr das egal, weil ihr Ohr sich an die Verrohung des Klangs gewöhnt habe, denn das sei eine Verrohung, eine Verarmung, das sage auch Neil Young selbst immer wieder, der deshalb seit Jahren einen Feldzug gegen MP3 und iTunes führe und mit Hilfe einer ganzen Armada audiophiler Techniker ein eigenes Abspielgerät entwickelt habe, Pono, das dem originalen Klang, den nur analoge Formate erfassen können, immerhin so nahe komme, daß es selbst für das Ohr von Neil Young nicht mehr zu unterscheiden ist. Und was passiert? Juttas Mann, der keineswegs großgewachsen und sportlich ist, wie ich ihn mir vorgestellt habe, auch nicht blond, eher wie ein Nerd wirkt, ein Computer- oder Büchernarr mit leichenfahler Haut, tiefen Augenringen, herunterhängenden Schultern und dünnem, schulterlangem Haar, Kettenraucher offenbar auch, so tief er die Zigarette inhaliert, die er zwischen Mittel- und Ringfinger hält – Juttas Mann gibt mir entschieden recht, daß man Musik, echte Musik jedenfalls, niemals auf einem iPhone hören dürfe, das sei barbarisch, weit entfernt vom wirklichen Erleben. Es ist eine etwas komische Situation, draußen dämmert es bereits, wir stehen zu zweit vor Jutta und sind uns einig, daß man Vermeer schließlich auch nicht auf dem Handybildschirm betrachte, und zwar nicht nur, weil der Bildschirm klein, vielmehr weil er flach sei, nur aus Oberfläche bestehe, glatter, glänzender Oberfläche. Aber Jutta will das nicht hören, schaut stur auf das iPhone und versinkt in ihrem Sessel. Wir sollten das Thema wechseln, denke ich, langsam wird es unangenehm. Für Jutta ist es das offenbar längst.

– Ein MP3 zu hören ist so, als würdest du mit schwerem Tauchgerät auf dem Meeresgrund festhängen, versucht es Juttas Mann mit einer Erklärung, die ich irgendwo schon mal gehört habe: Bei einer CD bist du schon höher, aber erst bei 192 Kilohertz durchbrichst du die Wasseroberfläche und kannst die Luft atmen.

– Ja, stimme ich zu, aber nur weil ich mich an die Zahl erinnere, sie war aus einem Artikel oder einem Interview oder etwas ähnlichem: 192 Kilohertz, alles andere kannst du vergessen.

Gar nicht mehr zu Jutta gewandt, berichtet Juttas Mann, daß sogar Steve Jobs zu Hause ausschließlich Vinyl gehört habe; allein darin zeige sich die ganze Verlogenheit des Systems. Während ich ihm zunicke, frage ich mich, was sie an ihm nur attraktiv findet. Sexuell sei ihre Ehe stabil, hat sie immerhin verkündet und sich im gleichen Atemzug beschwert, daß er fanatisch Sport treibt – ja, das muß er doch, um attraktiv zu bleiben. Aber der hier, Juttas Mann, sieht wirklich nicht aus wie jemand, der an seiner Optimierung arbeitet. Nicht einmal die Zähne scheint er sonderlich zu pflegen; zwischen den brüchigen, wohl vom vielen Rauchen gezeichneten Lippen schimmert es braun. Spinne ich, oder macht Liebe wirklich so blind? Gleichwie freue ich mich über jeden, der meine Begeisterung für Neil Young teilt, und beuge mich wieder zu Jutta, um ihr begreiflich zu machen, daß die Tiefe, die wir, auf die Musik übertragen, subjektiv als Wärme empfinden, dieses wirklich physisch zu Spürende bei einem Live-Konzert – Vibrieren, Streicheln, Liebkosen, Dröhnen –, daß es durch die minimalen Zwischentöne erzeugt wird, die alles miteinander verbinden und auf *Ramada Inn* erst dieses Landschaftsbild eines Klangs erzeugen, den spezifischen *Crazy Horse* Sound. Jutta fängt an zu weinen, hält sich die Ohren zu, wie wir beide auf sie einreden, und sagt, wir sollen sie in Ruhe lassen, sie wollte doch nur ein Lied hören. Dann schmeißt sie das iPhone mitsamt den Stöpseln auf den Boden und rennt aus dem Wohnzimmer. Wir müssen bei den Jugendlichen ansetzen, rufe ich ihr hinterher, das ist Sache der Schulen, der Erziehung, daß die Sinne im digitalen Zeitalter nicht abstumpfen.

– Alles okay?

– Was?

– Ist alles okay?

Ich höre es klopfen, nein pochen, da pocht jemand gegen die Tür. Welche Tür? Ich schaue mich um und finde mich auf einem Klo wieder. Welchem Klo?

– Hallo!

Das ist Juttas Stimme, o Gott, und das ist ihr Klo, Juttas Gästeklo, auf dem ich sitze, die Hose auf den Knöcheln.

– Ja ja, alles okay, rufe ich laut: Bin gleich da.

Ich springe auf, um nachzusehen, ob ich den Boden verschmutzt habe, hebe auch die Klobrille an. Zum Glück entdecke ich nirgends einen Tropfen. Rasch ziehe ich die Hose hoch, betätige die Spülung und wasche mir die Hände. Erleichtert, daß nichts Schlimmeres passiert ist, öffne ich die Tür und erblicke in der Diele Jutta, die sich die zerlaufene Wimperntusche aus dem Gesicht gewischt hat. Auch sonst sieht sie wieder recht aufgeräumt aus.

– Bist du eingeschlafen, oder was? fragt sie mit dem Lächeln, vor dem ich schon als Fünfzehnjähriger in die Knie ging, die Wangen rund und leuchtend wie zwei Aprikosen.

– Nur weil ich mich zum Pinkeln setzen mußte.

Da rollen sich die Wangen ein kleines Stück weiter auf, so daß der Mund sich öffnet. Träum ich noch oder bin ich wach? frage ich mich, als ihre Zahnlücke zum Vorschein kommt.

Die Zitate sind folgenden Büchern entnommen:

Theodor W. Adorno, *Minima Moralia. Reflexionen aus dem beschädigten Leben (Gesammelte Schriften 4)*, Hg. Rolf Tiedemann, Frankfurt am Main 1997.

Honoré de Balzac, *Erinnerungen zweier junger Ehefrauen*, Übs. Karin Bonsack, Berlin (Ost) 1987.

Ders., *Das Mädchen mit den Goldaugen*, in: *Geschichte der Dreizehn*, Übs. Ernst Hardt, Frankfurt am Main und Leipzig 1996.

Georges Bernanos, *Tagebuch eines Landpfarrers*, Übs. Jakob Hegner, Frankfurt am Main 1986.

Alexandre Dumas, *Die Kameliendame*, Übs. Michaela Meßner, München [3]2013.

Gustave Flaubert, *Madame Bovary. Sitten in der Provinz*, Hg. und Übs. Elisabeth Edl, München 2012.

Julien Green, *Adrienne Mesurat*, Übs. Elisabeth Edl, München 2000.

Milan Kundera, *Die Unsterblichkeit*, Übs. Susanna Roth, München 1990.

Guy de Maupassant, *Pariser Abenteuer und andere Erzählungen*, Hg. Werner Berthel, Übs. Helmut Bartuschek & Karl Friese, Frankfurt am Main 1975.

Stendhal, *Rot und Schwarz*, Hg. und Übs. Elisabeth Edl, München 2004.

Ders., *Über die Liebe*, Übs. Franz Hessel, Frankfurt am Main 2012.

Emile Zola, *Thérèse Raquin*, Übs. Ernst Sander, Stuttgart 2007.

Die Zitate aus Marcel Prousts *À la recherche du temps perdu* hat Joachim Kalka für diesen Roman übersetzt. Gelesen habe ich die Frankfurter Ausgabe der *Suche nach der verlorenen Zeit*, übersetzt von Eva Reichel-Mertens, revidiert und herausgegeben von Luzius Keller, Frankfurt am Main 2004.

Bei den drei Aufsätzen, auf die im Roman angespielt wird, handelt es sich um:

Joachim Kalka, »Proust und die Affaire Dreyfus«, in: *Jahrbuch des Simon-Dubnow-Instituts*, XIV/2015.

Stefan Laurin, »Die große Ernüchterung. Ökoautoritäres Denken greift um sich – und hat einen Klassenfeind: das Proletariat«, in: *K-West, Magazin für Kunst, Kultur und Gesellschaft*, 5/2015.

Michael Maar, »Spargel mit Fissuren«, in: ders., *Prousts Pharao*, Berlin 2009.

Weitere Titel von Navid Kermani

Dein Name

Große Liebe

Sozusagen Paris

Vierzig Leben